この世界の顔面偏差値が高すぎて目が痛い

4

暁晴海　Illust. 茶乃ひなの

TOブックス

contents

Kono Sekai no Ganmen Hensachi ga takasugite Me ga itai.

第一章
獣人王国と姫騎士編
最終警告 …… 006
波乱の幕開け …… 014
エレノア・バッシュ公爵令嬢 …… 031
決戦当日 …… 048
娶りの戦い …… 062
番狂いの女王 …… 082
姫騎士 …… 098
断罪 …… 108
獣人王国の崩壊 …… 121

第二章
王宮での日々編
目覚めたらそこはモフ天だった！ …… 140
円卓会議 …… 153

顔面破壊力、来襲！……164
けじめのつけ方……171
お見舞い……207
リハビリ……229
肉祭り……236
王家からの求婚……289
暴走する独占欲と揺れる心……308
華麗なる一族との朝餉……317
お世話になりました……330

番外編

我が愛しの姫騎士……350
四大公爵家の来襲……357

書き下ろし

恥ずかしがり屋の妖精《フェアリー》……367

あとがき……386

イラスト●茶乃ひなの　デザイン●世古口敦志（coil）

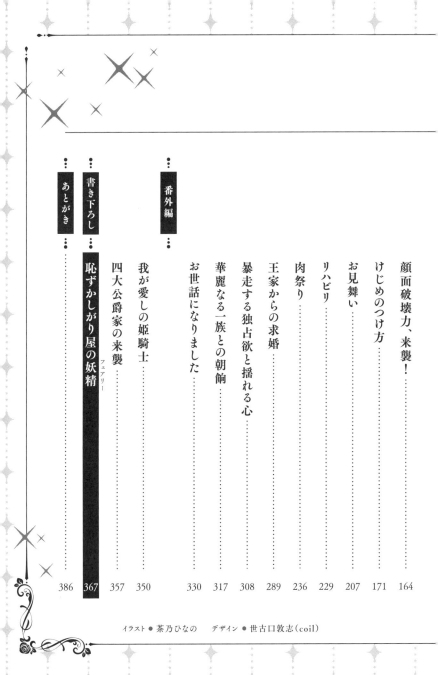

Character

エレノア・バッシュ

超女性至上主義の世界に転生した、恋愛経験ゼロの喪女。
顔面偏差値が高すぎる兄達に傅かれて奉仕される事には、いまだに困惑している。

オリヴァー・クロス

エレノアの兄であり、婚約者。優しく、眉目秀麗で、知力、魔力、思慮深さは他に追従を許さず、全てにおいて完璧。エレノア一筋で、他の女性には目もくれない。

クライヴ・オルセン

エレノアの兄。婚約者で、専従執事でもある。剣技や武術に秀で、魔力量もずば抜けている。怜悧な美貌を持つが、エレノア以外の女性全般が苦手。

セドリック・クロス

クロス伯爵家の次男。『土』の魔力保持者で、エレノアの婚約者。

アシュル・アルバ

アルバ王国の第一王子。全属性の魔力と甘やかな美貌を持ち、文武両道のザ・王子様。女性への気遣いや扱いも完璧。

ディラン・アルバ

アルバ王国の第二王子。魔力属性は『火』。攻撃魔法や剣技に特化している。

フィンレー・アルバ

アルバ王国の第三王子。魔力属性は『闇』。

リアム・アルバ

アルバ王国の第四王子。魔力属性は『風』。強力な魔力量を持つ。

第一章

獣人王国と姫騎士編

最終警告

――王族や王族に準ずる者のみが使用を許されているとされる、豪華な貴賓室《きひんしつ》。学院内という事もあり、華美過ぎない装飾が施されているものの、そこに置かれている調度品一つ取っても、一日で値の張るものであるという事が分かる。

我がシャニヴァ王国の更なる栄華と繁栄の足掛かりとして選んだこの国は、人族の中でもひときわ繁栄しているようだ。

歴史も古く、国民性も穏やかで、ここ数百年、戦らしい戦をした事がないのだという。

――平和ボケをした、富める国。

しかも人族国家の中でも女の数が最も多く、男達もみな、目を見張る程美しい者達が多い。まさに隷属《れいぞく》させるのにうってつけの国だ。

「よう参ったの。オリヴァー・クロス。妾《わらわ》は非常に嬉しく思うぞ」

鈴の鳴るような美声に、思考を停止し我に返る。

この貴賓室の中心にある、豪華な革張りのソファーにて寛《くつろ》がれているのは、我が国の至宝とも呼ぶべき、シャニヴァ王国が誇る美妃、第一王女レナーニャ殿下。

俺が生涯愛し、忠誠を誓った尊き御方だ。

その殿下の美しい黄金色の瞳は、忌々しい事に狂おしい程の恋情を帯び、真っすぐと目の前に座っている人族の男へと向けられていた。

ギリ……と、奥歯を強く噛み締め、レナーニャ殿下と対峙している男を射殺《いころ》さんばかりに睨み付ける。

あまりに強く噛み締めた所為《せい》か、口腔内に錆びた味が広がった。

——オリヴァー・クロス。

艶やかな光を含んだ黒曜石のような髪と瞳を持ち、男である自分でさえも、一瞬釘付けになった程の美貌を持つ男。

優雅な身のこなしと穏やかな口調は、その美しさに更なる彩りを添えている。

有力貴族の一つであるクロス伯爵家の長男であり、あの何かと目障りな醜女《しこめ》の筆頭婚約者。

異常なまでに男の容姿が美しいこの国においても、群を抜いているその美しさと存在感は、『貴族の中の貴族』と称されているらしい。

……そんな男が、我が愛するレナーニャ殿下の『運命の番』。

『こんな……人族の男などが、レナーニャ様の番なんて……！』

いくら美しく、気品に満ち溢れているとはいえ、魔力もさほどなく、見るからに弱弱しい貧相な体躯の優男。しかも自分達亜人種よりも遥かに劣る、劣等種族の筆頭である人族だ。

なのに『運命の番』であるというだけで、レナーニャ殿下のお心を一瞬で奪い去った。

嬲《なぶ》り殺しにしてやっても飽き足らない程の憎しみが、胸中でとぐろを巻いている。

『レナーニャ様……！』

シャニヴァ王国の軍事をその手に司る、虎の獣人である大将軍の息子として生を受け、後継者として初めてお姿を拝したその瞬間から、自分の心はこのお方に囚われたままだ。

お傍付《そばづ》きとなり、筆頭の愛人として傍に侍る事が、どれ程自分を幸福感で満たしていた事か……。

なのに今、レナーニャ様のお心は、この目の前に座る優男に全て奪われてしまった。

この男に恋い焦がれるレナーニャ様のお姿は、息を呑む程に美しい。だがそんなレナーニャ様に対し、恐れ多くもすげない態度を取り続ける目の前のこの男を、何度縊《くび》り殺してやろうかと思ったか知れない。

……いや、実際手の者を放った事もあったが、運の良い事にこの男は、未だ五体満足で過ごしている。

レナーニャ様のご寵愛を受けるだけでも許しがたいというのに、あんな醜女の婚約者である事を盾にその想いを受けないなど、万死に値する行為だ。

『そもそも人族などが、誇り高き獣人の番である筈がない。いずれレナーニャ様の目も醒めよう。その時は……この身の程知らずに、たっぷりと地獄を味わわせてやる……！』

この国を手中に収め、全ての人族を隷属させた後、この男には最も酷い屈辱的な地獄を見せてやるのだ。

鎖に繋ぎ、その女よりも美しい顔と身体を汚辱と屈辱に塗《まみ》れさせてやる。決してひと思いには死なせない。

「……ガイン殿。何か私の顔についていますか？」

唐突にオリヴァー・クロスが声をかけてきて、思わず動揺してしまった。

その表情は穏やかで、薄く微笑んでさえいるようで……。だが、何か得体の知れない嫌な感じを受け、俺はますます顔を顰《ひそ》めさせた。

「ガイン、何をしておるのだ。もう少し奥に控えていよ！」

レナーニャ様が不機嫌そうな声で、自分に指示を与える。

まるで自分の番が、自分以外の者を気にかけるのが気に入らない……とでも言わんばかりのその態度に、胸中のどす黒いうねりが酷くなった。

だが、想い人の言葉に大人しく従い、後方へと控え直す。

オリヴァー・クロス。

今に……今に見ていろ。必ずこの手で、お前を殺してやる！

◇◇◇◇◇

「さて、オリヴァー・クロス。妾の誘いに応じてくれたという事は、妾の想いにようやっと応えてくれるという事であろう？　ここには妾達しかおらぬゆえ、そなたの心の内を存分に明かすがよい」

「……」

ねっとりと、絡み付くような不快な声音と視線に、気が付かれないように小さく溜息をつく。

念入りに磨き込まれた美貌。

絹糸のごときサラリと伸びる白金の髪。男の欲をこれでもかと煽る、豊満な肢体。

……成程。こうしてじっくり観察すれば、獣人の男達が心酔する様子も、自身の美貌に絶大な自信を持つのも納得してしまう。確かに、絶世の美女と呼んで遜色のない女性だ。

だが自分にとって、目の前の女性は「美しいがそれだけしか取り柄の無い女」……としか思う事が出来ない。

『エレノア……』

その名を心の中で口にするだけで、胸の奥が甘やかに疼く。

脳裏に浮かぶのは、自分が心の底から愛する少女の姿。

初めて出逢った時から心奪われ、今日に至るまで囚われ続けている、唯一無二と定めた最愛の人。

キラキラ輝く、インペリアルトパーズのような極上の瞳に見つめられ、桜色の唇が自分の名を口にするだけで、胸が張り裂けそうな程に愛しい気持ちが湧き上がってくる。

——今、エレノアは何をしているのだろうか。

こんな人工的な甘ったるい香りではなく、あの小さく柔らかい身体を思い切り抱き締め、エレノア自身が纏う、甘く優しい香りに包まれたい。

愛を囁くたび、愛しさを込めて触れるたび。真っ赤に染まった顔で、恥じらいながら笑いかけてくれる、あの愛らしい顔が見たい……。

「……レナーニャ王女殿下。ええ、このままズルズルと先延ばしにしていても、お互いにとって益がないと判断致しました。ゆえにこの場をお借りして、私の本心をご説明したいと思っております」

期待に顔を紅潮させるレナーニャ王女を真っすぐに見つめ、僕はゆっくりと口を開いた。

「貴女は私を『番』だと仰る」

「——ッ！　そうじゃ！　そなたは妾の唯一無二……！　愛おしい運命の番なのじゃ！」

「そうですか。……ですが私は、貴女を愛しいと思った事など、ただの一度もありません」

レナーニャ王女の顔から、一瞬で笑みが消えた。

「そもそも、『番』という概念自体、我ら人族には感知できないもの。それは以前もお伝えしましたね。そして私にとって、命よりも大切な女性は、妹であり婚約者でもあるエレノアただ一人だという事も。……ですが貴女は、私の申し上げた事をまるで理解されておられず、未だに私に『番』としての恋情を押し付けてくる。……迷惑なのですよ。とてもね」

表情も口調も、努めて穏やかさを心掛ける。

だが僕の言葉を受け、レナーニャ王女の顔色がどんどんと悪くなっていった。

「そ……そなたは……。それほどまでに、この国の男としての矜持《きょうじ》に囚われているのか……!?」

青褪《あおざ》め、震えた声で言われた言葉に、知らず眉根がピクリと上がる。

「矜持？　……やれやれ。貴女は未だに、私がエレノアの筆頭婚約者だから彼女を裏切れないのだと、そう本気で思われているのですか？」

「そうじゃ！　それ以外で、そなたがあの女を選ぶ理由などないではないか!?」

どこまでも独りよがりの放漫な言葉に、遂に僕の我慢が限界を迎えた。

「以前から思っておりましたが……。貴女のその自信はどこからやって来るのでしょうか？　レナーニャ王女殿下。確かに貴女は美しい。第一王女で、権力も魔力もお持ちだ。だから私も貴女を愛する筈だと？　……ふふ……。獣人とは、どこまでおめでたい種族なのでしょうかね」

唇に冷笑を浮かべながら、目の前の王女《害獣》を冷たく見据える。

「オ……リ……」

「貴女がた獣人達の価値観を、勝手に当てはめないで頂きたい。私にとりまして、貴女は自分の力と容姿に驕り、他人を平気で見下し傷付ける事の出来る、最低最悪な女性としか映りません。全くもって、私のエレノアとは比べるべくもない」

「お、おのれ貴様！　黙って聞いていれば……！　レナーニャ様に対し、なんという無礼な!!」

容赦のない言葉の数々に、レナーニャ王女の背後に控えていた虎の獣人と、狼の獣人が牙を剥きながら抜刀するのが見え、冷笑を深める。

「ほぉ……。この王立学院で、血の粛清を決行されると？　いいですよ。どうぞお好きになさるがいい。勿論、私も全力で抵抗させて頂きますがね。……ですが万が一、この場で私を殺したら、全てが終わりますが……。それでも実行されますか？」

抜刀し、今にも襲い掛かってきそうな側近達に対し、静かにそう告げる。

すると、空気が震える程の殺気を向けられても平然としている僕の姿に、彼らは怒りを滾《たぎ》らせながらも何かを察したのか、次の行動に出られないでいた。

「私が言いたかった事は以上です。レナーニャ王女殿下。私にもエレノアにも今後一切、お近付きになりませんよう……」

「ま、待って！　オリヴァー・クロ……」

立ち上がり、出ていこうとする僕を見て、慌ててソファーから立ち上がり、取りすがろうとするレナーニャ王女を、僕は冷たく一瞥する。

「レナーニャ王女殿下。私の愛しいエレノアに、今後少しでも手を出そうとしたならば、私はそれが誰であろうが一切の容赦をしない。その事を、ゆめゆめお忘れなきよう。……これは最終警告です」

――そう。これ以上、僕のエレノアの命を脅かそうとするのであれば、たとえ王家が止めようと、エレノア本人が望まなくても、僕はこの目の前の女を排除する。

殺気を優雅な所作で覆い隠し、僕はレナーニャ王女に一礼した後、貴賓室から出て行った。

◇◇◇◇◇

「あぁ……！」

その場に崩れ落ちたレナーニャに、ガイン達が慌てて駆け寄る。

「な……何故……。何故じゃ⁉　番なのに……。妾はこんなにもそなたを愛しているというのに……。そなたは妾を愛していない……と？　そんな事……そんな事、認められぬ！　……あの……小娘……！　そうじゃ！　あの女……あの女が私の番に、あのような戯言《たわごと》を言わせておるのだ！　そうに決まっておる‼」

『番』という、獣人達にとって絶対的な絆に縋り、無理矢理そう結論付けたレナーニャの金色の瞳が妖しく輝く。

獣そのもののように瞳孔をぎらつかせたその表情は、エレノアに対する抑えきれない憎しみに満ち溢れていた。

「隷属させた暁には、殺すのではなくヴェインに下賜《かし》してやろうかと思うていたが……。この手で嬲り殺してやらなくては気が済まぬ！　妾の番を使い、このような恥辱を与えた罪……その命で償ってもらおうぞ！　貴様を殺し、我が番を解放する！　覚悟するがよいわ！」

紅い唇を歪め、エレノアへの呪詛を吐くレナーニャの狂気に満ちたその姿に、ガイン達は息を呑み、見守る事しか出来なかった。

波乱の幕開け

あの後、私は医務室に寄る事なく、クライヴ兄様に無理矢理早退させられ、バッシュ公爵家へと帰る事となった。

何故か馬車には、体操着姿のままのセドリックが待っていて、私の顔を見るなり心配そうに……そして労わるように、そっと私の身体を抱き締めた。

「エレノア、大丈夫？　……背中、痛い？」

「セ、セドリック⁉　なんで知っているの⁉」

「うん、影から聞いた。屋敷に帰ったら治療するから、暫《しばら》く我慢していてね」

ああ、成程。それでセドリックが馬車で待っていたのか。

「あの……多分私の背中、痣になっている程度だろうから、医務の先生にすぐ治してもらえたんじゃ……」

「他の男にお前（エレノア）の身体を見せたくない！」

――あ、婚約者の独占欲ですか。そうですか。

そういやうちの学校の治療師《ヒーラー》、まだ若い先生だったな。……うん、先生の無事の為にも、大人しく帰った方が良さそうだ。

「それに……。あのまま学院に残っていたら、不味《まず》い事になるかもしれないからな」

「不味い事？　また王女方が絡んでくるとか、そういう事でしょうか？」

「それもあるかもしれねぇが、それ以上にヤバイ奴らが来る恐れがある」

――はい？　アレ以上にヤバイ奴らって、誰の事なんでしょうか？

「兄上……。そういえば、リアムも王家の影が迎えに来ておりました」

「チッ！　やっぱりそうか」

「え？　リアム？　……あの……？」

戸惑う私に、クライヴ兄様もセドリックもそれ以上は何も言わない。

馬車の中がピリピリとした空気に包まれる中、バッシュ公爵邸へと到着する。

歩けると言うのに、それを却下したクライヴ兄様に横抱きにされたまま馬車を降りる。

実は馬車の中でも振動が傷に悪いと、セドリックの膝の上にずっと座らされ、抱き締められていたのである。

本当に大丈夫だからと言っても、二人とも聞く耳を持ってくれなかった。

過保護だなぁと思うけど、心配をかけた手前、大人しくされるがままでいた私です。

「エレノアお嬢様、クライヴ様、セドリック様。お帰りなさいませ」

馬車から降りるといつもの通り、ジョゼフを筆頭に、バッシュ公爵家に仕えている召使達が勢揃いで私達を出迎えてくれる。……が……あれ？　何かいつもよりも人数多くないですかね？　それとなんか……ジョゼフの顔が、いつもの五割増しほど厳格に……ってかぶっちゃけ、怒っていませんか？

「あ、あの……。ただいま帰りました」

戸惑いながら挨拶をする。

そんな私に歩み寄ったジョゼフは、怒りの表情を心配顔に変え、私の頬にそっと手を当てた。

「お嬢様。……ああ……なんておいたわしい……！　お背中は？　酷く痛みますか？」

――おぃー!!　何でジョゼフ、私の怪我の事知ってんの!?

ひょっとして、影が超特急で知らせたとか!?　あ、よく見てみたら、ウィルを筆頭に控えている召使達の顔が、めっちゃ能面！　ああっ！　彼らの背後にどす黒いオーラが!!

怒っている……。皆、もの凄く怒っていますよ!!

『はっ！　ひ、ひょっとして……父様方も私が蹴られた事、知ってる……とか!?』

ヤバイ！　こんなん知られたら、大変な事になる！

たかが痣一つで最終決戦《アルマゲドン》が引き起こされてしまったら、死んでお詫びしても足りない！

「お嬢様、ご安心下さい。旦那様方にはお知らせしておりません。今帰って来られたら、各方面に多大なる迷惑をおかけしてしまいますので」

おおぅ、流石は有能執事。抜かりはないね！

ってか私の表情見て、何が言いたいかを読み取らないで下さい。有能過ぎて恐いです。

え？　何考えているのか、見ただけで手に取るように分かるだけ？　はい、そうですか。

「ジョゼフ。オリヴァーにも、エレノアの怪我の事は知らせていないな？」

「はい、勿論で御座います。オリヴァー様には、お帰りになられてからご説明申し上げる所存」

……うん。ここら辺もよく分かっているよね。

寧ろ父様方より、オリヴァー兄様の方が要注意人物だからな。もし学院内でそれ知ったら、間違いなくロジェ王女を燃やしに行きそうだもん。そんな事になっちゃったら、外交問題なんてレベルじゃないですよ！

――にしても、何でオリヴァー兄様、私達と一緒に帰らなかったんだろう？

「オリヴァーの奴は野暮用があったんだ。心配しなくても、じきに帰ってくる。それより一刻も早く、お前の背中を治療するぞ！」

そう言うと、クライヴ兄様は私を抱く手に力を込めた。

……御免なさい兄様。いつもいつも心配かけて。セドリックもジョゼフもウィルもみんなにも……。

「御免なさい……」

謝罪しながらクライヴ兄様の胸に顔を寄せると、クライヴ兄様は私の頬に優しく口付けを落とし、屋敷へと歩き出した。


「エレノア!!」

セドリックに背中の痣を治療してもらってから暫くして、血相を変えたオリヴァー兄様が私の部屋へと駆け込んできた。

自分では見られなかったけど、セドリックが私の背中を見た瞬間、息を呑んでいたから、思った以上に痣は広範囲に及んでいたようだ。

私が咄嗟に受け身を取らなかったら背中だけじゃなく、色々な所も怪我をしていただろうって、クライヴ兄様が言っていたけど……。

治療中、その場に居たセドリックだけでなく、クライヴ兄様やジョゼフの怒りのオーラが半端なくて、思わず身体が震えてしまいましたよ。

セドリックには「大丈夫⁉　ひょっとして別の所も痛むんじゃ⁉」って心配されたけど、そうじゃなくて、貴方がたの怒りの波動が恐いんです！

「エレノア……！　ああ、なんて可哀想に……！　痛みは？　気分は悪くない？」

心配そうな様子で、（無理矢理）ベッドに寝かされている私の顔を覗き込むオリヴァー兄様。

罪悪感と申し訳なさに、私は慌ててベッドから飛び起きると、ペコリと頭を下げた。

「大丈夫です！　セドリックにちゃんと治してもらいました。……あの……。すぐにクライヴ兄様を呼ばなくて……御免なさい！」

「……うん……。その事は、後でたっぷりお説教するからいいよ……」

ひぃっ！　オリヴァー兄様の声が、滅茶苦茶低くなった‼

黒い波動もビシバシ感じる！　こ……恐い……！　恐くて顔が上げられない！

「はぁ……。それにしても、まさか最終通告に行った時に、エレノアに手を出されるとは思ってもみなかった。全くもって、あの連中はどうしようもない」

呆れたような口調に恐る恐る顔を上げると、オリヴァー兄様が額に手を当て、溜息をついていた。

そういえばオリヴァー兄様、ここ最近はよく王城に行かれているよね。学院を休んでいたりする事もしばしばだし、帰ってくるのも深夜過ぎだ。……疲れているんだよね。

「オリヴァー兄様。お疲れのところを、私の所為でご心労おかけしてしまい、本当に申し訳ありません」

そう言って、オリヴァー兄様の首に腕を回して抱き着くと、オリヴァー兄様の纏う空気が穏やかで心地の良いものへと変わった。

兄様……。いつも思うのですが、私に対して甘々過ぎではないですかね？

抱き着いただけでこの喜びよう……。妹は兄様のチョロさが心配です。

「エレノア……。それじゃあ少しだけ、君に癒してもらおうかな？」

そう言うと、兄様は優しく私を抱き締めた。その声色の甘さに、内心ギクリとする。

――あ……不味い。これ、ヤバいやつだ……。

身構える間も無く、額に、頬に、キスの雨を降らせた後、兄様は真っ赤になった私の唇へと吸い付いた。

「ん……」

のっけからディープなキスを繰り返される。

それに必死に応えていると、口付けがより一層深く濃厚になっていって、不覚にも胸の奥が熱くなってしまう。

くそぅ……兄様、流石です！　男子の嗜み以外でイタした事ない筈なのに、滅茶苦茶テクニシャンですよね！

「……っは……」

オリヴァー兄様が満足したのか、漸《ようや》く唇を離され、私は思わず小さな吐息を漏らした。

――と、そんな私の顔を見ながら、オリヴァー兄様が固まっているのに気が付く。

「オリヴァー兄様？」

コテンと首を傾げながら名を呼ぶと、オリヴァー兄様は慌てて立ち上がり、ベッドから離れた場所で控えていた、クライヴ兄様やセドリックの許へと行ってしまった。

「……大丈夫か？　オリヴァー」

何かを耐えるように、深く溜息をついたオリヴァーに、少しジト目のクライヴが声をかける。

「……御免。エレノア不足だったものだから……つい調子に乗った。でも、あの潤んだ上目遣いは反則だろう⁉」

「ああ、あれは凶悪だよな……。じゃなくて！　エレノア不足の時に、がっつくからこうなるんだよ！　ったく……」

「オリヴァー兄上が、正気に戻って下さって助かりました。エレノアの貞操を守る為とはいえ、オリヴァー兄上を攻撃するのは忍びなかったですからね」

「……うん、そうか……。攻撃ね……。セドリック、お前も立派な婚約者となったな……」

「はいっ！　有難う御座います！」

そんな自分達のやり取りを、不思議そうに見ているエレノアの視線に気が付いたクライヴが、更に声を潜めた。

「……オリヴァー。話は聞いていると思うが……」

その瞬間。オリヴァーの顔が、いつもの冷静なそれへと戻った。

「ああ。ディラン殿下が学院にいらしたんだったね。で？　気が付かれたのかな？」

「いや。薄々何かを察しておられた様子だったが、かろうじて気が付かれなかった。……だが、『あいつ』には、間違いなく気付かれた筈だ」

「……ヒューバード・クラインだね。フィンレー殿下の来訪といい、彼が関わっているとは思っていたけど……。流石は王家直轄の『影』を取り仕切る総帥《そうすい》だね。彼はディラン殿下と共に、エレノアと直接接している。多分だがエレノアを観察していて、あの時の少女がエレノアではないかと疑ったのだろう。……まあ、いつかは知られる事だったが……。ちょっと早すぎるな」

「幸い……と言うのも妙だが、今は時期が悪いからな。知ったとして、あちらもすぐには行動出来ないだろう。……が……。どうする？　エレノアの奴、暫く学院を休ませるか？」

「その方が良いだろうね。殿下方の事がなくとも今回の騒動もあるし、レナーニャ王女にも引導を渡したから、あちらも何を仕掛けてくるか分からない。事が片付くまでは、エレノアは学院を休ませる事にしよう」

「僕もそれに賛成です。……オリヴァー兄上、クライヴ兄上。リアムとも話したのですが……。ヴェイン王子の事について、ちょっと……」

「ヴェイン王子？」

その時だった。

「……失礼致します。オリヴァー様、宜しいでしょうか？」

ドアがノックされ、固い表情のジョゼフが部屋の中へと入ってくる。

その手には、何かを乗せた銀のお盆があったのだった。

「ジョゼフ？　どうしたの？」

ひょっとして、自分にお茶を持って来てくれたのかと思ったのだが、お盆に乗っかっている『何か』を見て、顔色を変えた兄様の反応からして、どうやら違うようだ。

「エレノア、ちょっと用事が出来た。君はこのまま大人しく休んでいなさい」

「え？　オリヴァー兄様？」

それだけを言うと、兄様方とセドリックはジョゼフと共に、慌ただしく部屋を出て行ってしまった。

「……何なんだろう……？」

そんな皆の行動に首を傾げる私の傍に、入れ替わるようにウィルがお茶を持って来てくれる。

「さあ、エレノアお嬢様。お好きなアプリコットティーですよ。これをお飲みになって、もうお休みください」

ニッコリと、いつもの優しい笑顔を浮かべるウィル。

だけど何となく、その頬が強張っているように見えて……。突然、私の胸に嫌な予感がせり上がってくるのを感じた。

「エレノアお嬢様⁉」

私はベッドから飛び起きると、慌てるウィルに構わず、廊下に飛び出し兄様達を追い掛けた。

……なんだろう……。嫌な予感がどんどん湧き上がってきて、胸がざわめく。

「兄様！　セドリック！　ジョゼフ！」

私の声に驚き、足を止めたジョゼフに、勢い余って思いきり体当たりする。

バランスを崩したジョゼフの持ったお盆が傾《かし》ぎ、乗っていた『何か』が床に広がった。

「――ッ⁉」

床一面に広がったもの。……それは明らかに人の髪の毛だった。

しかも髪の毛の色は一つではなく、様々な色が交ざっている。つまりは複数の人間の髪の毛……という事だ。

私は驚愕に目を見開き、呆然とソレを見つめた。

「お……お兄様……。これは……？」

床に散らばる髪の束に、私は震える声で問いただした。

「……草食系獣人の……召使達の髪の毛だ」

クライヴ兄様が険しい表情のまま、私の問いに答えてくれた。だがその内容に、私は顔面蒼白になってしまう。

『どうして？　何故、彼女達の髪がここに……?!』

オリヴァー兄様はクライヴ兄様同様、固い表情を浮かべながら、そんな私を見つめ、口を開いた。

「つい先程、その髪の束と共に、君宛に手紙が届けられたんだ。……差出人は、シャニヴァ王国王族の連名となっている。内容はエレノアに、『娶《めと》り』の戦いを申し入れると書かれていた。要約すると、『明日、互いに自分の得意な戦い方で勝負をしよう。そちらが負けたら、婚約者を全員解放するように』……と、そう書かれているね」

「『娶り』の戦い？」

「僕もあまり詳しくは無いが……。獣人達の風習の一つで、自分が添い遂げたい相手に恋人ないし伴侶がいた場合、その相手と恋しい男性、もしくは女性を賭けて戦う事を意味する言葉らしい。ようは、愛する相手を力づくで我が物にする大義名分ってところかな。『力こそ全て』な獣人らしい風習だ」

心底、軽蔑しているように吐き捨てられた言葉に、私はとある人物を思い浮かべた。

「……これを画策したのは、レナーニャ王女……でしょうか？」

王族の連名となっているけど、実質オリヴァー兄様を『番』とする、あの王女からの挑戦に違いない。

……いや。今日、ディラン殿下とクライヴ兄様にコケにされた、他の王女方も絡んでいるのかもしれないけど。

「ああ、多分ね。……はぁ……。最終通告を出して早々これか……。番狂いの獣人は本当に厄介だ。やっぱりあの時、問答無用で燃やしておくべきだったかな……？」

淡々と……そして忌々《いまいま》し気にそう呟くオリヴァー兄様の瞳が、一瞬紅く揺らめいた。

私は、オリヴァー兄様の本気の『殺意』を感じ、ゾクリと背筋を震わせる。

『それにしても……『娶り』の戦い……かぁ……』

アルバ王国の男性達も、恋しい相手を巡って戦う事はある。というか、常に競い合っている。

だけど、一番大切なのは愛する相手の気持ちだという点では、どの男性の考えも一致している。

だから、その相手が悲しむような争いは絶対にしない……と、誰かから聞いた事がある。

だからこそ兄様は、こんな他者を理不尽に巻き込み、己の欲望を最優先するような行動に強い憤り《いきどお》を感じているのだろう。ましてや自分自身がそうなった原因であるのなら猶更《なおさら》だ。

「エレノア。この髪の毛は君が申し入れを断れないよう、送りつけられてきたものだろう。君は今日、自分の身を挺して草食系獣人の侍女を庇ったからね。そんな君が、こんな脅しの材料を送られて、平気でいられる訳が無い。……と、あちらは確信したんだろうね」

「私が……ミアさんを庇ったから……」

しかも、私は結果的に、王女達からミアさんを保護してしまったのだ。

残った侍女たちの髪を切り刻んで送りつけて来たのは、それに対する報復の意味もあるのかもしれない。

だとしたら、彼女達がそんな目に遭ったのは間違いなく、私の所為だ。

「……草食系獣人を、人族同様に見下しているあの王女達の事だ。この申し出を断れば即、彼女らになんらかの害を与える……と、暗に示しているのだろう」

私は床に散乱した髪の毛を見ながら、拳を強く握りしめた。

私に断る選択を無くす為に、こんな酷い事をするなんて……！　あの人たち、どこまで腐ってるんだ！

「当然、この申し出はお断りする。ジョゼフ、待たせている使者にはそう報告を……」

「えっ⁉　オ、オリヴァー兄様⁉　待って下さい！　そんな事をしたら、侍女達が！」

「……確かに彼女達の身は心配だが……。エレノア、僕達はかけがえのない君を、少しの危険にも晒す気はないいんだよ。ましてや、こんな卑怯な事を平気で行える連中と勝負をするなど、もっての外だ」

「でも……！　私の所為で巻き込まれた、何の罪も無い人達を見捨てて、私だけ安全な所で守られるんですか⁉　そんな……そんなの、耐えられません！」

「いいから、黙って言う事を聞くんだ！」

強い口調に、ビクリと身体が竦んだ。

「……今回だけは、君が泣こうが喚こうが、絶対に許可しない。従わないと言うのなら四肢を縛り、拘束をしてでも言う事を聞かせる！」

常にない程の真剣で冷徹な表情と口調に、言葉が出てこない。

オリヴァー兄様の横にいる、クライヴ兄様もセドリックも、物凄く真剣な表情で私を見つめている。

『君が自己犠牲なんてしたら、泣く男が大勢いるんだからね。まず、いの一番に自分自身を守る事を考えるように』

以前、フィンレー殿下に言われた言葉が脳裏を過《よぎ》った。

……分かっている。兄様達だって、草食系獣人の召使達が心配じゃない筈がない。

でもそれ以上に、私の事が大切で心配で……。私に恨まれるだろう事は百も承知で、厳しい事を言っているのだ。私を……守る為に。

――それでも、私は……。

昼間のミアさんの姿が脳裏に浮かぶ。痛々しく怯え切っていたあの姿が。

私は意を決し、兄様達を真っすぐ見つめながら、自分の気持ちを伝えるべく口を開いた。

「オリヴァー兄様、クライヴ兄様、セドリック……。私の事、心配してくれて……そして守ろうとしてくれて有難う。……確かに私、ミアさんと同じく、虐げられているあの召使の人達を助けてあげたいって、凄く思っている」

「エレノア……」

「……でも……でもそれ以上に私……。あの王女達に、一発入れたいって思っているの!!」

拳を握りしめ、鼻息荒く言い切った私を前に、兄様方やセドリックの目が丸くなった。

「……は？」

「……え……？」

「一発……入れる？」

「そう！　出来れば一発入れるだけじゃなくて、自分の手でこらしめたい！　今迄他国の王族だから、口も手も出せなかったけど、勝負を引き受ければ身分云々《うんぬん》関係無しで、何の憂いも無く正々堂々やり合えるでしょ!?」

そう、あのやりたい放題の獣人達に対し、いい加減私の我慢も限界だったのだ。

ケモナーである私に対し、愛するケモミミ達を酷い目に遭わせた証拠を送り付けるなんて……！

それに、婚約破棄しろだって⁉　何を血迷った事を言っているんだ‼

思い起こせば今の今迄、人の大切な婚約者である兄様方に、散々色目使いおって！　いったい何様のつもりなんだ⁉　いや、王女様だけど！

あの傍若無人な色欲王女達と、こんな合法的に戦える機会なんて、今後絶対無いだろう。

それに、どの王女様と戦うかは分からないけど、私だって兄様方や父様方に何年もしごかれているのだ。

しかも相手は、私がただの非力な小娘だと思っている訳だから、その隙を突けば勝機は絶対ある。

……って言うか、その非力な小娘を戦いに引きずり出そうなんて、本当に肉食系獣人達って、下種《げす》の極みというかなんというか！

だけどおあいにくさま。私はただの小娘ではない。

そちらがその気なら、私の持てる全力を駆使して、叩き潰してやろうではないか！

「い、いやエレノア……あのね……」

予想外の展開に、兄様方やセドリックが戸惑っている。そんな三人に、私は更にたたみかけた。

「それに私が勝負を受ければ、獣人達は私を合法的に痛めつける事に集中するでしょうから、その隙に、召使の子達を救《たす》け出してあげる事は可能ですよね？」

そう。今迄何だかんだやられていたけど、私に迂闊に手を出せなかったのはあちらも同じだ。

憎い私を甚振《いたぶ》れる絶好の機会が訪れれば、きっと召使達の事なんて、どうでもよくなるに違いない。

私の言葉に、オリヴァー兄様が目を見開き、再び険しい表情を浮かべる。

「それは……君自身を囮にするって事？」

「否定はしません。……でも私、負けるつもりはありませんよ？　なんてったって、誰よりも大好きで大切な、兄様方やセドリックとの婚約破棄がかかっているんですからね！　私は、みんなの婚約者を降りる気なんて毛頭ありません。死ぬ気で勝ちに行きます！」

私のやる気と熱意に、遂に兄様方とセドリックは、二の句が継げずに黙り込んでしまった。

……というか……あれ？　ちょっと感動している……？

「……そんな場合じゃないのに……。不覚にも、物凄く嬉しい……！」

オリヴァー兄様が、赤らんだ顔で口元を手で覆う。

「死ぬ気で俺達の為に……。いや、それは不味いだろ！　……不味いんだが……」

あっ！　クライヴ兄様が、目元をうっすらと赤く染めている！

「誰よりも大切……。エレノア……。そんな情熱的な言葉を、君の口から聞く事が出来るなんて……！」

セドリックの目がウルウルしている。……えっと、「そんな場合じゃない」って確かにその通りなんだけど、まさかそんなに喜ばれるとは……。

これからはもっとちゃんと、自分の気持ちを口に出した方が良いかもしれない。うん、頑張ろう。

「……分かった。エレノアの言う通りにしよう。……でも万が一、エレノアの身が危険だと判断したら、僕らは絶対に介入するからね!?」

「出来れば最後まで静観していてほしい……」

「……何か言った……？」

「い、いいえっ！　はい、宜しくお願い致します!!」

オリヴァー兄様のドスの利いた声音に、条件反射で首を縦に振る。

うん、そうだよね。ここまで譲歩して貰ったんだから、ここは大人しく頷いておこう。

「……エレノアお嬢様。私は、お嬢様が危険な勝負をお受けする事には未だもって反対です。……ですが……。ご婚約者様方の為にそこまで……。ご成長されましたね……！」

そう言いながら、ジョゼフがそっと目元を指で拭う。

あれ？　よく見てみれば、いつの間にかジョゼフの後ろに控えていたウィルも、ハンカチで涙を拭いながら何度も頷いている。

……私って、どんだけ……。いや、今はそんな事を深く考えている場合じゃない。

私は勝負を受けた事を、獣人の使者達に伝えるようジョゼフにお願いし、気持ちを落ち着かせるべく、大きく深呼吸をする。

そこで私は、はたと気が付いた。

決闘……。場所は学院内で行うそうなのだが、果たしてどんな格好で挑めばいいのだろうか？

「オリヴァー兄様、決闘の時の服装はどうしましょうか？　いつもの制服の下に、運動着を着こんでおけば大丈夫ですかね？　あれならスカートが翻《ひるがえ》っても、中を見られる心配ないですし……」

「普通に運動着を着なさい!!」

「お前というヤツは！　何を考えている!!」

「寧ろ、何でそこで制服が出て来るの!?」

……はい。三者三様、物凄い勢いで却下を食らいました。

ジョゼフにも、「お嬢様には淑女としての嗜《たしな》みが～……」とお小言食らっちゃったし、オリヴァー兄様にも、「丁度いいから」ってサロンに連行され、そのまま正座させられて「淑女とは何か」というお説教に加え、今日の私の行動についてのお説教までされてしまったのだった。

……あれ？　確か私、安静にしていろってベッドに寝させられていた筈では？

「明日決闘だー！　って、拳振り上げて力説している奴に、安静もクソもあるか！　オリヴァーの説教が終わったら、今度は俺と時間の許す限り特訓だからな！」

「ええっ⁉」

「エレノア、大丈夫！　多少怪我をしても、僕がすぐに治してあげるから！　全力でクライヴ兄上に挑んでよ！」

「え？　あ、ありが……とう？」

……なんだろう。なんかスポコン漫画のような展開になってきたな。

「お嬢様！　我々も全力でサポート致します！」

「まずは余計な横やりを防ぐべく、取り巻きの獣人達を皆殺しに……‼」

はい却下！　皆殺しにしてどうすんですか、あんたらは‼

「お嬢様！　我々美容班も、全力でお嬢様の晴れ舞台に向け、お衣装をご用意致します！」

……あ……あれ？　いつの間にか、召使の人達が勢揃いしているよ。

にしても衣装って？　普通にいつも使っているジャージでいいのでは？

「生地の配色は、やはりご婚約者様方の色を加えねば！　単色一辺倒など言語道断！　皆、今夜は徹夜だぞ！」

「柔軟性と機能性。そして何より、お嬢様のお可愛らしさを引き立たせるよう、華やかさを強調しましょう！」

「ついでに破損するのを防ぐ為、生地に防御結界の術式を付与するのは？」

「それじゃあついでに、攻撃魔法も付与しよう！」

――駄目だ、聞いちゃいない。

というか、攻撃魔法を付与するのは止めて下さい。それって反則です。

……うん、これは無様な試合は出来ないな。気合入れて頑張ろう！

「エレノア……僕の言葉、ちゃんと聞いている？」

「はっ、はいっっ!!」

私はオリヴァー兄様のお説教を少しでも早く終わらせるべく、真摯な態度を取りながら、正座している下半身に気合を込めたのだった。

エレノア・バッシュ公爵令嬢

リアムが王宮に戻ると、あちらこちらで慌ただしく動き回る気配を感じた。

まあ、それも当然だろう。その時が近いとあらば。

勿論、その慌ただしさは人目に映らない類のものだ。一般人が見れば、何時《いつ》もの通り、普通に王城の人間達が、話したり移動したりしているという風にしか見えないだろう。

当然人族を侮り、見たままのものしか見ようとしない獣人達の目にも、そう映るに違いない。

そうして影に促されるがまま、王家直系のみが使用出来る居住区へと向かい、いつものサロンへ入室する。すると……。

「アシュル兄上⁉　え？　ディラン兄上と……フィンレー兄上も⁉　なぜこちらに？」

確か全員、それぞれの持ち場で『仕事』をしている筈なのに。……ひょっとして、重大な何かが起こったとでも言うのだろうか。

戸惑うリアムに、アシュルが苦笑しながら説明をする。

「リアム、久し振りだな。大丈夫、『作戦』は順調に遂行されている。お前が心配するような事はないから安心しなさい」

アシュルの言葉に、リアムは我知らず詰めていた息をホッとつく。

そんな弟に優しく微笑んだ後、アシュルは表情を引き締め、部屋の隅へと静かに声をかけた。

「……さて、ヒューバード。忙しい僕らをわざわざ全員招集したんだ。それこそ、それに見合った重大案件なんだろうね？」

すると音も無く、黒いローブ姿が部屋の中に浮かび上がる。その後方には、同じくローブを纏った男達が数人控えていた。

彼らもヒューバードと同じ、王家の影達なのだろう。彼らはアシュル達の前に立つと、全員片膝を突き、深々と頭を垂れた。

「はい、勿論で御座います。……ですがその前に、ディラン殿下に直接お伝えしたき事が御座います」

「は？　俺？」

「……良いだろう。許可する」

「有難う御座います。それでは……」

アシュルの許しを得たヒューバードはその場から立ち上がると、不思議そうに首を傾げた自分の主を真っすぐに見つめた。

「……ディラン殿下。あなた、馬鹿なんですか？」

「はぁっ⁉」

突然腹心の部下にディスられ、ディランが素っ頓狂な声を上げる。

アシュル達や他の影達全員が「えっ⁈」と戸惑う中、ヒューバードは深々と溜息をついた。

「はぁ……。まさか貴方が、そこまで脳筋で鈍いとは……。エル君への貴方の想いが、その程度のものだったのかと思うと、情けなくて涙が出ますよ。ええ、本当に！　今回という今回は、本気で貴方には失望させられました！」

「ち、ちょっ……！　ヒューバード、お前さっきから何言ってんだ⁉」

「そうだよヒューバード。何いきなりディラン兄上を貶めている訳？　いくら兄上が脳筋で単細胞のバカだったとしても、仮にも仕える主に向かって、言うべき言葉じゃないだろう？」

「フィンレー！　お前も俺を庇っているようで、しっかり貶めてんじゃねぇか‼」

「え？　貶める気なんてないよ？　事実を言っているだけだし」

「なお悪いわ‼」

「ディラン、フィン、そこまで。……というかヒューバード。言い方はアレだが、フィンレーの言う通りだ。いくらなんでも、自分が仕える主に対して不敬過ぎるだろう？　というか、まさかディランを我々の目の前で貶めるのが、今回の召集の目的……なんて言わないよね？」

「……アシュル殿下の仰る通りです。大変申し訳ありませんでした。……つい、今迄の鬱憤とストレスが爆発してしまいまして……」

謝罪をし、深々とお辞儀をするヒューバードを見ながら、アシュルは「さもありなん」と、彼に心の中で同情をする。

ヒューバードには獣人達の監視の他に、いざという時、学生達やリアムを保護する事を目的に、学院に潜り込んでもらっているのだ。

自分の目で、影達の報告で知れば知る程、獣人達の在り様は胸が悪くなるの一言であった。

その横暴に対し、黙って見ているだけというのは、いかな『影』とはいえ、さぞかしストレスが溜まるに違いない。

しかもヒューバードには、密かにエレノアの護衛もさせているのだ。

獣人達の、悪意の標的になってしまっている彼女の護衛だ。さぞや歯痒い思いをしているに違いない。

なにせ、命の危険がある迄手を出す事が出来ないのだから。

今日、エレノアの身に起こった出来事は、影とディランの報告で聞いて知っている。

普段感情を露わにしない影達であったが、自分に報告をした際、口調に隠し切れない憤りと悔しさを滲ませていた。

エレノアと直接関わりの無い王家の影達にしてこれなのだから、バッシュ公爵家の影達は、さぞ激怒していた事であろう。……そして、それを直に見ていたヒューバード自身も。

『勿論、僕もだけど……ね』

今、自分は意識して、必死に普通の態度を貫いている。……そうしないと、自分で自分を抑えられなくなりそうだからだ。

何の落ち度もない自分の想い人が、理不尽な暴力に晒されて冷静でいられる男など、このアルバ王国には存在しない。

自分がそれを耐えていられるのは、王太子としての責任感に加え、近々大規模な粛清が控えているからだ。

影からの報告を受け、エレノアの受けた苦痛と恐怖を思うと、「ぶっ殺してやろうか、あのケダモノども！」と憤っていたフィンレー同様、今すぐにでも彼らを、この手で八つ裂きにしてやりたくなってしまう。……きっとヒューバードも、自分達と同じ思いであったに違いない。

――でも、何でそこで『エル君』が出て来るのだろうか？

「ヒューバード。君には苦労をかけるね」

疑問に首を傾げつつ、心からの同情と労わりの気持ちを込め、そう声をかけると、ヒューバードは無表情でかぶりを振った。

「いえ。今回、私を学院に配属して頂いた事、心の底から感謝いたしております。これこそまさに、天の采配と言えましょう。……なにせそのお陰で、『彼の方《かた》』に巡り合う事が出来たのですから」

「彼の方？」

侍従が淹れた紅茶に口をつけながら、リアムが不思議そうな顔をする。

「はい。……ディラン殿下。貴方がずっと探されていたご令嬢の事です」

「――ッ⁉　エルか⁉　あの子が見つかったというのか⁉」

「ちょっと、ヒューバード！　それは本当⁉」

すぐさま反応したディランとフィンレーに、ヒューバードは深く頷いた。

「はい。……エレノア・バッシュ公爵令嬢。彼女があの時、ディラン殿下と私がダンジョンで出逢った少女であり、フィンレー殿下が夜会で巡り合った方です」

「「「……え？」」」

唐突に告げられた、予想もしていなかった名前に、ディランとフィンレー、加えてアシュルとリアムの思考までもがフリーズした。

一瞬、その場に痛いぐらいの沈黙が流れる。――が、次の瞬間。

「……え？　ええええっ⁉」

「は……？　え⁉　エレノア……嬢が……⁉」

「……ちょっ、ヒューバード！　それって何の冗談？　全然笑えないんだけど⁉」

「エレノアが……ディラン兄上の好きな……エルって子……⁉」

「ヒュー兄様⁉　それって本当なのですか！！？」

絶叫、困惑、その他諸々の叫びがサロン内に響き渡った（若干一名、余分な声が含まれていたが）。

そんな彼らを見ながら、ヒューバードは相も変わらずの無表情で頷いた。

「冗談などではありません。エレノア嬢を初めて目にした時、非常に懐かしい感じが致しました。それ故、「もしかしたら」と様子を窺っていたのですが、あと一つ確信が持てず仕舞いでした。ですので、フィンレー殿下とディラン殿下に御足労頂いたのですが……。今回、ディラン殿下と接したバッ

シュ公爵令嬢の態度で、あの方がエル君であると確信致しました。ゆえに、殿下方にお集まり頂き、ご報告申し上げました次第です」

「う……嘘……だろ？　エレノア嬢が……エル……⁉」

呆然と呟くディランに、ヒューバードは青筋を立てながら頷いた。

「そーですよ！　あの仕草や態度見ていて分かりませんでしたか⁉　まんまエル君だったじゃないですか‼」

「い、いや！　確かにエルと重なるなー、可愛いなー……とは思っていたけど……」

「しかもエレノア嬢、途中で殿下の事を、『ディーさん』って言いかけたんですよ⁉　それ聞き逃したあなたを見ていた時の、私の気持ちが分かりますか⁉　怒りのあまり、ひっさびさに胃に穴が空きそうでしたよ‼」

「うっ……！　そ、それは……。確かに申し開きも出来ねぇ！　ああ……エル！　手を伸ばせば届く所にお前がいたってのに、俺って奴はなんて事を……‼　俺のお前への想いはこんなもんだったってのか……⁉　クソッ！　自分で自分をぶちのめしてやりてぇ‼」

「後で私がちゃんと、ぶちのめしてさし上げます！　取り敢えず今は、そのまま海底より深く反省していて下さい！」

――……カオスだ……。

その光景を見ていたマテオ以外の影達は、心の中でそう呟いた。

ちなみにマテオはというと、「え……？　え？　兄様が言っていた少女がエレノア？　……え？」と、一人放心状態でブツブツ呟いていた。

ヒューバードの容赦のないツッコミの嵐に、ディランが叩きのめされている横では、フィンレーも呆然といった様子で机に手をつき、何やらブツブツ呟いている。

「そんな……。この僕が……あの子の魔力を感知出来なかったなんて……！　あの眼鏡……か？　あれで魔力を完璧に遮断していたと……!?　クロス魔導師団長……。やってくれたね、あのクソオヤジ……!!」

プライドを刺激され、メルヴィルへの呪詛を呟くフィンレーの横では、アシュルとリアムが共に呆然といった表情を浮かべていた。

「……え？　ち、ちょっと待って……。エレノア嬢が……ディランとフィンレーが好きになった子……？」

「じゃあ……。あの夜会で見たあの子が……本当のエレノア……？」

アシュルとリアムは、共に夜会で見た少女を脳裏に思い浮かべ、徐々に顔を赤らめる。

今でも鮮やかに思い出せる。波打つヘーゼルブロンドの髪、宝石のようなキラキラした黄褐色の瞳と、バラ色の頬を持つ少女。

純白のドレスに身を包んだその姿は、夜の闇の中鮮やかに煌めいて、まるで妖精か天使のように美しかった。

一瞬で魅了されたあの美しい少女が、最愛の少女と同一人物……!?

「エレノア……」

リアムは愛しい少女の名前を無意識に呟く。

にわかには信じがたいその事実がジワジワと浸透していき、心の中にとてつもなく甘やかな喜びが湧き上がってくる。

『リアム……？』

自分を見つめ、頬を赤らめさせながらそう呟いた声に、エレノアを重ねた自分は間違ってなどいなかったのだ。

胸に湧き上がってくる激情そのままに、リアムは勢いよくその場を立った。

「アシュル兄上！　俺、バッシュ公爵邸に行って来ます！」

「えっ⁉　リアム⁉」

「アシュル兄貴！　俺も行く！」

「アシュル兄上、僕も行くから！　今度こそあのゲテモノ結界、ヒビどころか完膚なきまでに破壊して、エレノア嬢を連れて帰ってくる！」

「待て！　落ち着け、リアム、ディラン！　それにフィンレー！　お前は行く趣旨が違うだろ！　ってか、連れ帰って来てどうする！　こんな時期に、最上位貴族に喧嘩売る馬鹿がどこにいるんだ！　頭を冷やせ‼」

「そんな事言って、アシュル兄上だって行く気だったんでしょ？」

「……フィン。悲しい事に、お前達のお陰で逆に冷静になれたよ。全く……。僕の弟達は、やんちゃ者しかいないんだから！」

そう言うなり、アシュルは深々と溜息をつき、自分が腰かけているソファーの背もたれに深く身体を預けた。

「「「………」」」

苦労性な兄の疲れた様子に、ディラン、フィンレー、リアムも少しだけ頭が冷えたのか、大人しくソファーに座り直す。

「……しかし……そうか。エレノア嬢が僕とリアム同様、ディランとフィンレーの想い人だったとは……。こう言っては何だけど、想像すら出来なかったよ。なんせ、容姿が……ね」

「うん。聞いていたディラン兄上とフィン兄上の『エル』とは、似ても似つかなかったから……」

自分もリアムも、エレノアの容姿に魅せられた訳ではない。

だが、あのエレノアの容姿と、夜会で見た天使のような少女の姿を見て、同一人物だと考える者はいないだろう。

「多分だけどアレ、エレノア嬢がかけているメガネを媒介にして、そういう風に見せているんだと思うよ」

「え!? わざわざあんな風に!? ……ってそういえば、そもそもエレノア、最初からあんな見た目だったっけ。エレノアには言えないけど……俺、初めてあの格好のエレノア見た時、正直頭イカレているのかと思ったからなぁ……」

リアムがその時を思い出し、しみじみと呟く。

それでもあの時、見た目以外は『素』のエレノアだったし、違った意味で衝撃的なその態度や行動のお陰で、あの奇天烈な格好は、さほど気にならなくなってしまったのだが。

「あの時はまあ、僕達の目を欺く為に、盛りに盛ったんだろうけど……。でも、正直信じられないな……。自分の愛しい婚約者を、あんな見てくれにする男がこの世に存在するとは……」

アシュルの言葉に、その場の全員が揃って頷いた。

そう。どの男も、自分の婚約者をより美しく飾り立て、その美しさや可愛らしさを対外的に知らしめようとするのが普通だ。

それがいくら他の男を虫除けする為とはいえ、仮にも愛する婚約者を、わざと不器量な見てくれにさせるなど……。ハッキリ言って、悪魔の所業だ。全くもって有り得ない。

——というか、それを承諾してしまうエレノア自身も大概だ。

何が悲しくて、わざわざ不器量な見てくれになりたいと願う女性がいるというのだ。

そんな事を婚約者がお願いした時点で、普通の女性だったらまず間違いなく、相手に三下半を突き付ける筈だ。

……まあ、ようはそれだけ、エレノアが婚約者である兄達やセドリックを愛している……という事なのだろうが……。

だが、それにしたって有り得ない。……でも、そういった常識をすっ飛ばし、やってのけてしまうのがエレノアなのだろう。

もう、呆れを通り越して、「流石はエレノア嬢！」としか言いようがない。

「……まあ、あの狭量な婚約者達ならやりかねないだろうけど、そうせざるを得なかったってのが本当のトコかもしれないね。だって、あんな格好をしていたって、リアムもアシュル兄上も、エレノア嬢の事を好きになってしまったんだろう？」

「……うん……」

「……確かに……ね」

「なんせ、エレノア嬢が例の少女だって知らなかった僕やディラン兄上でさえ、ちょっと接しただけで好感を持ってしまったんだからね。あの婚約者達以外にも、彼女に熱を上げている連中が沢山いるっていう話も、彼女に会って初めて納得したよ」

そう。フィンレーの言葉に、その場の全員が心の底から同意し、頷いた。

実はエレノアが知らないだけで、自分達以外にもエレノアに密かに想いを寄せている者は、あの学院には数多く存在する。

そしてその事実こそが、エレノアの最大の魅力が外見的なものではなく、内面にある事を如実に物語っているのだ。

最初は、あのわざと作られた見た目に一歩引いてしまったとしても、彼女と実際に接した者達は皆、ことごとく彼女に好感を持ってしまうのだ。

そうして自分自身が気が付かぬうちに、彼女の魅力に絡め取られ、恋に落ちてしまう。

そんな彼女が、『素』の状態のまま、外の世界に出てしまったらどうなるか……。それはもう、推して知るべしである。

もし自分達が彼女と初めて出逢ったあの茶会で、外見も内面も素のままのエレノアと対峙していたとしたら……。多分間違いなく、自分達全員がその場で彼女に恋をしてしまっただろう。

そう考えれば、オリヴァーやクライヴがエレノアの姿や性格を偽ったのは、彼女を愛する婚約者として当然の行動と言える。

「兄貴、俺はエルを『公妃』にしたい！」

ディランの言葉に、アシュルは静かにかぶりを振った。

「……ディラン。彼女が承諾しなければ、無理だよ」

「――ッ！　兄貴⁉　……でも……！」

「今回、『王家特権』は使わない。……というより、使えない……と言った方が正しいね。そもそも、『王家特権』は、公妃にと望まれた女性の合意があって、初めて成り立つんだ。……エレノア嬢が、公妃の座を手放しで喜ぶような子に見えるかい？」

「……それは……」

あのダンジョンで出会ったエル……いや、エレノアの事を思い出す。

木の棒で刺して焼いただけのマシュマロを、あんなに喜んで食べ、自分の手で魔物を狩るのが夢だと、キラキラした瞳で語っていたあの子。

『女』としての特権を使う気なんて欠片もなく、他人の為に自分の身を危険に晒す事も厭わない。

……そんな子だからこそ、自分は恋に落ちたのだ。

「今の所、彼女は僕達の事を恋愛対象とは見ていない。一番親しくしているリアムでさえ、『友人』の枠から出られていないんだ。容姿も権力も、彼女にとってはさほど意味がないという、なによりの証拠だ。……まあ、僕達が自分に好意を持っているって知って、意識はしてくれているみたいだけどね」

「……アシュル兄上。兄上はエレノアを『公妃』にするのは諦めろって、そう言いたいのですか？」

リアムの言葉に、アシュルは静かにかぶりを振った。

「まさか！　諦めるだなんて、そんな気は毛頭ないよ？　……ただ、今は時期が悪すぎる。それにさっきも話したけど、『王家特権』は使えない。使ったが最後、この国最強の戦士と魔導師、そして次期宰相、全員を敵に回す事になってしまうからね。勿論、彼女の婚約者達も同様だ。そうなれば下手をすると、彼らが国を離反する事態になりかねない」

その場に居る者達は、誰もアシュルの言葉に反論しなかった。というか、全員物凄く納得した。あの連中からエレノアを取り上げれば、間違いなくそうなるだろう。

「彼らが一丸となって、エレノア嬢の事を世間に……というか、我々王家に秘匿していたのは、大切なエレノア嬢を、『公妃』として王家に取り上げられる事を、防ぐ為だったんだろうからね」

――まあ、それでも僕達は恋に落ちたんだけど……。

アシュルは胸中で、オリヴァーやクライヴ、そしてセドリックに『ご愁傷様』と呟いた。

恨むのなら、あんなに魅力的な女の子を、この世に生み出してしまった女神様を恨んでほしい。

「……だが、夫や恋人を選ぶ権利は、あくまで『女性』にある。たとえオリヴァーやクライヴ、そしてセドリックが頑なに反対していても、父親達が止めても、エレノア嬢本人が望むのであれば話は別だ。ディラン、フィンレー、リアム。お前達もアルバの男だろう？　なら、どんな手を使ってもエレノア嬢を自分に振り向かせてみせればいい」

そう言い切って微笑むアシュルの目を見た三人は、揃って息を呑む。

それはまるで、肉食獣が獲物に狙いを定めた時のような、獰猛な色に染まっていたからだ。

いつも冷静沈着で穏やかな長兄が見せた『男』の顔に、ディランはニヤリと口角を吊り上げる。

「……上等だ。俺だって諦める気なんざ、サラサラねぇよ！」

「あの、オリヴァー・クロスに全部持っていかれるなんて、考えただけでも業腹だね。……僕だって彼女の事を愛している。絶対に手に入れてみせるさ」

「リアムは？　どうするんだい？」

「……俺は、エレノアしか要らない。そもそも、諦めたくなかったから、王立学院に行ったんだ。絶対にエレノアを妻にします！　その為だったら、王家からの廃嫡も厭《いと》いません！」

「……いや、それ極論だからねリアム。……そしてそこの二人！　『その手があったか！』って顔に出ているから！　父上や叔父上達に半殺しにされる前に、その考えは捨てなさい！」

『え～！』という不満顔をこちらに向ける弟達に、アシュルのこめかみに青筋が立った。

全くもって、こいつらは……！

「ピィッ！」

そんなカオスな空気溢れるサロンの中に、突然、場違いとも言える可愛い鳴き声が響き渡った。

「あれっ？　あの毛玉……」

フィンレーの言葉に皆が振り向くと、いつも王宮の外をふよふよ飛んでいるマテオの連絡鳥が、常とは違うスピードで、ヒューバードの傍にいた影の手に止まった。

「どうした？　ぴぃ」

「ピィ！　ピイピィピィ！　ピピピピィ!!」

「な、なんだって！　それは本当なのか!?」

「ピッ！」

「……うん、マテオ。最後だけは何を言っているのか、何となく理解したけど。取り敢えず僕達にも分かるように訳してもらえないかな？」

「はっ！　も、申し訳ありません！　……あのっ、アシュル殿下。オリヴァー・クロスよりの緊急伝達です！　今すぐ再生致しますので、どうぞお聞きになって下さい！」

『緊急伝達』の言葉に、アシュル達の顔に緊張が走る。

「分かった。聞こう」

そうして、マテオの連絡鳥から聞こえるオリヴァーの話の内容に、その場に居た全員が顔色を無くした。

「そんな……！　エレノア!!」

「畜生！　あいつら、どこまで……!!　兄貴！　今すぐ獣人の奴らを捕らえて……いや、それよりもバッシュ公爵邸に直接行って、エルを思いとどまらせよう！　ったく！　オリヴァーもクライヴも、こんなくだらねぇ事、なに了承してやがんだよ!?」

「……あのケダモノ共が……。やっぱり、あの子に害を為した時点で始末しておくべきだった……！」

「全員、落ち着け！　ヒューバード！　大至急、各地に散っている叔父上達に連絡を！　すぐに王宮に戻るか、もしくは魔導通信で連絡が取れるようにと伝えろ！」

「御意！」

「ディラン！　フィンレー！　リアム！　我々は国王陛下の許へと向かうぞ！」

アシュルの言葉に全員が立ち上がり、足早にサロンを後にする。

――そうして、王家とバッシュ公爵家、双方の慌ただしい夜は更けていったのだった。

決戦当日

翌朝、王立学院は早朝から緊迫した空気に包まれていた。

その理由は昨夜、王家直々に学院に届けられた通告文にあった。

——明日。王立学院内にて、エレノア・バッシュ公爵令嬢が、シャニヴァ王国の王族と『娶り』の戦いを行う。

それを受け、野外で行われる攻撃魔法の試験場が、急遽決闘の場へと整えられた。

この試験場とは、広々とした芝生が敷き詰められたグラウンドの中央に、テニスコート並の広さに区切られた、舞台である。

他よりも土で高く盛られたその場所には、防御性の高いタイル状の魔石が敷き詰められ、その四隅に、防御結界を張る為の特別な魔石が埋め込まれている。

これによって、周囲に攻撃魔法の被害が及ばないようにしているのだ。

学院長の命令により、今一度その魔石に魔力が注がれ、防御力が強化される。

そして、シャニヴァ王国王族と、アルバ王国王族が対面する形で、観覧する席が設《しつら》えられた。

シャニヴァ王国側の観覧席には、既に王族やその取り巻き達が優雅に寛いでいた。

異様なのは常日頃、王女や王子の周囲に侍っている側近達だけでなく、その周囲を護衛する形で、多くの獣人族の騎士達がひしめいている点であろうか。

終始、上機嫌な様子の獣人側とは対照的に、早朝から続々と集まってきた、アルバ王国側の生徒やその従者達が、眉を顰めてシャニヴァ王国の獣人達を睨み付けている。

それもその筈。彼らは彼《か》のバッシュ公爵家令嬢が今日ここで、どのような目に遭わされるかを、王家からの伝達で知っているのだ。

——このアルバ王国において、女性とはかけがえのない宝であり、何を置いても守るべき存在。

なのに、その守るべき女性であるエレノア・バッシュ公爵令嬢が、シャニヴァ王国の王族からの理不尽な脅しにより、王女達と戦わされるというのだ。

そんな愚行が何故許されたのか。

王家や婚約者達は何を考えているのか……と、その場に集《つど》った生徒達は全員、腹の底から憤っているのだ。

「……総帥。僕は今回の戦いには断固反対しますよ⁉ いくら、これから先の計画に支障をきたさない為だとはいえ、何で僕の幼気《いたいけ》で大切な生徒を犠牲にしなけりゃいけないんですか⁉」

試験場の端にある木陰で、誰もいない空間に向かい、独り言を言うように食ってかかっているのは、エレノアやリアムの担任であるマロウである。

いつもの飄々とした彼を見慣れている者からすれば、別人かと思う程に、その表情や雰囲気は剣呑とした鋭さが滲み出ていた。

「……確かに計画に障《さわ》りを出す為……という事もあるが、あくまでエレノア嬢本人と、婚約者達がこの戦いを承諾したからこそだ」

静かな声が周囲に響く。

それに対し、マロウは苦々し気に舌打ちをした。

「そりゃあバッシュ君だったら、あんな卑怯な脅しを使えば承諾するでしょうよ！　なのにクライヴもオリヴァーも、何だって承諾したりしたんだ⁉　ってかバッシュ君って、殿下方の想い人なんでしょ？　じゃあ王家権限で、決闘を中止にさせりゃあ良かったでしょうが！」

「……」

「あー、だんまりですか？　分かってますよ！　今王家が出張る訳にはいかないって事ぐらい。でも、我慢するにも限度ってもんがあるんじゃないですか⁉　だいたい、総帥も総帥ですよ！　愛しの『エル君』犠牲にするなんて、見損ないました！　それでもあんた、幼児愛好家《ロリコン》なんですか⁉」

「誰が幼児愛好家《ロリコン》だっ！　不敬で断罪するぞ貴様‼」

「その前に、あんたに辞表叩き付けて逃げさせて頂きます！　僕だって伊達に『影』の副総帥やってないですからね！　……そもそも、バッシュ君の身に何かあったら、僕もう王家に忠誠尽くしませんから！」

「お前の元々薄い忠誠、盾にしてんじゃねーよ！　片腹痛いわ‼」

このベイシア・マロウという男は、自分とは同期に当たる。副総帥に昇りつめただけあって、実力も折り紙付きだ。

……ただし、性格が非常に難アリな為、人材発掘の名目で、学院に講師として放り込んでいるのだ（厄介払いとも言う）。

ただこの男、性格はアレでも、相手の実力を見抜く才能に長けている為、王立学院に潜入してから今日に至るまで、貴重な人材を次々と発掘し、王家の『影』へと送り込んできているのだ。

苦肉の策で学院に放り込んでみたが、まさに適任であった。

ただどうも、講師の職が妙に性に合ってしまっているらしく、最近は『影』の副総帥としての立場よりも、講師の仕事に没頭している。下手をすると本当に、『影』を退職しそうな勢いではある。

『やれやれ……。この癖のある男をも感情的にするとは。エル君……いや、エレノア嬢の人タラシは末恐ろしいものがあるな』

ヒューバードがそんな事を考えていると、遠くで空気が震えたのを、研ぎ澄まされた感覚で捉える。

「……どうやら、殿下方がご到着されたようだ」

その言葉を最後に、その場からヒューバードの気配が消える。

マロウは溜息を一つつくと、シャニヴァ王国の獣人達を鋭く一瞥し、自身もその場から姿を消した。

◇◇◇◇◇

王家の紋章が入った、華美で重厚な馬車が学院の正門に到着する。

そして中からアシュルを筆頭に、ディラン、フィンレー、リアムが厳しい表情で、次々と馬車から降りてくる。

王族直系達が勢揃いするという異常事態。

だが、これからここで行われる事を考えれば、彼らがここに来るのは当然と言うべきであろう。

その場に元から居た者。王家到着の報せを受け、会場からその場に駆け付けた者。全ての者達が、一斉に跪いて頭を垂れる。その中を無言で進んでいくアシュル達に、突如声がかかった。

「お待ち下さい、殿下方！」

その声に、アシュル達が足を止め振り向くと、そこには第一騎士団団長の息子であるオーウェン・グレイソンを筆頭に、エレノアの同級生達が揃って、深く頭を垂れていた。

「殿下方のお許しも無く、私ごときがお声がけを致しました非礼、平にご容赦を。……ですがどうか、殿下方のお力をもって、エレノア・バッシュ公爵令嬢をお救い下さいませ！　非力な婦女子を獣人達と戦わせるなど、まさに狂気の沙汰！　彼女は愛し守るべき女性であり、我々の大切な仲間です！その彼女がこれから遭わされる非道を思うと……とても耐えられません!!」

本来なら、王家直系である王子達に対し、格下である者がこのように話しかけるなど、おこがましい以前に不敬の極みである。

下手をすればこの場で捕縛され、きつい罰を与えられてもおかしくはない。だがその恐怖を胸に押し込め、必死に嘆願するオーウェンに続くように、他の生徒達も次々と声を上げていく。

「私からもお願い致します！　どうか、エレノア嬢をお助け下さい！」

「いくら他国の王族でも、我が国の女性に対してあまりな非道！　許せません！」

それを見ていた他の学年の生徒達も、次々と口を開き始める。

「……殿下方！　我々からもお願い致します！」

「我が国の宝を守る為に、どうかお力をお貸し下さいませ！」

そんな彼らを無言で一瞥したアシュルが口を開いた。

「この度の決闘、バッシュ公爵令嬢が望んで受けたと聞いている。……彼女自らが望んでいるのだ。たとえ王家であっても、それに対し口を出す権利は無い」

「そんな……！」

冷たく突き放すような口調に、思わずオーウェンが顔を上げる。

するとその冷たい口調とは裏腹に、アシュルの顔にも、強い憤りと苦渋の表情が浮かんでいた。そしてそれは、ディランやフィンレー、リアムも同様で……。いや、それ以上に強い憎悪に近い感情が浮かんでいたのだ。

王家直系達の、感情を露わにする姿に息を呑みつつ、オーウェンが尚も言い募ろうとした、その時だった。

バッシュ公爵家の家紋をつけた馬車が到着し、王家を含むその場の者達が一斉に注目する。

カッ……。

地面に降り立つ革靴の音が響く。

「――――ッ!?」

先に降り立ったオリヴァーに手を引かれ、馬車から降りて来たエレノアの姿を目にした瞬間、その場の全員が一斉に目を丸くし、絶句した。

何故なら、何時もの厚底眼鏡は変わらずだが……纏っている衣装や装備、そして彼女自身の雰囲気が、その場の全員が想像もしていないものであったからだった。

結い上げられ、黒のリボンで一つに纏められた髪。身体にフィットした黒いスエットの首元は、羽に見立てた黒いレースが何重にもあしらわれている。

下半身を覆う黒いズボンも、身体にフィットした伸縮性のある素材だ。

膝丈まである茶色い革のブーツには、銀糸で編まれたリボンがアクセントとなっていて、女性らしい華やぎを醸し出していた。

そして全身を覆う、裾広がりのドレスコートは濃い黄褐色をしており、襟元の装飾には黒曜石やシルバー、そしてトパーズなどがあしらわれている。その裏地は、艶やかに煌めくパールホワイト。

そして何よりも目を引くのは、茶色い革を加工した腰ベルトに納刀されている、黒と銀を基調とした鞘に収まった『刀』である。

その凛とした佇まいは、これから嬲り者にされる悲壮感など欠片も感じさせない。

それどころか、戦いに挑む高貴なる騎士のような、清廉とした美しさに満ちていた。

その場に居た殆どの者達が顔を赤らめ、ある者は胸の高鳴りを抑えるべく胸元に手を当て、恍惚とした表情で、食い入るようにエレノアのその雄姿を見つめる。

「エ……エレノア嬢……!?」

「おいおいおい……！　何なんだあの格好……。最高か……!!」

「ま……まさかそうくるとは……。ヤバイ。不覚にも撃ち抜かれた……！」

「エレノア……。お前って奴は、やる気満々じゃねーかっ！　本当に何考えてんだよ!?　……いや、似合っている……似合っているけどさぁ！」

あんまりにも意表を突かれたアシュル達に、先程までのシリアスな表情や雰囲気は欠片も見当たらない。

思わず正直な心情を吐露しながら、他の者達同様顔を赤らめ、食い入るようにエレノアの姿を見つめている。

——そして、そんな大注目されている当の本人はといえば……。

『うう……。視線が痛い……。そ、それにしても、なんというデジャヴ……！』

などと、初めてのお茶会の時や、王立学院入学式の時のような、人生何度目かのいたたまれない空気感に、胃をキリキリとさせていたのだった。

『な、なんか皆、この格好を凝視しているっぽい……。やっぱ、やらかしちゃったかなぁ……。だからいつものジャージで行くって言ったのに……！』

まさかこんな、「どこの宝[redacted]だ⁉」というような、ド派手な戦闘服が仕上がるなんて思ってもみなかった私は、この戦闘服を見た瞬間、速攻で着用を拒否した。

『……うん。拒否したんだけど、オリヴァー兄様やクライヴ兄様達のごり押しで、ジョゼフ達に無理矢理着させられちゃったんだよね……』

しかも、戦闘服姿をお披露目した瞬間、オリヴァー兄様達と使用人達は全員息を呑み、みるみる顔を赤くさせた。

しかもうっとりと、蕩《とろ》けるような熱のこもった眼差しを向けてきたのだ（ちなみにウィルは胸を押さえ、床に蹲《うずく》っていた）。

「ああ……エレノア！　僕の女神！　なんて美しいんだ‼」

「……くそっ！　不覚にも、胸の高鳴りが抑えきれねぇ……！」

「エレノア……！　君が僕の婚約者である事を、今ほど女神様に感謝した事はないよ……‼」

「エレノアお嬢様……。大変にお美しいです‼」

「生涯お仕えいたします‼」

「うっわ！　最高……‼」

――……等々。

そんな感じに、バッシュ公爵家一同の大絶賛を受けた挙句、兄様方やセドリックには、キスと抱擁の嵐を受け、脱ぎたい素振りを見せれば、良い笑顔を浮かべた全員に全力で阻止され……今現在に至る。

『まあねぇ……。私の姿を見るなり、「やり切った！」感満載の笑顔で、床に倒れ伏して気絶した、美容班の皆の好意と努力を無下にも出来ないし……。でもさぁ。出来ればもうちょっと、地味な仕上げにしてほしかったよ！』

クライヴ兄様との怒涛の特訓の所為で、デザイン画をチェックできなかったのが非常に悔やまれる。これ絶対、オリヴァー兄様やセドリックの意見も、盛り盛りに入っているよね。……いや、今更なんだけどさ。

でもこの戦闘服。外見はともかく、物凄く軽いし身体に吸い付くようにフィットしている。肘まである黒い革の手袋も、まるで素肌のように、その存在を感じさせない。

なんでもオリヴァー兄様の話によれば、服から小物に至るまで、全てのものに防御結界の付与もされているそうで、刃物も貫通出来ない仕様になっているらしい。

勿論、その付与を行ったのはオリヴァー兄様だそうですが。

「顔や頭部も、本当は仮面とフードで覆いたかったんだけど……」

オリヴァー兄様が残念そうに言っていたけど、断念してくれて助かった。

だって、それやったら間違いなく、不審人物決定だからね。これ以上変な注目浴びたくないし。

「エレノア・バッシュ公爵令嬢」

その時だった。微妙な空気を断ち切るように、凛とした声がその場に響き渡った。

「アシュル殿下……」

私達の許へ、厳しい表情を浮かべたアシュル殿下が、ゆっくりと近付いてくる。

その場に片膝を突き、頭を垂れた兄様達に倣い、私もカーテシーではなく、騎士がするように自分が帯刀している刀に手をかけ、片膝を地面に突き頭を垂れた。

その時、「ヴッ！」とか「はうっ！」とか、小さな声があちらこちらから聞こえてきた気がしたのだが……。うん、多分気の所為だろう。

「……頭を上げなさい。バッシュ公爵令嬢」

アシュル殿下の言葉に従い、私は下げていた頭を上げる。

すると目の前のアシュル殿下は、いつもの穏やかな微笑ではなく、冷たい無表情で私を見下ろしていた。

「……君も聞いているとは思うが、此度の決闘。王家は君がそのままの状態で戦う事を、認める条件とした。だから君は魔力を使わず、君自身の力で戦わねばならない。そして誰であろうとも、一切の手出しを禁じる。……たとえ、君の婚約者達であってもね」

ザワリ……と、周囲の空気が揺れた。

「僕達、王家直系全員がここに来たのは、決闘の見届け役を、国王陛下より仰せつかったという事もあるが……。暴走しそうな者達を抑える為でもある。それは分かっているね？　オリヴァー、クライヴ。そしてセドリック」

オリヴァー兄様もクライヴ兄様もセドリックも、無言で俯いている。

アシュル殿下が私に対して話す内容は、一見すれば冷たく突き放すように見えるだろう。だけど、そうではないのだ。

私が王女達の『娶り』の戦いを受けた事を、オリヴァー兄様から知らされた殿下方は、ぴぃちゃんを使って速攻「今すぐ考え直せ！」と連絡してきたのだ。

戦いを受ければ、何をされるか分からない。下手をすれば命すら危ない……と。誰もが必死に私を思いとどまらせようとしてくれた。

だけど、国王陛下と王弟殿下方の考えは違っていたようだった。

……多分だが、父様方や兄様方が関わっている『何か』に、今回の騒動が上手く絡んだに違いない。

彼らは、私に戦いを止めさせようとする殿下方と話し合い、諭し、最後には殿下方と共に、私の決闘を認めると、こちらに伝達してきたのだった。

そしてその際、『決して魔力を出さぬように』と釘を刺された。

兄様方やセドリックにも、『今までと同様、エレノア嬢の命が危険に晒されるまで、一切の手出し無用』との王命が下されたのである。

「……エレノア嬢。今ならこの決闘、無かった事に出来る。……考え直す気は……あるかい？」

アシュル殿下の瞳が、不安の色を湛えて揺らめく。

私はそんなアシュル殿下を安心させるように、頑張って微笑んでみせた。

「アシュル殿下。私の我儘《わがまま》を了承して下さって、有難う御座います。それと……殿下方にご心配をおかけしてしまい、申し訳ありませんでした。私……どこまでやれるのかは分かりませんが、この国の貴族として、また殿下の家臣として、恥ずかしくない戦いが出来るよう、精一杯頑張ります！」

勿論、私にだって不安はある。

今迄頑張って鍛えてきたけれど、獣人という未知の能力を持つ種族相手に、果たして自分の力がどれだけ通用するのかは分からないのだから。

だけど、私は逃げないで戦うと決めたのだ。

だったらこうして心配してくれる人達の為に、全力を尽くすのみである。

そんな私の言葉を受け、アシュル殿下が目を見開く。

「……そうか……」

それからほんの少しだけ目を細めながら、いつもの優しい微笑を私に向けた。

その眼差しを受け、心臓がトクリ……と跳ねる。

だって、その目に浮かぶ感情の色は、兄様方やセドリックが私に向けるものと、そっくり同じもので……。

「エレノア嬢、立って」

ハッとして、慌てて立ち上がった身体が、アシュル殿下の胸に優しく抱き締められる。

小さな私の身体は、アシュル殿下の胸にすっぽりと納まった。

『えええぇ～！！？』

心の中で絶叫する私の耳に「ええっ!?」だの「嘘っ！」だの「ちょっ、兄上!?」「ちくしょう！抜け駆けだ！」「ズルい!!」……などといった声が聞こえてくるが、正直私はそれどころではない。

「……無様に負けたって構わない。僕達は……いや、僕は……君が無事でさえいてくれれば、それでいいんだ……！」

苦し気に、そして切なそうに囁かれ、私の顔から火が噴く。

それと同時に、凄まじい殺気が私の両隣から噴き上がりました。……って、あれ？　前方からも同じように殺気が複数……？

アシュル殿下はパッと私から身を引くと、そのまま他の殿下方の許へと帰って行った。

ディーさん達と、何やら言い合いながら立ち去る後姿を、茹で蛸状態のままボーッと見送っていた私に、かなり不機嫌そうなオリヴァー兄様の声がかかった。

「……殿下の行動に抗議するのは、獣人達との決着がついた後だね。……さあ、行こうか。エレノア」

「――ッ！　……はいっ！」

私は、改めて自分自身に気合を入れつつ、決闘の舞台となる訓練場へと向かったのだった。

◇◇◇◇◇

――今、俺の目の前にはあの女が……いや、エレノア・バッシュ公爵令嬢が立っている。

『娶り』の戦いを姉達が挑んだ……と聞かされた時、俺は激高した。

非力な人族の……しかも女が、戦闘民族である獣人と戦う。それは実質、公開処刑に等しい。

あの女は愚かにも、姉達が脅しの材料に使った草食系獣人達の身を案じ、戦いを了承したそうだ。

何を考えているのか。羽虫が肉食獣に戦いを挑むようなものなのに。

『番』を殺される。

そう思った俺は、姉達に『娶り』の戦いを、すぐさま止めるようにと迫った。

『番』とは、互いが互いにとっての魂の半身。

相手の身に何かあれば、我を忘れて逆上するものだ。番を失いそうになった者も然り。

……そして失った瞬間、気が狂う。そのような状態を『番狂い』という。

まさにその、『番狂い』に近い状態となった俺を見た姉のレナーニャは、バッシュ公爵令嬢が俺の『番』である事に気が付き……そして、妥協案を俺に提示してきた。

『なれば、命までは取ろうとは思わぬ。だが、傷はつけさせてもらうぞ。『女として終わる』程度の傷をな。その後でお前は『番』を自分のものにすれば良い。元々醜女なのじゃから、消せぬ傷の一つや二つあってもどうでも良かろう？』

姉の提案には流石に眉を顰めたが、俺は……その案を呑んだ。

いくら元が美しくても、顔や体に醜い傷を持つ女などに男は価値を見出さない。それは女性至上主義のこの国の男であっても多分同様だろう。

『女性は守るべき宝』などと綺麗ごとをほざいてはいるが、男など所詮はそのようなものだ。

ましてやあの女は平凡より下な容姿であるうえ、平民などではなく貴族令嬢。

身分に惹かれ、群がっていた男達も、自分の恋人ないし伴侶としては、致命的な欠点を持った女を連れ歩く気概はあるまい。

――目障りだった周囲の男達を一掃でき、堂々とあの女を……『番』を手に入れる事が出来る。

俺は再度、目の前のバッシュ公爵令嬢を見つめた。

あの目元が全く見えない、不器量な眼鏡は相変わらず。……だがその姿が、纏う空気が、いつもとは明らかに違う。

姉達や他の獣人達が、「似合いもしない豪奢な死に装束」「どうせ勝てぬと分かって、装いだけはそれなりにしてきたのか」と嘲り、馬鹿にしているその姿に、目を逸らす事が出来ない。

油断していると、意識も思考も絡め取られてしまうかのように、目の前の少女に魅了されてしまう。

これが、『番に狂う』……という感覚なのだろうか。

『低俗な人族の女』と、無理矢理嫌悪していた気持ちが霧散していく。

その代わりに、『欲しい』という気持ちが……愛しさが溢れてきて止まらない。

一生消えぬ醜い傷が出来る？　女として終わる？　……願っても無い事だ。

醜い傷ごとき何だというのか。

すがる者が誰もいなくなったあの女を、自分一人だけのものに出来るのだ。ならばそんなもの、お釣りが出る程だろう。

「さあ……。さっさとこの手に堕ちて来い！」

昏《くら》い愉悦を瞳に宿しながらそう呟き、俺はうっそりと嗤《わら》った。

娶りの戦い

「では、我々アルバ王国王族による立ち合いの下、シャニヴァ王国第三王女、ロジェ殿とエレノア・バッシュ公爵令嬢との試合を執り行う。互いに自分の持てる力を存分に使い、正々堂々戦ってほしい」

アシュル殿下の宣誓を受け、私は試験場にて、ロジェ王女と向かい合っていた。

この場所を中心として、観覧しているアルバ王国側の人間達と、シャニヴァ王国側の獣人達とが二分されている。

ちなみに、互いの国の王族には、ちゃんと席が設けられているが、他の人達は基本立ち見である。

そして帯刀している私と違い、ロジェ王女は持っていない。

……いや。よく見ると、彼女の真っ赤な爪が異常に長くなっているから、ひょっとしたらあれが彼女の武器なのかもしれない。

……それにしてもロジェ王女だけじゃなく、他の王女方……。相も変わらず、あちこち出っ張っている所を惜しげもなく晒す仕様の、何ともお色気満載な衣装だ。

とてもじゃないけど、「これから勝負します」っていう格好ではない。……いや、ある意味勝負服とも言えるけどね。

「アシュル王子。一つ提案がある」

そんなロジェ王女が、アシュル殿下に対して声を上げた。

「ロジェ王女。何か？」

「折角私達が、このような小娘とわざわざ戦ってやるのだ。それゆえ、勝った暁には褒賞が欲しい」

「褒賞？」

「そうだ。私がこの小娘を叩きのめした暁には、アルバ王国王家に取られた侍女の代わりに、この娘を我が国の王太子の侍女として差し出す……というのはどうだ？」

ザワ……と、主にアルバ王国側の観覧席側からざわめきが起こる。

侍女などと言ってはいるが、つまりは私が負けたら、ヴェイン王子の奴隷になれ……と、そう言いたいのだろう。

「なぁ？　それぐらいはしてくれるだろう？　人族相手に、この私が直々に相手をしてやるのだから」

ざわめきが、徐々に激しい怒りへと、さざ波のように変わっていく。

そしてそれは、兄様方やセドリック、殿下方も同じで……。いや、それ以上に彼らは怒り狂っていた。

一見してみれば、全員冷静な表情と態度を崩していない。

だけど、それは怒っていないのではない。怒りが沸点を超えたから、逆に普通の状態に見えるだけなのだ。

それは彼らから揺らめき湧き上がっている、青白い炎のような殺気から容易く窺い知れる。

だがその事に、何故獣並みの直感を持つ彼らは気が付かないのだろう。

……いや。気が付いても卑小な人族の怒りなど、どうでも良いと思っているのだろうか。それほどまでに選民意識とは、その能力を曇らせるものなのだろうか。

「……戯言を……」

「分かりました。その提案、お受け致しましょう」

アシュル殿下が話し終える前に、私はそれを遮るように承諾した。

「エレノア!?」

「エレノア嬢!?」

兄様方やセドリック、そして殿下方から、思わずといったように声が上がるが、私は敢えてそれを無視した。

「ですがそれをお受けするには条件があります。……もし私がそちらに勝った場合、私にも褒賞を頂きたい」

途端、獣人側から嘲笑の声が上がった。

「ははは！　お前ごときが私に勝つ気でいると？　良いだろう、面白い！　もし万が一私に勝てたら、お前の望むものをなんでも叶えてやろうぞ！」

「有難う御座います。では、勝った暁には……私がそちらに何を申し上げても、不敬と取らないで頂きたく……」

「良いだろう。……だが、勝てたらなぁ!!」

その言葉のすぐ後、ロジェ王女の姿が消えた。いや、消えたように見えただけ。

「――ッ！」

結い上げた髪が一房、ハラリと落ちる。

それだけではない。身体に、剥き出しの顔に、鋭い何かが掠める。

いきなり開始の合図も無く始められた戦いに、周囲から「卑怯な！」と、怒りの声が次々と上がる。

だが、ロジェ王女の猛攻は、当然というか止まらない。

……成程。黒豹の獣人である彼女の能力とは、この目にも止まらぬ程の俊敏さ。

彼女は自らの身体能力を使い、目にも止まらぬ物凄いスピードで、私の周囲を移動しているのだ。

幸いというか装身具に防御結界が施されているお陰で、僅かなかすり傷しか負わない。

しかし、この攻撃はロジェ王女の本気ではない。戯れに嬲っているに過ぎないのだ。

それなのに、かすり傷を負わせる事が出来た……というのは問題だ。それはすなわち、本気で攻撃されれば……ひょっとして、かなりの怪我を負ってしまうかもしれないという事なのだから。

「……これが、獣人の能力という事か……」

魔力に匹敵する身体能力。そこが獣人の最も警戒すべき能力なのだろう。

私はロジェ王女の動きを追うのを止め、目を瞑り、気配に意識を集中させる。

『相手のペースに惑わされるな……。どんなに速く動き回っていても、いずれ私の望む瞬間が訪れる』

次の瞬間、私はロジェ王女の気配と鋭い殺気が、一直線に向かって来るのを感じ取った。

――来る！

彼女の爪が私を抉《えぐ》る直前。

そのタイミングを見計らい、私は腰の刀に手をかけ、下半身の重心を落として右足を軸に、半回転するよう一気に抜刀した。

硬質なもの同士がぶつかり合う音。

そして何かが砕け散る、鈍い音が同時に響き渡る。

「ギャアッ!!」

その瞬間。上がった悲鳴と共に、粉々に砕け散ったロジェ王女の爪と、跳ねるように反り返った身体が宙を飛んだ。

刀を振るった時に生じた音は、放った峰打ちが彼女の爪と身体に当たったたからだろう。

抜刀した時と同様、素早い動きで刀を鞘に戻す。

チン……。と、鍔と鞘が当たる音と、ロジェ王女が地面に叩き付けられる音が響き渡ったのは、ほぼ同時だった。

◇◇◇◇◇

――それはまさに、一瞬の出来事だった。

獣人族の第三王女である黒豹の獣人。

その目にも止まらぬ動作に、なす術もなく立ち尽くしているかのように見えた、未だ幼さを残す少女。

その少女が、相手の攻撃が直撃する寸前に振るった刃《やいば》。

……そう。彼女は上級騎士達が重用しているとされる、片刃の剣を使用しているのだ。

白刃が美しく煌めく。

その目にも止まらぬ速さで抜刀された刃が、獣人の王女を打ち据え、身体が宙を舞う。

その様はまるで、スローモーションのように自分達の目に映った。

アルバ王国側と獣人側。

双方、何が起こったのか理解出来ぬ中、バッシュ公爵令嬢が自分の剣を鞘に納める音と、第三王女の身体が地面に叩き付けられた音で我に返る。

王女の側近達が慌てて駆け付けるが、地面に叩き付けられたロジェ王女の手は不自然に折れ曲がり、爪が完全に砕け散った指が血塗《ちまみ》れ状態になっている。

身体も、地面にしたたかに打ち据えられた衝撃で、ビクビクと痙攣しており、とてもではないがこのまま試合続行は不可能だろう。

「……勝った……のか……？」

誰かがポツリと呟いた言葉。

それが徐々に試合を見守っていた者達の間に広がり、やがて大歓声が湧き上がった。

それとは対照的に、呆然としている獣人側は、未だ現実が理解出来ていない様子だ。……いや、理解したくないのかもしれない。

今迄散々、侮り侮辱してきた人族の……しかも年端もいかぬ小さな少女に、自分達の主が一撃で打ち負かされた……などと、その目で実際に見ても信じられはしないのだろう。

そう。彼らの認識では、一方的に蹂躙されるのはバッシュ公爵令嬢の筈だったのだから。

だが実際はその逆で、再起不能にさせられたのは獣人側だった。

まるで昔、お伽噺《とぎ》で見た事のある『姫騎士』のように、凛と佇むその姿。

その情景が胸に熱い何かを湧き上がらせる。

「エレノア・バッシュ公爵令嬢……。なんというお方だ……！」

湧き上がってくる気持ちのままに、僕は『お気に入りの生徒』としてではなく、『一人の女性』として、熱い眼差しをエレノア・バッシュ公爵令嬢へと向けた。

◇◇◇◇◇

「……よし！　上出来だ！」

一瞬でケリのついた勝負。

柄に手をかけ、堂々とその場に立つ、愛しい妹のその強さと美しさに、俺は我知らず顔を綻ばせた。

「……見事だな」

その横で自分同様、顔を綻《ほころ》ばせているのはディラン殿下だ。

彼は万が一、俺が暴走した時に速攻で対応出来るよう、俺の傍に張り付いているのだ。

……尤も、彼自身が俺よりも早く、暴走しそうな気がしないでもないのだが……。

そういう経緯で、オリヴァーの横にはアシュルが、セドリックの横にはリアム殿下が控えている。

フィンレー殿下は……。あれ？　いないぞ。

気配を辿ってみると、何故か獣人側に近い木陰で気配を殺し、ひっそりと立っている。

犬猿の仲なオリヴァーの傍にいたくないだけなのかもしれないが……。なんというか、物凄く自由な方だなと思う。

「まあ、あのスピードだけの単調な攻撃なら、何とか出来るかもしれないと思っていたが……。瞬殺とは恐れ入った。だが、あの剣の型は俺の知らないものだな。クライヴ、お前があの子に……エルに教えたのか？」

エレノアの事を『エル』と呼ぶ殿下は、エレノアの正体を自分達が知ったという事実を、さり気なく匂わせてくる。

「……いいえ。俺が教えている、どの型でもありません。あの型は、エレノアが独自で編み出したものです」

俺の言葉に、ディラン殿下が驚いたように目を大きく見開いた。

実際は、エレノアの前世の世界で実際にあった剣術で、『抜刀術』もしくは『居合斬り』というものをアレンジしたものだそうだ。

「『動を静で受け流す』事を軸に、重心を低くし敵を迎え打つ。尚且つ、隙を与える事で相手を油断させ、誘い込んで仕留める……。そういう型だそうです」

ようは、弱点を敢えて利用する戦法だ。

これは敵が相手を侮っていればいる程、効果を発揮するとエレノアが話していた事がある。

実際、今回の戦いでは、まさにその通りの結果となった。

「マジかよ……。初めて出逢った時も、才能あるとは思っていたが……まさかここまでとは思わなかった。……真面目に、最高の女だな！」

そう言いながら頬を紅潮させ、感心したようにエレノアを見つめるディラン殿下の目には、抑えようともしない熱い恋情が溢れかえっているようで、我知らず渋面になってしまう。

そんな時だった。俺の姿を確認したエレノアが、小さく微笑む。

そのはにかむような笑顔は、エレノアが自分に褒めてほしい時に向ける顔だった。

愛しさが心の底から湧き上がってくる。

今すぐにでも思い切り抱き締め、これでもかとばかりに褒めて甘やかしてやりたい。

「……あ〜あ！　やーっぱスタート地点から、ハンデがあり過ぎだわ！　すげぇ妬けるな！」

俺達の様子を見て、鼻白んだようにそうぼやくディラン殿下だったが、次の瞬間には挑発的な光を含んだ鋭い眼差しを俺に向ける。

「ま、でも俺は諦めないぜ？　ぶっちゃければ、公妃として掻《か》っ攫《さら》いたい気持ち満々なんだが、それやったら、エルにもお前らにも嫌われちまうしな。惚れた女の悲しむ顔は見たくねぇ。って訳で、正々堂々エルに俺を認めさせてやるから、覚悟しろよクライヴ！」

なんとも爽やかな宣戦布告に、思わず身構えていた肩の力が抜けた。

「ええ。その挑戦、謹んでお受け致します」

『……そう。この方はいずれ、俺達が全力で戦う相手……なんだよな』

自分にとっても、エレノアにとっても命の恩人であり、この国が誇る王家直系。

将来、アシュルが国王になった時、父親であるデーヴィス王弟殿下より、アルバ王国の軍事権全てを引き継ぐ最高権力者の一人だ。

『クライヴ。お前もいずれ、自分の親父と同じ土俵に上がって来るんだろ？　そん時は俺の女房役、宜しく頼むわ！　……それとさぁ、俺、年の近い知り合いっつーか、友人いねぇんだよ！　同じ男を師匠に持つ兄弟弟子って事もあるし、仲良くしてくれると嬉しい！』

――それが、初めて彼と会話した時の台詞だ。笑った顔は、どこかアシュルに似ていた。

この方は最初から、自分の兄と弟が想いを寄せる相手、その婚約者である俺に対し、「それとこれとは話が別」と言い切り、気さくに接してくれた。

しかも、『エル』がエレノアであると知った今現在も、自分に対する態度に、変化はまるで見られない。

親父であるグラントは以前、自分自身の事を棚に上げて、「あの坊ちゃんは良い感じに脳筋だな！鍛えがいがあるわ」と言って笑っていたが、確かにまんま裏表が無くて、直球な性格をしている。まさに『火』の属性そのままな気性の方だ。

最初は、息子や義娘達を助けてくれた礼として、剣術指南役を引き受けた親父だったが、いつの間にか『弟子』認定するぐらいに、この人を気に入ったのも分かる気がする。

『本当に恋敵……なんだが、リアム殿下同様、妙に憎めない方なんだよな……』。まぁ、あいつの方は、エレノアに懸想している時点で、誰でも等しく「敵」認定だけど……』

そう思いながら、ディラン殿下の向こう側を見てみると、アシュルとオリヴァーが互いに、穏やかな表情で何かを語り合っている。

……が、その背後にはどす黒いオーラがとぐろを巻いており、漂う空気もなにやら薄ら寒い。

ディラン殿下も、俺につられてそちらに目をやるなり、「うわぁ……。ブレねぇな、お前の弟……」と、若干引き気味に呟いていた。

「――ッ！　エレノア!!」

不意に、セドリックとリアムが同時にエレノアの名を叫んだ。

――その直後、凄まじい破壊音が周囲に響き渡る。

慌ててエレノアの方に目をやると、第二王女である虎の獣人ジェンダが、今迄エレノアが立っていた場所に身をかがめていた。

よく見てみれば、床に敷かれた魔石がクレーター状に破壊されている。

「おのれ小娘！　貴様ごときがよくもロジェを……！」

そう言いながら、ジェンダ王女はエレノアに飛び掛かるように拳で、蹴り技で攻撃を加え、その度避けた場所が衝撃音と共に破壊されていった。

またしても唐突に始まった戦い。

しかも、エレノア一人に対し、複数人で戦いを挑む獣人達に対し。「卑怯な！」「恥を知れ！」と、アルバ王国側から非難の声が噴き上がった。

「チッ！　やはりそうきたか……。つくづく卑怯な奴らだぜ！」

いきなり始まった第二試合に、ディラン殿下は忌々し気に舌打ちをする。

俺もディラン殿下同様、厳しい視線を、エレノアに猛攻を仕掛けているジェンダ王女へと向けた。

想定内とは言え、まさか本当に王女達が、全員でエレノアを潰しにかかってくるとは……。

「……先程のロジェ王女と違い、スピードはそれ程無い。だがその代わりに、あの怪力……か」

獣人は、どの種族よりも身体能力に特化している……と聞いてはいたが、魔力も使わず魔石すら砕くあの剛腕は、凄まじいとしか言いようがない。

いくらエレノアの刀が、世界最強の鉱物であるオリハルコンで出来ているとはいえ、普通に戦えば力負けしてしまうに違いない。

チラリ……と、オリヴァーとアシュルを見てみれば、二人とも無表情でエレノアとジェンダ王女の戦いを凝視している。

だが、その無表情とは裏腹に、どれ程の激情が胸中を吹き荒らしているのだろうか。ハッキリ言って想像もつかない。

『あいつら、お互い牽制し合って、何とか自我を保っているって感じだな……』

オリヴァーの方は、自分とエレノアとの修行を知っているから、まだこれぐらいならば……と、必死に己を抑えていられるのだろう。だが、アシュルの方はそうではない。

きっと不安と怒りで、すぐにでもエレノアを助けに向かいたいと思っているに違いない。

――だが、彼は王太子として、そんな自分を必死に抑え込み、耐えている。

……大切な親友なのだ。誰に言われずとも、アシュル本人が口にせずとも、自分にはその気持ちが痛い程よく分かる。

自分が動く事により、この国の民を危機に晒さないよう。……そしてオリヴァー同様、エレノア自身の矜持を守る為に。

『いい男なんだよな……ホント。お前が好きになった相手がエレノアじゃなければばって、つくづくそう思うよ』

クライヴはそう胸中で呟きながら、小さく溜息をついた。

◆◆◆◆◆

『うわぁ……。めっちゃ怒ってる。う～ん、流石にちょっとやり過ぎたかなぁ……』

私はジェンダ王女の攻撃を避けつつ、先程倒したロジェ王女の怪我を思い、心の中でそう呟いていた。

でも、それは仕方が無い事なのだ。

もし、自分がクライヴ兄様ばりのレベルであったなら、余裕で手加減とか出来ただろう。

けれど、実践で使用した事が無い自己流抜刀術を成功させる為に、そんな余裕なんてなかったのだ。

『そもそも手加減って、強い人にしか出来ない技だよね。……ってか、あの王女様だって、私に対して手加減する気ゼロだったんだから、そこまで怒らなくてもいいんじゃない⁉　というか、この王女様も私を殺《や》る気満々だし！』

魔石であるタイルが次々と破壊される様子を見ながら、私は心の中で舌打ちをした。

「ははは！　どうした小娘！　逃げ回っているだけでは、私に勝てぬぞ⁉」

次々と襲い来る猛攻を避けながら、刀の鞘に手を当て、考える。

『どうする？　このまま刀で戦うにしても……。さっきのような一撃必殺の技は使えないし、確実にパワー負けしてしまう。……そうだ！　だったら……』

私は腰ベルトから刀を鞘ごと抜き去ると、それを放り投げた。

「あはははっ！　遂に、自分の負けを認めて観念したか⁉」

私が刀を投げ捨てたのを見て、ジェンダ王女が嘲笑う。

だが、私は別に諦めた訳でも試合を投げた訳でもない。

刀を捨てたのは、これからの戦い方には単純に邪魔だったからだ。

『よし！　これで動きやすくなった！』

私はジェンダ王女の拳や蹴り技をスルスル避けていきながら、間合いを測る。……うん、これならば何とかなりそうだ。

「くっ……！　この……！　ネズミのようにチョロチョロと……小賢しい！」

先程よりも身軽になった私に、自分の攻撃を全て避けられ、ジェンダ王女の苛立ちが募っていく。

この剛腕だ。体力も底無しだろう彼女を相手に、いつまでもただ逃げ続けていれば、私の体力が先に尽きてしまうだろう。

『……そろそろ、仕掛けるか……！』

そう決意した私は、ジェンダ王女が正拳突きの要領で繰り出した拳を避けると、スルリとその腕を掴んで右足を軸に踏ん張り、相手の突っ込んで来た力をそのまま逆作用させ、思い切り捩じ上げた。

「グッ！　あああぁ!!」

ボキリ……と、鈍い音がし、ジェンダ王女の右腕がだらりと下がった。

『……本当は関節を外そうとしたんだけど……あれ、折れた音だよね……？』

不味い……。またやってしまったようだ。

私は冷や汗を流しながら、ジェンダ王女から間合いを取った。

◇◇◇◇◇

「セドリック！　何だ今のは⁉　あんな動き、見た事が無いぞ⁉」

周囲の割れるような歓声を背に、顔を紅潮させ、興奮した様子のリアムがそう叫ぶのを見ながら、僕は静かに頷いた。

「それはそうだよ。あれはエレノアが編み出した、全く新しい武術の型だからね」

「──ッ⁉　……全く新しい武術の型……だと⁉　それをエレノアが……⁉」

リアムが「信じられない」といった様子で僕の顔を凝視した後、エレノアの方へと再び視線を向けた。

『……本当は、エレノアの前世の世界にあった武術なんだけどね……。確か……『合気道』とか言ったっけ？』

──合理的な体の運用により、体格体力に関係なく、「小よく大を制する」武術。

そんな理念を持つ、攻撃ではなく己の身を護る為の武術。

元々は、非力な女子や老人でも使える、護身術として編み出されたものなのだそうだ。

『「柔よく剛を制す」って言うのかな。……え？　意味？　う〜んと……。柔軟性のあるものが、そのしなやかさによって、かえって剛強なものを押さえつけることが出来る……って、先生は言っていたかな？』

前世で、様々な格闘技を習っていたというエレノアは、時に僕達が知らない武術の型や理念を教えてくれる事があった。先程の剣術も、まさにその一つだ。

技の理念を説明してもらった後、それらを実際自分自身にかけてもらってみて、僕は驚愕した。

確かに「婦女子だから」「弱い老人だから」……と油断していたら、あっという間にねじ伏せられてしまうだろう。

「……力技で相手と対峙するのではなく、相手の力を利用し、足りないパワーを補って強い相手に立ち向かう型だな。剣を投げ捨てた時は冷や汗をかいたが、こんな風に戦う為だったなんて……。まったくエレノアって奴は、俺の想像の遥か斜め上をいく奴だな！」

リアムがあっさり、エレノアの使う武術の型の真髄を見抜いた。……本当にこういう所は、流石は王家直系としか言いようがない。

狂おしい程の深い恋情を隠そうともせず、食い入るようにエレノアの戦いを見つめるその瞳……そして表情。……僕も多分、彼と同じような表情で、エレノアを見つめているのだろう。

『君の事は友人として大好きだけど……。それでもこの恋は、決して譲れないから……！』

「エレノア……」

たった一人きりで、凶暴な獣人と戦っている、僕の最愛の婚約者。

まるで演武を舞うようにドレスコートをひらめかせ、戦うその姿に、僕の心はますます魅了されていってしまう。

それはリアムも……そして、他の殿下方や兄達も同じだろう。

……いや。今現在、彼女の戦いを息を呑んで見つめる多くの男達が、僕と同じ気持ちで、この戦いに見入っている筈だ。

華麗に舞うその姿はまるで、戦いの女神のように雄々しく美しかった。

◇◇◇◇◇

「……ぐぅ……。き……さま……！」

腕を折られたジェンダ王女は、痛みに一瞬呻《うめ》いた後、ゆっくりと顔を上げ、私を睨みつけてきた。

――ひぃっ！　こ……こわっ‼

その表情は、まさに手負いの獣そのものだった。

牙を剥きだしにし、見開いた瞳は瞳孔が開き切っていて、その上めちゃくちゃ血走っている。ハッキリ言って恐い。美しい顔が台無しだ。

その上、全身から凄まじいまでの殺気が立ち昇っていて、彼女の殺《や》る気がますます高まってしまったのが丸分かりだ。

「こ……の……！　矮小な人族ごときが……よくも……！　殺してやる‼」

おおぅ！　明確な「殺します」発言が出ました！

……いいのかな？　今の発言で、兄様方や殿下方のいる方向から感じる殺気も、何やら凄まじい事になっているけど……。

次の瞬間、ジェンダ王女の左手から繰り出された拳が、私の頬を掠める。

鋭い殺気に、咄嗟に避けたけれども……。あれ当たっていたら、間違いなく即死だったな。かなり危なかった。

その後も怒涛の猛攻が繰り広げられる。

ハッキリ言って、右腕を折る前より、スピードも威力も上がっている。

ひょっとしたら私、ジェンダ王女のリミッター外しちゃったかな？

「――――ッ！」

ジェンダ王女が砕いた魔石の欠片も、彼女の拳同様、凶器となって私に襲い掛かってくる。

攻撃を避けながらだと、どうしても破片までは避け切れず、幾つもの衝撃が身体を打ち付けてくる。

だが幸い直撃したとしても、絶対防御を付与された服が弾いてくれている。

だけどこれ、痣ぐらいにはなっているかもしれないな。

流石に息が上がり、ジェンダ王女から出来るだけ間合いを取る。

――どうする……？　このままではジリ貧だ。……本当はやりたくなかったけど仕方が無い。禁じ手を解禁するか！

大きく息を吸い込み、私は覚悟を決めた。

「――ッ、な……っ⁉」

私は地面を蹴ると、一気にジェンダ王女の間合いへと入る。

まさか、自分から間合いに入って来るとは思ってもみなかったのだろう。

そんな王女の怯んだ隙をつき、掌底の要領で彼女の顎を打ち上げる。

「ガッ……⁉」

顎は、人体の急所の一つ。

流石のジェンダ王女も体勢がぐらつき、よろける。

その隙を逃さず、私は彼女の無防備に曝け出された鳩尾《みぞおち》に、渾身の回し蹴りを食らわせた。

息を呑んだようなどよめき。怒号と罵声、そして歓声が同時に湧き上がり、目に見えぬ熱気が広場に渦巻いているのを感じた。

鳩尾も急所の一つだけど、相手が鍛えていたり、攻撃を予期して腹筋に力を入れていたりすると、たとえ攻撃が入っても、ダメージが与えられないという欠点がある。

だが、顎への攻撃で隙の出来たジェンダ王女には、良い感じにダメージを与えられたようだ。

ジェンダ王女は「カハッ！」と咽せ込むと、腹に手を当てよろめく。

……うん、かなり効いている。

本当ならもう、ここらへんで終わりにしてほしいところなんだけど……。

「き……さまぁーーっ!!」

しかしというか、当然ここで終わりになる筈もなく。

ますます怒り狂ったジェンダ王女の身体が宙を舞うと、私がいた場所の魔石が、彼女のかかと落として粉々に砕けた。……腕一本折れているってのに、本当、どんだけ体力あるんだ!?

——ええぃ！　……まあ、獣人って身体能力高いから、死なないよね!?

そう心の中で叫ぶと、私はその場を跳躍し、ジェンダ王女の頸椎《けいつい》をかかと落としの要領で蹴り落とした。

「——ッ!?」

そして更に宙で身体を捻り、回転しながら横顔に回し蹴りを入れる。

その衝撃で、ジェンダ王女の身体が吹き飛び、舞台から芝生へと転がり落ちていった。

トッ……。

あちこち穴の開いた地面に着地し、落ちたジェンダ王女を恐る恐る窺うと、倒れた状態のまま、ピクリとも動かない。

……だ、大丈夫……かな？　あ！　息してる。……うん、大丈夫だ。取り敢えずは生きている！

私がホッと息をついたのと同時に、再びアルバ王国側からは割れんばかりの大歓声が、獣人側からは怒号が湧き上がった。

ああ……でも良かった。ここまで大変だったけど、何とか勝てた！

――だけど……。

『こんだけ禁じ手をバカスカ連発したのを、前世でお世話になった先生方や師匠に知られたりしたら、絶対大激怒されて破門を言い渡されるよね……』

なんせ前世では、どの格闘技も素人や門下生以外の人に技をかけるのは、ご法度《はっと》だったから。

ましてや狙って人体の急所を攻めるなんて、言語道断もいいトコだろうし……。

『……でもまぁ、今現在は平和な状況じゃないし、私も命がかかっていたし……。うん、セーフだセーフ！』

心の中で、無理矢理納得させる。でも取り敢えずは謝っておこう。

――前世でお世話になった格闘技や剣術の先生方、本当にごめんなさい。でも先生方の教えのお陰で、私はこうして生きています。有難う御座いました！

『……それにしても……』

漫画に影響を受けてから意味も分からぬ激情に突き動かされ、一体何と戦っているんだか分からなかった、あの修行三昧の日々……。

あれはこの日、この時の為のものだったのだろうか……。

『うん、きっとそうだ。そうに違いない。そういう事にしておこう！』

「……さて……。第三、第二王女ときたら……。次は当然……」

私は、先程放り投げた刀を再び腰のベルトに差すと、真っすぐに前を見据える。

その先には、狐の獣人であるレナーニャ第一王女が、凄まじい程の妖艶な微笑を浮かべながら、悠然と立っていたのだった。

番狂いの女王

「……ふん。やはり出て来たか、あの女狐」

木陰で一人佇み、そう呟いているのは、アルバ王国第三王子のフィンレーだ。

「ふふ……。それにしてもエレノア嬢は、本当に僕の意表をつく子だ。あの格好もそうだけど、まさかこんなに面白い試合《もの》を見せてくれるなんてね……」

体格的にも身体的にも上回っているであろう獣人相手に、よくぞあのような見事な戦いを繰り広げたものだ。

彼女を鍛え上げたクライヴ・オルセンが素晴らしかったのか、エレノア嬢の才能が素晴らしいのか……。それともその両方か……。

「ああ……。それにしても、本当に美しいな！」

第二王女を撃破し、再び自分の剣を帯刀したエレノアの姿に、胸に熱いものがとめどなく湧き上がってくる。

思わず彼女の姿を恍惚とした表情で見つめてしまう程に。

あの小さな身体が華麗に宙を舞い、的確な判断と技とで敵を打ち負かしていく姿を見るたび、今迄の鬱屈とした気持ちが昇華され、溜飲が下がっていく。

彼女の戦いっぷりを目の当たりにした、この場の学生達も皆、間違いなく自分と同じ気持ちを抱いているのであろう。

特に痛快なのは、エレノア嬢を嘲り侮っていた獣人達の態度の変化だ。

自分達の崇め奉っている王女達が次々やられていく姿に動揺し、憤怒していく様は、見ていて最高に小気味いい。

「出来ればこのまま、いつまでも彼女の戦う姿を見続けていたいけど……。そうも言っていられない……か」

フィンレーは視線をエレノアから外すと、獣人王国の王太子であるヴェインを見やった。

——……リアムの話を聞いた時には『まさか』って思ったけど……。どうやらあの子の言っていた事は本当だったようだね……。

昨夜。リアムが自分達に、「ひょっとしたら、エレノアはヴェイン王子の『番』かもしれない」と話してきたのだ。

あまりにも突飛な話に、兄達は半信半疑であったが、実際にあの王太子と接触していた僕には思う所があった。

なのでそれを確かめる為に、この場所で彼を観察していたのだ。

『……まあ。その為だけで、ここに居る訳ではないのだけれども』

——そうして観察を続けた結果、リアムの話は事実だったという結論に至った。

なにせ彼は他の獣人達と違い、エレノア嬢が危険に陥る度、不穏な状態になっていたのだから。

第二王女が怒涛の攻撃を繰り広げている時などは、憤怒の形相で、今にも飛び出さんばかりに身体を前のめりにさせていたし、エレノア嬢が第二王女に打ち勝った時など、安堵の表情まで浮かべている始末だ。

『……本来獣人とは、「番」の危機に我を忘れるものだと、知識では知っていたが……まさかあそこまでとはね』

あの、人族を矮小と見下している獣人族の頂点である王族が、あろう事か、その人族の少女の身を案じる様子を見せるだなど……。

これはどう考えても、エレノア嬢があの少年の『番』だとしか考えられないだろう。

「……ふ……。まぁ、お前ごときに、あの子は渡さないけどね……」

運命の番？　自然の摂理が定めた魂の半身？　……馬鹿馬鹿しい。全くもってくだらない。

僕らは人間だ。

原始の本能と欲望に縛られたお前達が持つ、野生の論理を押し付けるなと、吐き捨てたくなってしまう。

そういう意味では、今エレノア嬢と対峙している女狐に一方的に番認定されてしまったオリヴァー・クロスに対し、心の底から同情する。

気に入らない相手だが、もし僕があの女に番認定され、その所為でこの世の誰よりも愛しい相手の命を脅かされでもしたら……。多分冷静ではいられないだろう。自分の所為ではなくとも、己を責めてしまうに違いない。

あの男とは根本的に相容れないし大嫌いだが、同じ女を好いた者同士として、気持ちは痛いほど分かる。

それにしても……。

「これもエレノア嬢の影響かな？　この僕が他人の……しかも恋敵の気持ちを考えるなんてね。……まあ同じ恋敵でも、あちらに関しては同情しないけど」

――ヴェイン王子。

彼は今、実の姉と対峙しているエレノアを凝視している。それも自分の席で微動だにせずにだ。『闇』の魔力属性を持つ自分にはすぐに分かった。多分彼は、姉によって精神感応的な呪縛を受けているのだろう。

そもそもあの第一王女は、獣人の中でも突出して魔力量が多い。

その上、影達からの情報によれば、母譲りの『妖術』という、魔力とはまた別の力を持っているのだそうだ。

実の弟に対し、その力を使って心身を束縛する。……その行動が指し示すものとはつまり……。

「弟の『番』だと承知の上で、本気でエレノア嬢を殺すつもり……という訳だ。やれやれ、『番狂い』とはやっかいなものだな。……それにしても、我が国で女性を殺そうとするなんてね。……呆れるぐらいに愚かな女だ」

きっと彼らは、既にこの国を制圧したつもりでいるのだろう。……まあ実際、そう思い込むように仕向けたのはこちらなのだけれども……。

だからどれ程我々が怒り、憎しみを向けても問題視しないし、気にも留めない。

自分達の破滅が刻一刻と迫っている事も知らず、こちらが用意した舞台で滑稽に踊り狂っている。

「問題は、どこまで僕らが耐えられるかだが……。でも面白くないな。王族でさえなかったら、あいつら全員、今すぐにでも血祭りにあげている所なのに……」

そう独り言《ひとご》ち、スゥ……と、見た者が凍えそうな程に、冷え切った視線で獣人達を一瞥した後、フィンレーは第一王女と対峙している少女を一転、愛しさのこもった眼差しで見つめる。

王家直系とはいえ、自分は第三王子。ましてや人が本能的に恐怖心を抱く『闇』の魔力保持者である。

幼い頃は、持って生まれた属性に対し、畏怖の眼差しを向けられる事や、口さがない陰口を叩かれる事もあった。

だから家族以外の煩《うるさ》い外野や、獣人ほどではないが、野生の本能を剥き出しに男を漁るご令嬢方にも興味が湧かなかった。

他人の思惑に心を乱されるのが嫌で、自ら塔の中にこもり切り、ひたすら魔法の研究に没頭した。

仲の良い両親を見て思う所はあったけど、こんな自分には愛し愛される者など現れる筈も無い。生涯一人で生きていくのだと、そう思っていた……。あの日までは。

まるで月の妖精のように、自分の目の前にフワリと舞い降りてきた幼い少女。

『光』も『闇』も、等しく大切だと言ってくれた彼女が、どうしようもなく愛しくて……。いつの間にか恋に落ちていた。

彼女のお陰で、自分はほんの少しだけだけど変わる事が出来た。

自分自身の『闇』の魔力を認め、自分だけの世界であった塔から、少しずつ外に出るようにしてみたのだ。

その結果、今迄見ようともしなかった『世界』は、そんなに悪いものではなかったのだと気が付く事が出来た。

エレノア嬢に言われた通り、「ごめん」ではなく「有難う」と伝えた僕を抱き締め、嬉し涙を流しながら、「愛しているわ」と何度も呟く母と、笑顔で抱き合えた。

母との間に自分で作った壁を越えた時、鬱屈とした思いや罪悪感が、ゆっくりと溶けていくのを感じた。

まるで自分が生まれ変わったような、そんな気分になったものだ。

――自分自身で止めていた時間が、ゆっくりと流れていく。

「全部、君のお陰なんだよ……エレノア嬢」

そんな自分にとっての唯一無二を傷付け、あまつさえ命を取ろうとするなど、到底許される事ではない。いや、許す気など毛頭ない。むしろ万死に値する。

「……彼女の婚約者達や、僕の兄弟達が我慢しているんだ。僕だけが動くわけにはいかない。……だけど、その時が来たら……」

――今、幸せな夢に酔い、薔薇色の未来を夢見ている貴様らには、いずれ『絶望』という名の地獄を見せてやろう。

そう胸中で呟くと、フィンレーは深呼吸をし、鋭い視線を決闘の舞台へと向けた。

◇◇◇◇◇

「……人間の小娘にしては、やるではないか。ロジェに続き、まさかジェンダまでもが倒されるとは思わなかったぞ」

そう言いながら、ゆっくりこちらに近付いて来るレナーニャ王女から間合いを取り、腰の刀に手を掛ける。

なんて……禍々しい！

妖艶な微笑を浮かべている絶世の美貌や、優美極まりないその姿からは想像も出来ない程の、凄まじい殺気がレナーニャ王女から噴き上がっているのを感じ、柄を握りしめた掌に、じんわりと汗が滲む。

「認めよう。お前はただの矮小な人族の小娘ではないと。……だが、だからこそ、嬲り甲斐があろうというもの……。お前の快進撃も、もはやここまでじゃ！」

そう言うなり、レナーニャ王女の金色の瞳がカッと見開き、長く優美な尾がゆらめいたかと思うと、次々とその数を増やしていく。その数は九つ。

「……九尾……!?」

会場全体が驚愕にざわめく。

アルバ王国側だけでなく、獣人側でもどよめきが広がっている所を見ると、この姿のレナーニャ王女を見た者は、そう多くないのだろう。

まさか……。レナーニャ王女が九尾の姿になるなんて……！

その異形と魔力に充てられ、思わず足が震えそうになるのを、気合で踏ん張る。

私の前世において、狐は妖力を操る妖の上位と常に定められていた。そしてその力の高さは、尾の数で決まると。

——もしこの世界でも、そうであるのなら……。

九尾は確か、神に近い大妖とされている……。その設定通りじゃなくても、この魔力ならばあるいは……。

その時、アシュル殿下が立ち上がった。

「レナーニャ第一王女！　今すぐ戦いを止めろ！　第二、第三と続き、貴女までも……！　たった一人の少女に対し、複数人で勝負に挑むなど、何を考えているのだ！　恥を知れ!!」

静かに激高しているアシュル殿下を、レナーニャ王女は見下しながら、鈴の音のような声を震わせ嗤《わら》う。

「何を今更。そもそも『娶り』の戦いとは、己の恋しい相手を得る為の戦い。そこな女は、我らが欲しい相手全てを囲っているのじゃから、その全てを相手にするのは、寧ろ当然の事であろう？」

――いや、当然ではないから！　そうだったら、いきなりいっぺんに来るんじゃなくて、日を改めるのが筋じゃないんでしょうかね!?

とんでも論理に、思わず心の中で盛大にツッコむ。

「獣人という種族はつくづく……！　戯言はここまでだ！　エレノア嬢、こちらに……！」

アシュル殿下が言い終わる直前、唐突に、私とレナーニャ王女が立っている場の空気が変わった。

「――なっ!?　結界……!!」

アシュル王子が何かを叫んでいるが、よく聞き取れない。

そうこうしている間に、レナーニャ王女の尾が、更に長く大きくなっていく姿が目に映る。

それはまるで、それ自体が意志を持つ別の生き物のように、縦横無尽にうねり……。

「――ッ!!」

私は抜刀し、襲い掛かってくる幾つもの尾に刃を振るった。

ギン……！　と。硬質なもの同士がぶつかり合う音が、周囲に響く。

『え⁉　何⁉　今、刀が触れたのって、尻尾だよね⁉』

そう、どう見ても尻尾だ。

なのにそのただの尻尾が、オリハルコンの刃を容易く弾いてしまったのだ。

幸いというか、流石は世界最強の硬度を誇る鉱物オリハルコン。刀は刃こぼれ一つしていない。

……だが、そのオリハルコンをもってしても、レナーニャ王女の尻尾を断ち切る事が出来なかった。

これはひょっとしなくとも、真面目に不味い状況ではないだろうか。

「何を呆けておるのだ⁉　妾の攻撃は、このようなものではないぞ‼」

そう言うなり、レナーニャ王女の尾が、次々と私に向かって襲い掛かってくる。

それを必死に避け、時に刀ではじき返していくが、当然というか全ては防ぎ切れない。

「――ッ！」

ジュッ……と、服の焦げる臭いと鋭い痛みに顔を顰める。

見れば、尾の一つが掠めた脇腹付近の服が、まるで酸に焼かれたように溶けている。

しかもその腐食が肌にまで達していたようで、皮膚が赤くただれているのが見えた。

レナーニャ王女の尻尾……。硬質化だけじゃなくて、腐食まで備わっているの⁉

それにしても、魔力で自分の肉体を強化させられるのは知っていたが、『硬質化』に加え、『腐食』のような攻撃力を纏わせるなんて、聞いた事が無い。

――これはもしや魔力だけではなく、獣人としての能力の一環なのだろうか……？

そうこうしている間にも、レナーニャ王女の攻撃は強まっていき、かわしきれずに幾つもの尾の攻撃を身に食らってしまう。

しかも……。

この試験場内に張られた防御結界は、今迄の戦いによる魔石の破壊で効力を失った筈。……なのに
……何故……？

目を凝らさずとも、周囲にうっすらと『何か』が張られているのが視える。

しかも前に張られていた防御結界は、漏れ出た魔力を遮断するだけだったが、この『何か』は物理的に、内部のものを外に出せなくしているのだ。

それを証拠に、レナーニャ王女の尾が視えない壁にぶつかり、弾かれているのが見える。

「ほぉ……。貴様、妾の張った『結界』に気が付いたのか？　たいした勘の良さじゃな。これはのう、妾の魔力と『妖力』で練り上げたものじゃ。コレを破れる者は、我が国でも母上しかおらぬゆえ、たいした魔力を持たないこの国の者達では、破ろうにも手も足も出るまいよ」

「うっ！」

また一つ、私の身体に尾の攻撃が入り、その衝撃と肉を焼く痛みに、思わず呻き声が漏れてしまった。

「ああ……。良い声じゃ。この結界のお陰でお前を逃がす事もなく、外からの邪魔も入らぬ。……今迄の鬱憤と恨みを込め、ゆっくり甚振《いたぶ》ってやろうぞ！　それ、もっと良い声で啼《な》くがよい！」

襲い来る、幾つもの硬質化した尾を刀で受け止めきれず、衝撃に身体が弾かれる。

だが、結界に阻まれた身体は外には落ちず、見えない壁に弾かれ、前のめりに倒れ伏してしまった。

「——……っ……」

握りしめたままの刀を地面に突き刺し、何とか上体を起こす。

だが、私に止《とど》めを刺す絶好の機会だというのに、何故か尾の攻撃はやって来ない。

——成程……。さっきの宣言通り、ひと思いに殺すのではなく、じっくり嬲り殺しにする為、敢えて攻撃を控えているのか……。

どうする？　このままではいずれ、やられる……。

元々、先の戦いで疲弊していたのだ。既に刀を握る手にも力が入り辛くなってしまっている。

服もあちらこちらが腐食の攻撃にやられ、かなりボロボロ状態だ。今の自分の姿は多分、相当酷い見た目になっている事だろう。

「……美容班のみんなに、申し訳ないな……」

現実逃避のように、場違いな言葉が口から漏れる。

幸いと言うか防御結界のお陰で、皮膚の怪我は火傷程度で済んでいる。けれど、あちらこちらに鈍い痛みを感じる。

もしかしたら、骨にヒビ位は入っているのかもしれない……。

それを証明するように咽せ込んだ後、口腔内に錆びの味が広がる。

ひょっとすると、内臓も傷付いているのかもしれない。

そんな時だった。

荒く息をついている私の耳に、兄様方や殿下方の声が、微かに聞こえてきたのだ。

結界の所為なのか、凄く小さな声でよく聞き取れない。……いやひょっとして、自分の意識が遠くなっているからなのかもしれない。

もし、私がここで殺されたりでもしたら……。

脳裏に、走馬灯のように沢山の顔が浮かんでは消える。

私なんかの事を好きでいてくれている、兄様方やセドリック……そして殿下方。

私を大切に思ってくれている、父様方やウィルやジョゼフ……使用人のみんなや、メイデン母様やオネェ様方……。みんなみんな、悲しませてしまう……。

『そんなの……絶対嫌だ！　負ける訳にはいかない。……たとえ、岩に齧りついてでも勝つんだ！』

私は再度、気力を振り絞ると、レナーニャ王女を真っすぐに見据えた。

◇◇◇◇◇

「――ッ！　エレノア！　エレノアー!!」

「やめろ！　止まれオリヴァー！」

「離して下さい！　このままではあの子が……！　もう限界です！　勅命なんて知った事か！　僕は力を解放して、あの女を殺す!!」

「君の気持ちは分かっている！　……だがあの結界、何かがおかしい。だからお願いだ！　少しの間でいい、どうか鎮まってくれ!!」

「――ッ！　離せっ!!」

いつもの冷静さをかなぐり捨て、拘束するアシュルを射殺さんばかりの凄まじい形相で睨み付けながら、エレノアの許に駆け寄ろうとするオリヴァーを、アシュルは必死で押さえつける。

『……油断した……。あまりにも悠長にし過ぎていた。まさか、こんな事になるなんて……!!』

ハッキリ言って、レナーニャ王女の力を甘く見ていた。

彼女が出て来た時、戦いを速やかに中止させていれば……。いや。魔力を解放してさえいれば、あの子があんなに傷付き、嬲られる状況になんてならなかったのに！

『いっそ、今から我々全員の魔力をあの結界にぶつけて……。いや、でも駄目だ！　どうにも胸騒ぎがしてならない。それをしたら……最悪の状況に陥ってしまう予感がする』

この、危機的状況における自分の『直感』は、今迄外れた事がない。

本当は自分だって、オリヴァーと同じ気持ちだ。

一分一秒でも早く、あの場からエレノアを救い出してやりたい。……だが、それをしたら、何かが終わる。そんな確信があるのだ。

横を見れば、セドリックもリアムと何やら揉めているし、クライヴの方も……。いや、あちらはクライヴの方がディランを抑え込んでいた。

『何をやっているんだ！　あの馬鹿!!』

愚弟を心の中で罵倒していると、不意に後方から声がかかる。

「オリヴァー・クロス。もし君が魔力を放出して、あの結界を破ろうとしたら……。エレノア嬢が死ぬよ？」

「フィンレー……殿下!?」

「フィン！　どういう意味だ!?」

オリヴァーとアシュルの声を受け、セドリックとリアム、そしてクライヴとディランも動きを止め、三人を注視する。

「どういうって……そのままの意味だよ。……あの結界、女狐の魔力と『妖力』とを融合して作られ

たものだ。魔力の方はともかく、未知の能力である『妖力』が加わる事で、やっかいな多重結界となってしまっている。言ってしまえば、あのクソオヤジ……いや、クロス魔導師団長が作り出した結界のようにね」

——今、『クソオヤジ』って言わなかった⁉

一瞬、皆が一斉に心の中でツッコミを入れたが、その中でただ一人、ツッコミに参加しなかったオリヴァーが、フィンレーに対して瞬時に詰め寄る。

「フィンレー殿下！　貴方なら、あの結界を破れるのではないですか⁉」

「……うん、破れるよ。未知の結界とはいえ、君や君の父親の作った、あのえげつない結界に比べたら劣化版もいいトコだからね。……だが破る前に、どうしてもタイムラグが発生してしまう。そうしたら間違いなく、エレノア嬢はあの女に命を奪われてしまうだろう」

そう。今あの王女は、エレノアを甚振《いたぶ》る事に重点を置いて攻撃を加えている。

皮肉な事に、だからこそ未だにエレノアは無事でいられるのだ。……いや、無事と言うにはほど遠い状態ではある。だが、それでも生きているのだ。

オリヴァーは傷付いたエレノアを恍惚といった表情で見つめるレナーニャと、自分達の勝利を確信し、先程までの鬱憤を晴らすように、歓声や野次を飛ばしている獣人達を鋭く一瞥すると、アシュルと視線を合わせた。

「……アシュル殿下……！」

「ああ。分かっているよオリヴァー。まさに今、エレノア嬢の命にかかわる非常事態に直面している。それに、『外』で動いている者達も、エレノア嬢にここまで時間稼ぎをしてもらったんだ。もう充分だろう。……王太子権限をもって、今ここに勅命解除を宣言する！」

アシュルの宣言を受け、オリヴァーが動いた。

「フィンレー殿下！　あの女に聞こえないよう、エレノアに僕の声を届ける事は可能ですか⁉」

「可能……だけど、結界を壊さずに、尚且つエレノア嬢だけに聞こえるようにって……せいぜい五秒が限界だよ？」

「十分です！　どうか、お力をお貸しください！」

そう言うなり、その場に膝を突いたオリヴァーに対し、フィンレーが鼻を鳴らした。

「オリヴァー・クロス。見くびらないでくれるかい？　貸すも何も、エレノア嬢を助ける為なら、僕は君にだって、いくらでも力を貸すよ」

「――ッ！　感謝……致します！」

「御託は後だ。時間が無い。……いいか、今から三秒後だぞ⁉」

ぶわり……と、傷付けられ、ボロボロにされた最愛の少女の許に、『魔力回線』が繋がったのを感じ、オリヴァーはあらん限りの想いを込め、叫んだ。

「エレノア！　眼鏡を外せ！　魔力を解放させるんだ！　そして、自分の身を……」

プツ……と、まるで糸が切れたような感覚に、オリヴァーは歯噛みする。

『エレノアの魔力量はかなり多い。魔力さえ解放すれば、フィンレー殿下が結界を破壊するまでの間、身を守る事が出来る筈だ』

届いた筈だ……。どうか、届いてほしい。

オリヴァーは祈るように、心の中でそう繰り返した。

姫騎士

その頃。

エレノアは突然聞こえてきた、オリヴァーの『声』に瞠目する。

「……オリヴァー……兄様……」

――眼鏡を外せ！　魔力を解放させるんだ!!

「……はい……。兄様……！」

ゆらり……と。

エレノアはその場から立ち上がると、ゆっくりと手を上げ、己の眼鏡を取り去った。

途端。結界内に、今迄抑えつけられていた『魔力』が解き放たれ、淡い光が乱舞する。

「――ッ!!」

一瞬後、アルバ王国側も獣人側も……そして、エレノアと対峙しているレナーニャまでもが、言葉を失い息を呑む。

何故なら……。

その場に居たのは、いつもの瓶底眼鏡をつけた、冴えない容貌の少女ではなかったからだ。

眼鏡を取り払った瞬間、結い上げられた髪がパラリと解け、枯れ葉色だったぱさぱさの髪が一転、鮮やかに波打つヘーゼルブロンドとなり、艶やかに煌めく。

その玉のように真白な肌には染み一つなく、形の良い薄桃色の唇はきつく、真一文字に引き結ばれている。

そして何よりも印象的なのが、インペリアルトパーズのように煌めく、黄褐色の大きな瞳だ。

その宝石のような瞳には強い意志が宿り、まるでそれ自体が相手を魅了する魔石のように、キラキラと……より一層の輝きを放っていた。

そして、今まで抑え込んでいた魔力を一気に放出した事により、エレノアの全身が淡い金色の光を纏っている。

――控え目に言っても天使。

女神のように神々しく立つその美しい姿に、誰もが言葉を失い、見入ってしまう。

「……あれが……。エレノアの本当の姿……」

リアムが呆然と呟いた後、そのまま声も無くエレノアの姿を凝視する。

アシュルが、ディランが、そしてフィンレーまでもがリアム同様、声も無くエレノアの姿を見つめた。

「……なんという……ああ……。上手く、言葉に出来ない……！」

アシュルも感極まり、思わずといった様子で、吐息と共にそう呟く。

格好で言えば、豪華なドレスも飾りも無い、騎士の礼服に近い男勝りな装いである。しかもあちらこちらが溶かされ、破れたボロボロの状態だ。

剥き出しの皮膚には、痛ましい傷が多数つけられているし、玉の肌も、血と埃で薄汚れてしまっている。

……けれども、今実際に目にしているエレノアは、自分達の記憶している姿よりも何倍も……いや、比べ物にならない程に美しく映った。

今が決闘の真っ最中である事も忘れ、皆が等しくエレノアの姿に見入り、視線を釘付けにされる。

それは普段、本当のエレノアの姿を見慣れている、オリヴァー達でさえも同様だった。

そう。今まさに、凄まじい魅了魔術とも言うべき『ギャップ萌え』が、その場の全てを支配していたのである。

周囲が静寂に包まれる中、エレノアは自分が握りしめている刀に、ゆっくりと左手を這わせる。

エレノアのその行動に、いち早く気が付いたオリヴァーが、ギョッと目を見開いた。

「ちょっ……！　エレノア⁉　何をやろうとしているんだ⁉」

兄の叫び声は当然、エレノアには届かず、刀剣と……エレノア自身の瞳が、徐々に金色へと変わっていく。

その美しさに、思わず息を呑みつつも、更にオリヴァーはエレノアに向かって叫んだ。……いや、叫ばずにはおれなかった。

「エレノア！　僕は『自分自身の身を守れ』って言ったんだ！　決して『刀に魔力を纏わせて戦え』なんて言ってないんだよ⁉　ああもう！　本当に、君って子は‼」

オリヴァーが叫んだ内容に、その場の全員が驚愕する。

「え？　た、戦うって……えぇっ⁉」

「あー‼　本当だ！　エレノア！　ちょっ！　止まって‼」

「お、おい！　エルが刀に魔力込めるって……大丈夫なのか⁉　魔力枯渇したらシャレになんねぇぞ‼」

オリヴァー同様、リアムとセドリック、そしてディランはエレノアの行動にパニックを起こす。

その中にあって、クライヴの「あの脳筋バカ娘ー!!」という絶叫に、ようやくアシュルは我に返った。

「フ、フィン！　今のうちに早く結界を！」

「あ、う、うん！」

アシュルの呼びかけに、やはり我に返ったフィンレーが、結界に向けて闇の魔力を放出しようとする。……が、何故かその手が止まった。

「どうした、フィン⁉」

「……アシュル兄上。……あれ……」

フィンレーが指さす方へと目を向けたアシュルは驚愕に目を見開く。

何故なら、先程までかすり傷さえ負わせる事が出来なかったレナーニャの尾を、一刀両断したエレノアの姿がそこにあったからだった。

◇◇◇◇◇

『――よしっ！　切れた!!』

刀に魔力を纏わせ終わったタイミングで、いきなり変化した私の姿に驚愕し、動きを止めていたレナーニャ王女が、慌てた様子で放った尾の一つ。

それが確かな手ごたえの後、床にボトリと落ちた。

「ギャァッ！」

レナーニャ王女の口から悲鳴が漏れる。……どうやらこの尾全部に痛覚が存在するようだ。

という事は、幻術で一本の尾が九つに見えていたのではなく、分裂させていた……という事なのだろうか？

レナーニャ王女が痛みに怯んだ隙に、素早く自分の痛めた個所を中心に魔力循環を行う。

すると完治……とまではいかずとも、先程までの激痛が半減し、手足に力が戻ってくるのを感じた。

『無理をすればまた、元の木阿弥だろうけど……。でも、今無理しなくていつ無理をするんだ!!』

——たとえこの後、手足が使い物にならなくなっても、今この時を乗り切って……勝って、皆の許に戻るんだ！

「こ……この小娘……！　よくも……よくも……この妾の身体に傷を……!!」

まさしく、激高した野生の獣のごとき凄まじい形相で、レナーニャ王女が叫ぶ。

それと同時に、残りの尾が一斉に、こちらに向かって襲い掛かってくる。

『……動きに集中しろ！　感覚を研ぎ澄ませるんだ!!』

私は刀を構え、その場を跳躍すると、縦横無尽に襲い来る尾を、次々と切り落としていった。

「グァッ！　ギャッ！　……く、くそっ！　な……何故……矮小な人族ごときが……こんな！」

残った尾が身体を貫こうとするのをかわし、切り落とす。

それを繰り返し、遂に私はレナーニャ王女の間合いへと入り込んだ。

——驚愕に目を見開くレナーニャ王女と、視線がぶつかり合う。

いつも私を見下していたその瞳には、憎しみと侮蔑《ぶべつ》ではなく……驚愕と恐怖の色が浮かんでいた。

最後の一尾が、本体を守るかのごとく向かってくるのを袈裟切りにし、切っ先をレナーニャ王女の喉元に向け、突き入れる。

「……これで……終わりだ‼」

「あああぁっ‼」

刃がレナーニャ王女の喉を貫く……その直前。刃を止める。

はぁ……はぁ……と、荒く息をつきながら、あと僅かでも動けば肌に刀が突き刺さってしまう絶妙な位置を維持しつつ、私はレナーニャ王女を睨み付けた。

対するレナーニャ王女は、身体を小刻みに震わせながら、その場に膝から崩れ落ちた。

あれだけふっさりとし、豊かだった尾はもう、辛うじて根元が残る程度のボロボロ状態となっている。呆然自失といったレナーニャ王女からは、もはや僅かな魔力も妖力も感じられなかった。

――ひょっとしたら、彼女の尾が魔力と妖力の源だったのかもしれない。

戦意喪失し、動こうとしないレナーニャ王女に向けていた切っ先を外し、私はゆっくりと刀を鞘に納めた。

するとそのタイミングで、先程まで周囲に張られていた息苦しい圧迫感がフッと晴れた。

――と同時に、割れんばかりの大歓声が襲い掛かってきて、思わずビクッと身体が跳ねる。

「え……？」

キョロリと周囲を窺うと、歓声を上げているのは当然というか、アルバ王国側の観戦者達で、その誰もが……なんかその……あれだ。『恍惚』って感じにうっとりとした表情を浮かべながら私を見ている。な……なんか……恐い！

対して、信じられないといった表情を浮かべた獣人達は、皆息を呑んだように呆然としている。

「――あ……！」

強い視線を感じ、そちらの方を振り返ってみれば、兄様方やセドリック、そして殿下方が揃って私を見つめ、安堵の表情を浮かべていた。

――あ、セドリックとリアムが泣き笑いしている。

アシュル殿下とディラン殿下は……周囲の学生達同様、顔を紅潮させ、物凄く甘い満面の笑みを浮かべているし、フィンレー殿下は……あれ？　な、なんかめっちゃ無表情だ。まるで能面のような顔をしている。えっと……何で？

オリヴァー兄様とクライヴ兄様は……って、あれ？　笑っているんだけど、なんか微妙に怒っているっぽい？

え？　何で？　わ、私、オリヴァー兄様の言う通り、頑張って戦ったのに!?

えーっと……。ひ、ひょっとして私、何かやらかしちゃいましたかね!?

予想外の兄様方の表情に動揺していると、不意に今迄の極度の緊張が解けたのか、足の力が抜けていってしまい、思わず身体がふらつきそうになった。

――その直後。明確な殺意が私に対し、一直線に向けられる。

「おのれ小娘！　よくもレナーニャ様を!!」

見ればそれは、レナーニャ王女の傍に常に付き従っていた大柄な虎の獣人で、今まさに剣を振りかぶり、私に打ち下ろそうとしていた。

一瞬の事に、目を瞑る事も出来ずに立ち尽くしている私の目の前で、虎の獣人の全身が瞬時に、青白い炎に包まれた。

「ギャアァッ!!」

叫び声を上げた虎の獣人は、呆然とする私の目の前で、火だるまになってもがき苦しむ。

――が、強い冷気が虎の獣人に浴びせられ、炎は一瞬で鎮火した。

「……な……なに……が……」

震え、焼けただれた己の腕や身体を、呆然といった様子で見つめていた虎の獣人は、いつの間にか私を背に庇うように立つクライヴ兄様に気が付き、顔を上げた。

が、次の瞬間。自分に向けられた凄まじいまでの魔力と殺気に、ヒュッと息を呑む。

「……本当はあのまま、オリヴァーの炎で消し炭にしてやっても良かったんだが……。一応大事な証人だ。洗いざらい吐かせるまでは、死なせる訳にはいかない。……だが」

次の瞬間。

轟音と共に、クライヴ兄様の拳を受けた虎の獣人の身体が、地面へとめり込んだ。

その光景を目の当たりにした獣人側から、どよめきと悲鳴が上がる。

「ク……クライヴ兄様！　殺さないって今……」

私を優しく抱きとめたクライヴ兄様に慌ててそう言うと、クライヴ兄様は心外と言った様子で顎をしゃくった。

「殺してねーよ！　ほれ、よく見ろ！」

そう言われ、確認してみると、地面にめり込んだ虎の獣人の身体が、ピクピク痙攣しているのが見えた。

……え～っと……そっか。そういえば獣人だもんね。ちょっとやそっとじゃ死なないか！

「……エレノア……!!」

「……にい……さま?」

ギュッと、背後から私の身体を抱き締めるクライヴ兄様の声が……腕が震えている。

「クライヴ……兄様……」

呼び掛けに、兄様は応えない。

だけど、密着している身体から伝わってくる感情が、言葉などより雄弁に兄様の心情を物語ってくる。

「クライヴ兄様。……心配かけて、ごめんなさい」

そう言うと、泣きたくなるような優しい温もりに身体を預け、甘えるように頬を摺り寄せる。

するとそれに応えるように、抱き締める腕の力が強くなった。

――ああ……良かった。またこの腕の中に帰って来られた……。

「……お、おい！　貴様……何を！」

突如響いた声に我に返り、顔を上げる。

すると、ヴェイン王子が青い顔をしながら近付いて来るのが見えた。

やはりというか、彼もこの状況に戸惑っている様子だ。

が、私と目が合った瞬間、その顔がサッと紅潮し、身体が硬直したように動きを止めてしまう。

「……」

私は再び足に力を込め、身を預けていたクライヴ兄様から身体を離すと、真っすぐヴェイン王子と視線を合わせた。

「……ヴェイン王子。私が勝ったら、褒賞を頂くとお約束しましたね?　何を申し上げても不敬に問わないと……。ご覧の通り、私は戦いに勝ちました。なので今ここで、そのお約束を果たして頂きます」

そう告げると、私は怪訝そうな顔のヴェイン王子の目の前で、鞘から刀をスラリと抜く。

ザワリ……と周囲がどよめく中。私は手にした刀を渾身の力でもって、思い切り地面に突き刺すと、彼を真っすぐ見つめながら唇を開いた。

「誰があんたの奴隷になんかなるか！　さっさと巣に帰れ！　駄犬!!」

諸々の感情を込め、私は声の限りに思い切り叫んだ。

断罪

——エレノアの啖呵切りに、その場に再びの静寂が訪れた。

『駄犬』と呼ばれたヴェイン王子は勿論、アシュル達やオリヴァーらも、呆気に取られて呆然としてしまっている様子が目の端に映る。

……いや、確かにエレノアは「自分が勝ったら、何を言っても不敬と取るな」と言っていたが……。これ、「不敬」で済ませていいレベルだろうか。……いや、違うよな？

しかし……流石はエレノアというか。正直こうくるとは思ってもいなかった。

てっきり、ロジェ王女の暴言に激怒していたアシュルや俺達の為に、敢えてああ言って場を収めようとしたのかと思っていたのだが……。どうやら違ったようだ。

エレノア……お前、あの第三王女の暴言に、実は誰よりも怒っていただけだったんだな。

そんで、今の言葉を目の前のこいつに叩き付ける為、必死にここまで頑張ったんだな……。全く本

当に……お前って奴は……。

「言い切った！」感満載な様子で、崩れ落ちそうになっているエレノアの身体を支えてやりながら、そう心の中で呟き苦笑した。

ちなみに俺の背後では、「エル……。流石は俺の嫁！　痺れるぜ！」だの、「はぅっ！」だの、「き……キター!!」だの、「と……尊い！　あの蔑《さげす》み切った眼差し！　ああ……僕もあの眼差しで見下された挙句、優美な足で踏み付けてもらいたい……！」だの、どうしようもない言葉が聞こえてくる。

……ついでに、人がバタバタ倒れる音もセットで。

思わず後方に目をやれば、攻撃魔法科のマロウが黒いローブを羽織った男に、「黙れこの変態が！さっさと仕事しろ!!」と、足蹴にされている姿が目に入った。

……どうやら、さっきの発言の中で一番アホな台詞、こいつが言っていたようだ。

あ、めたくそ踏み付けにされているのに、奴の浮かべる表情、未だに恍惚とした笑顔のままだ。

――……ヤバイ。あれは駄目だ。とんでもなく厄介な奴を、何かに目覚めさせてしまった気がする……！

思わず顔を引き攣らせた俺の耳に、呟き声のようなものが聞こえてきた。

「……な……。こ……この俺を……駄犬……。しかも巣に……帰れ……だと……!?」

目をやれば、ようやく我に返ったヴェイン王子が、怒りのあまりに牙を剥いて顔を紅潮させている。

「人族の……ましてや女の分際でよくも……！　番だとて容赦はしない！　二度とそのような口を叩けぬよう、徹底的に調教してやる！」

ヴェイン王子の言葉に、俺の肩がピクリと反応する。

「……調教……だと？」

「ヴェイン王子!!」

低く呟く俺に構わず、ヴェイン王子は自分の後方に控えていた近衛《このえ》兵達に命じる。

「あの娘の傍にいる男だ！　クライヴ・オルセン……あいつを排除しろ!!　だがあの娘の方には、一切傷をつけるな！」

「はっ!!」

王子の言葉を聞き終えるや、得物を手に一斉に襲い掛かってきた近衛兵達に、俺は魔力を叩きつけた。

◆◆◆◆◆

「――ッ!?　……なっ……！」

……一体、何が起こったというのだ……？

目の前で次々と倒れていく近衛達は、一瞬で氷漬けにされた為、襲い掛かろうとしている時と同じ表情のまま転がっている。

それらを呆然と見つめていた俺だったが、何かの気配を感じ、瞬時に後方に飛びすさると、そのまま間合いを取った。

「ヴェイン王子。貴方のお相手は僕が致しましょう」

見れば、いつの間にかそこに立っていたのは、自分の姉であるレナーニャの番であり、目の前にいる自分の番……エレノア・バッシュの筆頭婚約者、オリヴァー・クロスだった。

――……オリヴァー・クロス。この世における、俺の最も憎い相手……。

「オ……オリヴァー・クロ……」

すると、姉のレナーニャが、目の前の男に向けて縋《すが》るように手を伸ばした。

――が、次の瞬間。炎の矢が姉の自慢である長い髪をバッサリと切り落とした。

「……え？　……い、いやぁぁぁー!!」

悲鳴を上げ、肩までしかなくなった髪を押さえる姉の身体に、次々と炎の矢が掠め、その肌や服を焼き裂いていく。

「あ……あぁ……！」

痛みと衝撃にのたうち回り、もはや悲鳴も上げられずに震える姉のレナーニャを、オリヴァー・クロスは冷ややかな表情で見つめる。

驚くべき事に、その瞳はいつもの黒ではなく、燃え上がる炎のような深紅となって煌めいていた。

「口を閉じろケダモノが。……次にその薄汚い唇で僕の名を呼んでみろ。その舌、焼き尽くすぞ!?」

いつもの、貴公子然とした穏やかな様子は欠片も見当たらない。その声はどこまでも冷たく、明確な憎悪と殺意に満ち溢れていた。

「……さて、次は貴方ですよヴェイン王子。……僕の愛しいエレノアを奴隷にしようとした挙句、言うに事欠いて調教とは……。ふふ……覚悟は出来ているのでしょうね？」

姉のレナーニャに向けていた殺気が、その何倍にも膨れ上がって自分に向けられる。

そのおぞましいまでの魔力量に、思わずゴクリと喉が鳴った。

『な……何が一体……どういうことだ!?　何故……この男から、こんなにも膨大な魔力が……!?』

「安心なさい。貴方もそこの女も殺しませんよ。……本当なら今すぐにでも、息の根を止めて差し上げたいくらいですけどね」

穏やかな表情で、恐ろしい台詞を口にするオリヴァー・クロス。

その姿に底知れぬ不気味さを感じ、背筋に冷たいものが流れ落ちる。

「な……にを……言って……？」

身体が竦む。

どういう事だ？　俺が……獣人族の王子であるこの俺が……まさか、人族ごときに恐怖を感じているとでも言うのか⁉

「大丈夫、すぐに理解しますよ。でもその前に……。僕の手で瀕死にして差し上げましょう」

そう言うなり、オリヴァー・クロスが一瞬の間に、俺の間合いへと入ってくる。

慌てて、寸での所で奴の拳から身を避けると、体勢を整えようと後ろに飛びすさる……が、なんとそこには既に奴が待ち構えており、今度は避ける間も無く脇腹に鋭い蹴りが入った。

「ぐぅっ‼」

吹っ飛ばされ、激痛に呻きながらも何とか体勢を整える。

だが、それで終わりでは無かった。

その後も、自分が動く先々で待ち構えるように、オリヴァー・クロスからの容赦のない攻撃が襲い掛かってくる。

激高し、隙をついて魔力を放っても、それは軽くいなされ消滅させられてしまい、更に攻撃は苛烈さを増した。

——最初は、顔と優美な所作しか取り柄の無い、優男だと思っていた。

……なのに、将軍の息子であるガインすらも上回るスピードと体術を持ち、姉のレナーニャと同等の魔力を持つ俺が……こんな、赤子のようにただ翻弄されるだけなんて……!!

「う……ぁ……っ……!」

最初に左手、そして右足……と、次々と潰され、右の肩を砕かれた時点で、俺は無様に地面へと崩れ落ちた。

そんな俺を無表情で見下ろしていたオリヴァー・クロスは、全ての興味が失せたとばかりに背を向け、歩き出す。エレノア・バッシュの方へ……俺の番の許へと。

『止めろ！　俺の……番に近寄るな!!』

そう必死に心の中で叫びながら、ふと、霞む目で捉えた周囲の状況に愕然としてしまう。

一方的に、蹂躙劇を繰り広げる筈だった我が国の精鋭達は皆、ある者は王族に、ある者はフードを被った男達や王族の護衛騎士達によって、次々と殲滅させられていっているのだ。

しかも信じられない事に、兵士達と戦っている相手の中には、この学院の生徒達も交じっていたのだ。

彼らは皆、兵士達に負けず劣らずの戦いを繰り広げている。

そして、その誰もが膨大な魔力を纏っていた。

ある者は目にも止まらぬ剣技で両手両足を切られ、崩れ落ちる。

ある者は、『風』の魔力によって全身を切り刻まれ、またある者は、水球に閉じ込められ、もがき苦しんでいる。

特に俺や姉達の側近達は、セドリック・クロスと第四王子リアムの手により、完膚なきまでに叩き潰され、ボロボロにされていた。

彼らは皆、悲鳴を上げてのたうち回り、その内の何人かは命乞いまでしている有様だ。

――何故……？　この国の人間達は皆、魔力が殆ど無い筈ではなかったのか⁉

しかもその魔力すら使わずに、我ら獣人をあっさりと血祭りに上げている者達までもが、そこら中にいる……だと⁉

「現実を知って驚きましたか？　ヴェイン王子」

静かな声がかけられる。

何とか顔を上に向けてみると、そこにはこの国の王太子が、穏やかな表情で俺を見下ろしていた。

「ふふ……。だいぶボロボロにされましたね。それにしても、貴方がた獣人が単純な種族で助かりましたよ。魔力を隠すだけで、僕らの事を容易《たやす》く『顔だけが取り柄の無能集団』と、見下して下さいましたからね。お陰で仕事が大変にスムーズでした」

「し……しご……と？」

「そう。貴方がたが、大量に我が国へと潜入させた兵士達ですよ。彼らは最初から我々を侮って、油断していましたからね。こちらが誘導するままに、よく動いてくれましたよ。今頃は配下の者達が、我がアルバ王国全土に潜入していた獣人達を、一網打尽にしているでしょう」

王太子の言葉に、思わず目を剥いた。

そんな……そんな馬鹿な⁉　気が付かれていたと言うのか！　何時《いつ》⁉　……まさか……最初から……⁉

「問題は、そちらが決起するのが何時か……という事でしてね。いくらこちらが優位に立ってはいても、獣人の身体能力は侮れません。万が一取りこぼしたら、どんな人的被害出るか分からない。だからこそ、貴方がた王族全てが注意を向ける、この絶好の機会を利用させて頂いたのですよ」

そこまで言って、初めてアシュル王太子の透き通った水色の瞳が陰り、一切の表情が無くなった。

「けれどその為に、エレノア嬢が……。僕らの最愛の女性が傷付いてしまった……。あんなにボロボロにされて……。正直言って今僕は、自分自身を殺してやりたいくらいの気持ちなんですよ……」

深い悔恨を帯びた憂い顔。

ああ……そうだ。こいつもエレノア・バッシュ愛している男の一人だった。

「だが、その前に……。貴方達がどういう意図を持って、この国に攻め入ろうとしたかを知らねばなりません。そういう訳で、貴方達王族にはこれから、それらを洗いざらい吐いて頂きます。拷問も辞さないので姉弟共々、せいぜい良い声で鳴いて下さいね。獣なのだから、鳴くの得意でしょう？」

明らかな侮蔑を含んだ言葉に、カッと頭に血が上る。

「き……さまら……！　こんな事をして……ただで済むと思うな⁉　本国が本格的に動けば……貴様らなど……‼」

「ああ、そうそう。貴方がたの国の方も大変みたいですよ？　こちらが掴んだ情報によれば、東方諸国が連合を組んで、シャニヴァ王国に攻め入っているようですから」

「──な……っ⁉」

「普段であれば、たとえ他の部族国家全てが集団で攻めてきても、貴方の国を揺るがす事は難しいでしょう。ですが今現在、シャニヴァ王国の兵力は、通常のおよそ二分の一程度。しかも精鋭の殆どは、我が国に投入されている状態……とあらば、話は別になりますよね？」

「……ま……さか……」

「ひょっとしたら、貴方達が帰ろうとしても、帰るべき国自体が無くなってしまうかもしれませんね」

穏やかに微笑む甘やかな美貌。だがその瞳には、一切の感情が見られない。

憎悪も侮蔑も嘲りも……。それが逆に底知れぬ恐怖心を湧き上がらせた。

『こいつらは……いや、この国はそれすら視野に入れ、動いていたと言うのか……!?』

ひょっとしたら今、このタイミングで連合国がシャニヴァ王国を攻撃しようとしているのも、この国が裏で糸を引いて……?

——人族など、矮小で力の無い最弱民族と侮っていた。

だが……だが。これではまるで、こちらの方こそが……。

「女性を娶るのも、戦争を起こさないようにするのも、貴方達が思っている以上に大変な事なのですよ。むしろ、力技だけでのうのうと強者ぶって踏ん反り返っていられるって、獣人とはなんと呑気で幸せな種族かと感心していました。本当、羨ましい限りですよ。こういうのを『平和ボケ』っていうんでしょうかね？」

アシュル王太子の酷薄な笑みを見た瞬間、胸中に絶望が押し寄せてくる。

『——見誤った……。我々は決して、手を出してはいけない国に喧嘩を吹っ掛けてしまったのだ！』

思えばこの国が出て来た瞬間、他の西方諸国が一斉に手を引いたのだ。その時点でおかしいと思うべきだったのに……。

このアルバ王国は……。恐らく、人知れず西方諸国の頂点に君臨する、絶対的強者……。

「さて、話はそろそろ終わりにしましょうか。『影』をあまり待たせてはいけませんからね」

フッ……と音も無く、アシュル王太子の背後に立つ黒づくめの男達を目にしながら、俺は己《おの》と己が種族の絶望に染まった未来を感じ、唇を噛みしめた。

◇◇◇◇◇

一歩一歩、噛み締めるように近付いていく。この世で最も愛しく美しい者の許へ。

「エレノア」

口にした言葉が、少しだけ震えているのが分かる。

己が兄と認めたただ一人の青年……クライヴの腕の中には、もう立つ力も失い、グッタリしているボロボロの少女の姿があった。

「……ッ……エレノア……！」

クライヴの前で膝を突き、少女の名を再び呼ぶと、抱き締められている腕の中、少女の瞼がゆっくりと開いた。

覗いたのは、宝石のように煌めく美しい瞳。

永遠に……失っていたかもしれない、尊い輝き。

「……オリヴァー……にいさま……」

力無く……それでも嬉しそうに微笑みながら名を呼ばれ、顔がクシャリと歪む。そんな自分にクライヴは、何も言わずにエレノアを渡してくれた。

そっと壊れ物を扱うように、腕に抱いた小さな身体はとても軽い。

――……こんな小さな身体で君は、一人きりで必死に戦っていたんだね……。

「エレノア……ッ！　エレノアッ！」

――生きていた！　無事だった！　ようやく……僕の腕の中に帰って来た！

一時は失ってしまうかもしれない恐怖に、心臓が張り裂けそうになった。

何故……何故僕はあの時、この子を止めなかったのか。

一体何度、己を殺したくなった事だろう。

この子が危うくなれば、自分やクライヴが出れば良いと思っていた。いざとなれば勅命を破っても構わない。そう……思っていたから……。

そんな驕りが、まさかこんな形で自分に跳ね返ってくるとは、思ってもみなかったのだ。

「エレノア……エレノア……。御免……御免ね？　君を……こんな目に遭わせてしまって……。本当に御免……エレノア……」

愛しい少女の頬に、幾つもの水滴が零れ落ちているのにも気が付かず、僕はただ壊れたように、繰り返し謝罪し続けたのだった。

◇◇◇◇◇

ポタリ、ポタリと、オリヴァー兄様の閉じた瞳から、温かい涙が幾つも幾つも零れ落ち、私の頬を濡らしていく。

『オリヴァー……兄様……』

――優しくて、穏やかで……でも怒ると恐くて。

完璧とも言える姿しか、私に見せようとしなかったオリヴァー兄様。

その兄様が私の目の前で、幼子のように頼りなく泣いている。

私の瞳にも、みるみるうちに涙が盛り上がり、耐えきれなかった雫がポロリと頬を滑り落ちていく。

「に……にい……さま……！　ごめっ……ごめん……なさいっ！」

しゃくり上げながら、つっかえつっかえ言葉にする私の謝罪に、オリヴァー兄様は私を抱く腕の力を強めた。

「わた……わたし……の、我儘で……心配かけて……にいさまを泣かせて……！　ごめんなさいっ！」

掠れた声で、必死になってそう言い終えると、オリヴァー兄様は私の謝罪を止めようとするように、自分の唇で私の口を塞いだ。

優しい……とても優しい、ちょっとしょっぱい口付け。私を心の底から慈しむそれ。

ああ……。私はこの人の許に……もう一人の最愛の兄であるこの人の許に、帰って来られたんだ……。

『大好き……にいさま……』

とてつもない安堵感と幸福感に包まれたまま、私の意識はゆっくりと、闇の中へと沈んでいったのだった。

獣人王国の崩壊

「ど……どういう事だ⁉　一体……何が起こっているというのだ⁉」

西の大陸と海を挟み、対を成す東の大陸。

そして東の大陸で実質的な覇王国として名を馳せる、獣人王国シャニヴァ。

その王宮内では、高御座《たかみくら》から立ち上がり、困惑と動揺に右往左往する臣下を見据え、声を荒らげるシャニヴァ王国国王の姿があった。

「お……恐れながら申し上げます！　今現在、我が国は竜人族を筆頭とする、『東方連合国軍』を名乗る勢力に包囲されております！　その数は……我が国の兵の数を遥かに上回っております！」

宰相を務める黒豹の獣人。第三王女であるロジェの祖父である男が、青褪めながら現状を説明する。

「『東方連合国軍』……だと⁉」

国王は苛立ちと共に、信じられないといった表情を浮かべた。

東方諸国は力の強い亜人種達が、それぞれの国家や集落を築いている。

だが、肌の色や身体的特徴が国ごとに違っていても、基本的な部分は同一である人族達とは違い、種族ごとに特性が著しく異なる亜人種達は、それぞれが自種族至上主義者であり、種を越えた協調性などは皆無に等しかった。

ゆえに、圧倒的な身体能力とその数を武器に、獣人達がこの大陸の覇権を掌握していたのである。

それなのに、個人主義であった亜人種達が連合国としてまとまり、一丸となってこのシャニヴァ王国に攻めてくるなど……にわかには信じる事が出来ない。

——しかもよりによって、このタイミングで……。

「やれやれ、いくら非常事態とは言え、不用心ですねぇ……ここは」

凛とした……だが、心底呆れたような声が、ざわついている謁見の間に静かに響き渡った。

「な、何者だ⁉」

王を筆頭に、その場にいた全員が、一斉にその声の主に注視する。

「――ッ!? お……お前達は……!?」

王が驚愕の表情を浮かべ、見つめる先……。

そこには一ヵ月前。この国にやって来た、アルバ王国第三王弟フェリクスと、『ドラゴン殺し』の英雄、グラント・オルセンの姿があったのだった。

「く、曲者だ！」

「囲め!! 捕らえろ!!」

大臣達が口々に喚くと、虎の獣人である将軍の号令で、その場に居た兵士達が得物を手に、一斉にフェリクスとグラントを取り囲んだ。

『他に護衛や刺客などは……!?』

将軍は注意深く、目の前の二人以外の気配を探すが、目の前にいる両名以外の気配は、どこにも見受けられなかった。

「シャニヴァ王国の方々には、久し振りにお目にかかります。ご機嫌麗しゅう……」

だが、そんな状況だというにもかかわらず、フェリクスは前回同様、麗しい顔《かんばせ》を綻ばせながら、優美な仕草で礼を取った。

――……たった二人だけで、突然この場に現れた挙句、この余裕の態度。

底知れぬ不気味さを感じ、その場の誰もがそのまま動く事が出来ずにいる。

それは兵士達も同様で、取り囲んだはいいものの、そのまま目の前の人族達を睨み付ける事しか出来ずにいた。

「ふふ……。外には何万もの連合国の兵士達が、この王宮を取り囲んでいるというのに……。まさか私達がここに来るまで、誰も気が付かないなんて思いもしませんでしたよ」

「黙れ！　貴様……何故ここに……!?」

「いえね、貴方がたにお伝えしたい事があって、こちらに伺った次第です。……まずは、国交の締結見送りの件。そして、この獣人王国崩壊の見届け役をしに参りました……とね」

——獣人王国の崩壊!?

ザワリ……と、さざ波のように広間に居た獣人達が動揺するのを、高御座から国王が威圧を放ち、黙らせる。

慇懃《いんぎん》無礼《ぶれい》といった態度で微笑むフェリクスを、国王は牙を剥きだしにして睨み付ける。が、次の瞬間、ニヤリと嘲るような笑みを浮かべた。

「この国が滅ぶ？　ふ……戯言を！　あのような十把《じっぱ》ひとからげの烏合の衆、我が国の敵ではないわ！　それより良いのか？　貴様の国こそ、今大変な事になっておろうに……。トカゲ殺しの英雄共々、こんな所で油を売っている暇など無いのではないか？」

あからさまな挑発を含んだ言葉に、それでもフェリクスの穏やかさは失われなかった。

「おやおや。こんな状況だというのに、我が国の心配をして下さるとは……。獣人とは、粗野で単細胞なだけの種族かと思いましたが、欠片ほどは知性があったのですね。でもご安心下さい。私達がいなくとも問題はありません。先程、制圧の一報が入りましたしね」

「制圧……だと？」

——一体、何の？

「はい。貴方が我が国に潜入させていた兵士達全て、制圧させて頂きました。ついでに、貴方の子である王太子と王女達も……ね」

「何だと⁉」

激高し、叫ぶその横では、王妃が小さく悲鳴を上げている。

「き……さま……！　言うに事欠き、戯言を……‼」

「戯言？　戯言を言いに、こんな所までわざわざ足を運びませんよ。……ふふ……。それにしても大変ですねぇ。折角、国軍の精鋭半数を我が国に向かわせたというのに。空振りに終わった挙句、残り半数の兵力で、東方連合国軍を相手に戦わなくてはならないなんて……」

心から楽しそうに笑うフェリクスの姿を見た瞬間、初めて国王が顔を青褪めさせた。

……あの国を攻め落とす為に送り込んだ兵士全てを……人族国家である、この男の国が制圧した……。そして、このような絶妙なタイミングを見計らい、攻めて来た連合国……。

『――まさか……！　この状況を裏で操っていたのは……⁉』

呆然とした様子で自分を見下ろす国王を、変わらぬ笑みでフェリクスは見つめる。

「貴方がたはこれから、連合国軍と戦わねばならぬのだから、お忙しいでしょう？　そろそろ我々はお暇させて頂きます。それに私も、こう見えて忙しいのですよ。貴方がたが何故、国交を餌に人族に近付いたのか……。我が国に捕らえている王族達に、洗いざらい吐かせなくてはなりませんからね。

……殺さない程度に」

「な……っ⁉」

「どうやら貴方の子供達は、大切な私の将来の義娘を手酷く甚振って下さったみたいでね。婚約者達も我が息子達も皆、彼らを八つ裂きにせんとする勢いなのですよ。……まあ、私も止めたくはありませんが、我が国は貴方がたと違って、蛮族ではありません。ちゃんと一人も欠ける事無く、生きてお返し致しますよ。尤も、どこにお返しするかは、この戦いの行方次第ですけどね」

王宮の外から聞こえる音や声が、先程よりも大きくなっていく。

国王は何かを口にしようとするも、言葉が出てこなかった。

「さて……。グラント?」

フェリクスが後方のグラントに向けて静かに声をかける。

「——ッ!!」

その瞬間、広間に凄まじいまでの『魔力』が解き放たれ、将軍共々、フェリクス達を囲んでいた兵士達が白目を剥き、バタバタとその場に崩れ落ちる。

しかもその余波を受け、大臣達の多くも、ある者は泡を吹き、ある者は失禁をしながら、兵士達と同じようにその場で昏倒していった。

「チッ！　ちょっと威圧しただけでこれかよ！　前回も思ったが、鍛錬足りてねぇんじゃねぇのか？　うちのガキ共でも、もうちっと根性あるぜ？」

至極つまらなそうに吐き捨てる『ドラゴン殺し』の英雄を、国王は震える足を何とか踏ん張りながら、信じられないといった表情で見つめた。

「な……!?　なん……」

現国王である自分は、この国の王族の中で最も魔力量の多い、希少種である銀狼の獣人。

それ故、圧倒的な魔力量と身体能力で他の兄弟達を制し、国王となったのだ。

……なのに、その自分が……。

よりによって、人族の男ごときが片手間に放ったであろう魔力に充てられ、なす術もなく身体を震わせているだけだなんて……！

『こ……こんな魔力量を……ずっと隠し持っていたというのか……⁉ で、では先程の……わが軍と息子達を制圧し、拘束したという話は……事実……だというのか⁉』

——信じられない！ ……いや、信じたくない。

突き付けられた現実に対し、激しく動揺する国王に、フェリクスは静かに話しかけた。

「……前回も、私はこうしてグラントと二人だけでこちらを訪れました。覚えておられますか？」

言われ、思い返す。

確かにあの時、この男は『ドラゴン殺し』の英雄ただ一人を連れ、ここまでやって来た。

「まだ国交も樹立していない、まるで信用していない国であるのにもかかわらずです。おかしいとは思いませんでしたか？ 我らがあまりにも無防備過ぎて。……その答えはね、二人だけで充分だったからですよ。いざという時、私達がこの場を制圧するのに……ね」

ゆらり……と、フェリクスの身体から、陽炎《かげろう》のような『魔力』が立ち昇った。

「——ッ⁉」

それにいち早く気が付いた王妃が、慌てて『妖力』をぶつけようとするが、それよりも早く、フェリクスの魔力が王妃を吹き飛ばした。

吹き飛ばされた衝撃で、声も無く昏倒してしまった王妃の許に駆け寄る事も出来ず、国王はとめどなく流れ落ちる汗を拭う事すら出来ずに、二人からの『威圧』を受け、身体を硬直させていた。

「では、失礼致します。……貴方がたとはもう、二度とお目にかかれますまい」

そう言うと、フェリクスとグラントは国王に背を向け、昏倒する者や腰を抜かし、へたり込んでしまった者達の間を優雅に……そして堂々と歩きながら、謁見の間を立ち去って行った。

静寂の中、戦乱と雄叫びの音を遠くに感じながら、『威圧』から解き放たれた国王はその場に膝から崩れ落ち、呆然とその後ろ姿を見送ったのだった。

◇◇◇◇◇

「では、これで」

「何だ、もう行くのか？　もう少し居ても良かろうに」

「いえ。先程、獣人王国の国王陛下にも申し上げましたが、私も忙しいのですよ。国では血気盛んな未熟者が多いものでして」

「ふ～ん……」

フェリクスの言葉に生返事をしているのは、連合国軍の実質的な総司令をしている、竜人《ドラゴニュート》の族長である。

竜人《ドラゴニュート》は総じて筋骨隆々で大柄だ。

その容姿はドラゴンの気質を多く持つ為か、精悍《せいかん》できつめの容貌の者が多く、黙っているだけで他に威圧感を与えている。

深い碧色の髪と瞳を持つこの族長も、まさに竜人《ドラゴニュート》と呼ぶべき容姿や体躯をしている。そして、見た目は自分達と同等か、それよりも若く見えた。

だが見た目のままの年齢ではないだろう。

推測であるが、彼は多分、自分達より何十年も長く生きているに違いない。

――『竜人族』とは、ドラゴンの末裔達の総称だ。

地上最強と謳われる魔物達の王。その末裔である彼らは、総じて力も魔力量も多く、また相応にプライドも高い。

獣人族に比べれば遥かにマシではあるが、亜人種の中では、人族に対する選民意識が強い種族の一つに数えられている。

それゆえ、このように王族であるフェリクスに対しても、尊大な態度を崩そうともしないのだ。

身体的な特徴としては、目が爬虫類独特の細く縦長な瞳孔である上、頭の左右に黒い角を有しており、鋭い牙も併せ持っている。

だが、竜としての名残はその程度で、鱗がある訳でも空を飛べる翼がある訳でもない。ましてや竜に変化するなどといった事もなかった。

また彼らはエルフ族同様、亜人種の中でも長命な種である。

それがゆえに繁殖能力が低く、種族全体の数も少ない。

だからこそ、亜人種の中で特に繁殖力が高く数の多い獣人族に後れを取り、覇権争いに敗れた過去があるのだ。

――プライドがすこぶる高い彼らにとって、獣人達からこの東大陸の覇権を奪う事は、長年の悲願であった。

アルバ王国はそこを利用し、獣人達に恨みを持つ国家や部族の旗印として立つ事を持ち掛け、承諾させる事に成功したのだった。

というより、ほぼ全ての国家が連合国に参加した事から、獣人族がこの大陸で、いかに傍若無人に振舞っていたのかが窺い知れたものである。

「それにしても、これだけお膳立てしておいてくれて、覇権のおこぼれは一切要らぬとは……。人族というのは足らぬ力を補う為、狡猾に立ち回り、少しでも甘い汁を我が物にしようとする……と、そう聞いていたのだがな……」

天然なのか狙ってなのか。存外失礼な事を言い放つ竜人族の族長に対し、フェリクスは苦笑しながら、事も無げに頷いた。

「まあ、そういう国家は多いですよ。ですがこの戦いを制し、獣人王国を滅ぼした所で、どの部族もそのまますんなり、覇権と利権が手に入る訳ではない。当然、貴方がた竜人族もね」

ピクリ……と、族長の眉が上がる。

「我々の目的は、充分達成しております。それに、獣人王国の国王も言っておりましたが、所詮は『獣人憎し』で一つにまとまっただけの烏合の衆。良くも悪くも、『獣人王国』という絶対的支配力が無くなったこの大陸は、今後大いに荒れましょう。そこに分け入ったところで、得られる利益よりも労力の方が大きい……違いますか？」

「……ふん……。慇懃無礼な奴だ。人族の中にも、油断の出来ない国はあるのだな」

「気高き竜の末裔からのお褒めの言葉。光栄至極に御座います」

族長は、先程から何を言っても笑顔を崩さぬ、アルバ王国王弟フェリクスを胡乱気《うろんげ》に見つめた後、その後方に控えているグラントへと鋭い視線を向けた。

――『ドラゴン殺し』の英雄。グラント・オルセン。

この東大陸にも広く名を馳せている、人族屈指の強者である。

今回、この作戦に乗ったのも、この男がアルバ王国の出身者である事が大きい。

「……それにしても、未だに信じられん。まさか我らが祖である偉大な竜を……人族ごときがたった一人で滅した……などと……」

「だそうですよ？　グラント」

「ん～？　何だって？」

フェリクスに話を振られ、眼下で繰り広げられている獣人と連合国軍の戦いを注視していたグラントが、こちらを振り向いた。

――燃えるように輝く銀髪。鋭いアイスブルーの瞳。そのたぐいまれなる美貌。……そして、一目で鍛え上げられている事が分かる、強靭でしなやかな身体。

……何よりも、その全身から立ち昇る独特の『覇気』が、人族であっても決して侮ってはいけない相手である事を知らしめている。

「竜人である族長殿は、貴方がドラゴンを殺したという事実が信じられないそうです」

「あー、それな。まあ、実際殺してねえし？」

「――は？　殺して……いない？」

族長が目を丸くするが、グラントは至って真顔で「ああ、殺してねぇよ」と言いながら頷いた。

「で、では何故。『ドラゴン殺し』を名乗っているのだ⁉　明らかに悪質な詐称であろうが！」

「そうは言ってもなぁ。俺とあいつの戦闘を実際に見ていた連中が、勝手に広めたんだ。俺から名乗った訳じゃねえ。それに殺してねぇけど、一応勝ったし。んじゃま、いっか！　ってな」

「な、何を訳の分からない事を……！」

「それよりもグラント。そろそろ本当に帰らないと。死人が出たりしたら大変ですからね」

「……ふん。獣人族は侮れん種族だからな。詐称の英雄であっても、被害を最小限にするには必要だろうさ」

竜人族の族長が嫌味のように言い放ったが、この場合、死人になるのは獣人達の方である。フェリクスもグラントも、自分の身内が下手をうつなど、想像すらしていなかった。

「あー、そうだな！　んじゃ、帰るか。こっちの戦いも、概《おおむ》ね心配無さそうだしな。……おーい、ポチ！　降りて来い！」

グラントが上空に向かって声を張り上げる。

すると遥か上空から、巨大な『何か』が飛来してくるのが見えた。

「――ッ！　な……っ⁉　あ、あれは……‼」

『ソレ』を見た瞬間、竜人族の族長は、驚愕の面持ちで目を限界まで見開いた。

「『古竜《エンシェントドラゴン》』……‼」

古竜《エンシェントドラゴン》とは、ドラゴン種の中で最も永い時を生き、霊獣とも呼ぶべき最強の力を有する、まさにドラゴン達の『王』である。

優美で巨大な肢体。背には複雑な文様が浮き出た大きな翼を持ち、その身体を覆う鱗は、黒曜石のように艶やかで、太陽の光を受け煌めいている。

突然、野営地の上空に現れたドラゴンの……いや、魔物の王に恐怖した者達が、悲鳴や怒声を上げながら右往左往する中、古竜《エンシェントドラゴン》はその巨体に合わぬしなやかな動きで、まるで羽根のようにふわりと音も立てずに地上へと降り立った。

威風堂々とした魔物の王の迫力と姿に圧倒され、誰もが言葉を失う中、グラントが大股で古竜《エンシェントドラゴン》へと近付いていく。

すると驚くべき事に、古竜《エンシェントドラゴン》は目の前に来たグラントにゆっくりと首を下ろし、服従の姿勢を取ったのだった。

「よしよし。アルバ王国に帰還する。悪いがまた背中に乗せてくれや」

グラントに頭を撫でられ、クルル……と嬉しそうに喉を鳴らした古竜《エンシェントドラゴン》は、今度は身体全体を地面へと伏せた。

「族長殿。ご覧の通り、グラントは古竜《エンシェントドラゴン》を殺したのではなく、従えたのですよ」

「し……従え……」

目の前の現実を受け入れる前に、発覚したとんでもない事実。

それにより、竜人族の族長の動揺はますます酷くなっていく。

「ま、殺しても良かったんだけどよ。ぶっ飛ばしたら服従したんで、そんじゃあって『名前』を付けたら、何故か懐かれちまってさー」

「古竜《エンシェントドラゴン》に名付けしようなんて馬鹿は、貴方だけですよ。……それにしたって、『ポチ』はないでしょうに……」

「るっせーな！　いーんだよ！　俺もこいつも気に入ってるんだから！」

——……グラントの言葉を受け、ちょっとだけ古竜《エンシェントドラゴン》が複雑そうな顔をしているように見えたのは、果たして気のせいだろうか……。

「さて、それでは帰還しましょう。……ああ、族長殿。外交官として、私の部下達は残していきます。最初に取り決めた条約は守って頂きますよ？　破ったりすれば、それ相応の対応を取らせて頂きますので、そのおつもりで」

フェリクスとグラントが背に乗ったと同時に、古竜《エンシェントドラゴン》がフワリと飛び立つ。

そして野営地の周囲をグルリと旋回した後、鋭い咆哮を一つ上げると、そのまま飛び去っていってしまったのだった。

その場の全員が声も無く、呆然と上空を見上げる中、竜人族の族長がボソリと呟いた。

「……成程。わざわざ古竜《エンシェントドラゴン》を呼んだのは、我々に対する……というより、私に対する牽制……という所か……」

——協力体制を結ぶ際、アルバ王国側から提示された条件は四つあった。

一つ。戦意を喪失した一般兵、または兵士では無い者への過剰な暴力及び虐待、略奪等を行わない。

二つ。女性に対し、強姦や奴隷売買などの無体を行わない。だが、支配層で尚且つ民を虐げる側だった女性に関しては、条約適用外とし、連合国側の自己判断に委ねる。

三つ。奴隷とされていた人族及び、その人族が産んだ子供は見つけ次第、速やかに保護する事。

四つ。アルバ王国に移住を希望する、草食系獣人や善良な肉食系獣人。そして保護した人族達を、速やかに移民としてアルバ王国に送還する。

これらの条件を我々に反故《ほご》にされぬよう、あの王弟は英雄をダシにしたのだろう。何とも狡猾な事だ。

「ああ……それと、『アルバ王国側が捕縛した捕虜達も送り返すから、対応宜しく』……とも言っていたか……」

そちらは、煮るなり焼くなり好きにしろと言っていたが……。ようは、体のいい事後処理を押し付けられたに違いない。

「……獣人共も、恐ろしい国を敵に回したものだ。……ま、我々はそれを教訓に、間違わないようにしなくては……な」

眼下を見れば、古竜《エンシェントドラゴン》の飛来で獣人達が恐慌状態となり、敗走を始める者達が続出していた。

「これならば、間も無く雌雄が決するであろう。……やれやれ、これも計算の内か？　ますます敵には回したくない連中だ」

他の部族や国家も戦局が落ち着き次第、アルバ王国と正式な国交を結ぼうと動き出すに違いない。

あの国は、暴力的なまでの潤沢な『力』を使って他を制するのではなく、『知恵』という一番恐ろしい武器を使い、戦わずして他国を制するのだ。

そうする事により、自国の平和と繁栄を築きあげてきたに違いない。

「我らが神とも崇める古竜《エンシェントドラゴン》を、よりによってペット扱いする者が、現実に存在するのだ。人族だ何だと侮っていれば、いずれは我らも獣人共の二の舞になろう。……我々も、変わっていかねばならないのかもしれんな……」

そう呟くと、竜人族の族長レイバンは最終決戦に向け、気持ちを切り替えたのだった。

◇◇◇◇◇

——その頃。ポチの上では、男二人が呑気に語り合っていた。

「……おい。ところで、さっきの発言は認めねぇからな⁉」

「何がです？」

「てめぇが王宮で、どさくさ紛れにエレノアの事を『義娘』って言いやがったあれだよ！」

「ああ、あれね。良いじゃないですか願望言うくらい。それにいずれ、真実になるかもしれませんしね」

「なるか‼　こっから落とすぞてめぇ！」

「おお恐い恐い！　相変わらず腕力で解決しようとする、その脳筋な癖、何とかしてくださいよオルセン先輩」

「てめぇもな！　隙あらば会話に嫌味を練り混ぜる癖、何とかしやがれ！　……ったく、だから嫁に『腹黒』って言われんだよ！」

「……どこからその情報を……？」

「あぁ？　アイザックからだが？」

「……へぇ……」

「……苛めんなよ？」

「苛めませんよ？　楽しくお喋りするだけです」

「それが苛めているって言うんだ！　絶対楽しいの、お前だけだからな！」

「そういうグラント先輩やメル先輩だって、学生の頃はアイザック先輩を揶揄《からか》いまくっていたじゃないですか。というか、未だに揶揄いまくっていますよね？」

「俺達はいーの！　親友なんだから！」

「……それ、苛めっ子の論理ですから」

「ほんと、いちいちうるせー奴だな！　やっぱ落ちとくか⁉」

「遠慮します」

第二章

王宮での日々編

目覚めたらそこはモフ天だった！

ゆらり……ゆらりと、まるで温かいお湯の中で微睡《まどろ》んでいるような……そんな優しい感覚に包まれたまま、私はとても良い夢を見ていた。

どういう夢かというと、何故か私は前世で言う所の『ウサギ島』にいて、超絶可愛い色々な種類のウサギ達と戯れている最中なのである。

ちなみに『ウサギ島』なのに、何故かネコやリスや子羊なんかも当然のようにいる。

しかも肩には、ぴぃちゃんによく似たフワフワした小鳥までいて……。何⁉　このモフモフ天国‼

『ああ……なんて可愛いの……！　そんでもって、なんって至福……‼』

これはそう、あれです。

色々と柄にもなく頑張った私に対する、女神様のサプライズプレゼントに違いない！

女神様、いつも本当に有難う御座います！

あ、でも出来たら、もうちょっとプラスご褒美で、身体の成長も促して頂けると……。特に胸とか……。

そんなアホな事を考えた瞬間、私の座っていた場所にぽっかりと穴が空いた。

『――へ……⁉』

きゃーと叫ぶ間も無く、私は突然出来た穴の中へと真っ逆さまに落っこちてしまった。

――め、女神様御免なさいー！　欲張り過ぎでした！　お許しください！

ほんのちょっと欲かいただけなんです！　兄様方やセドリックを喜ばせたかったんですー!!

……いえ、単純に私がナイスバディになりたかったんです！　認めます!!　だから地獄堕ちだけは、どうか許してくださいぃぃぃぃー！！！

『あああぁー！　折角のモフモフ天国が～!!』

そう叫びながら、私は真っ暗な落とし穴の中を、果てしなく落ち続けていったのだった。


「……ッ……も……」

「――!?　お、お嬢様!?　エレノアお嬢様!?」

「モフ……モフ……」

「……はぁ？　……え、えっと……？」

――……あれ？　暗闇に落ちていた筈なのに……。ここは……？

見慣れない天蓋《てんがい》が目に飛び込んできたのを、ぼんやりと見つめていると、誰かが心配そうな様子で私の顔を覗き込んでくる。

「――ッ!?」

私の愛してやまない、モフモフが……！　もとい、ウサミミが目に飛び込んでくる。

えっ！　なに!?　私、ひょっとしてまた天国に舞い戻って来たの!?

「ミア!?　どうしたの!?」

「ああ、みんな来て！　お嬢様が目を覚まされたのよ！」

「ええっ⁉　本当⁉」

「お嬢様‼」

ウサミミだけじゃなく、ネコミミやらリスミミやらがワラワラと私の周りに集まって来て、心配そうな、そして嬉しそうな顔で私を覗き込んでくる。

ああっ！　ケモミミがピルピルパタパタ、リズミカルに動いている！

し、しかも全員、夢にまで見た黒を基調とした、メイド服に身を包んでいますよ！　……なにこれ、まさにパラダイス‼

「……て……てんごくは……ここにあった……」

あまりの至福に、思わずへにゃりと笑みを浮かべつつ、たどたどしい口調で何とか呟くと、私を覗き込んでいたモフモフ……もとい、獣人の少女たちの顔が一斉に青褪めた。

「大変！　やはり錯乱なさっておいでだわ‼」

「は、早くお医者様をお呼びして……いえ、それよりも聖女様を‼」

「誰かー！　済みません‼　エレノアお嬢様がー‼」

パニックになった彼女らの叫び声を聞き付け、ドアが勢いよく開かれた。

そうして誰かがバタバタ駆け寄ってくる。

「エレノア‼」

「エレノアお嬢様‼　お気が付かれましたか⁉」

「ク……クライヴ……にいさま……。ジョゼフ……？」

「おおおお、お嬢様ぁぁあ‼　よ、良かった……！　あああ、おじょうさまぁぁあ‼」

「……ウィル……」

血相を変えつつも、壊れ物を扱うように、慎重に私の様子を窺っているクライヴ兄様とジョゼフ。そしてベッドの端でシーツに顔を突っ伏し、オイオイ号泣しているウィルを困惑顔で見つめた。

「……あの……。ここは……？」

バッシュ公爵家でおなじみの面々がいるものの、何となくだが、ここはバッシュ公爵家ではないと気が付いた。

え？　お前、家の中の部屋、全部把握しているのかって？　していますよそりゃ！

だいたい、私が何年バッシュ公爵家邸で、半引き籠りやっていたと思っているんだ！

本邸は勿論の事、敷地内にある召使達の居住区から納屋、果ては地下に造られた、代々の当主が集めたであろう、いかがわしい蔵書だけ収納されたアダルティーな図書館に至るまで、全てバッチリ網羅しておりますとも！

あ、アダルティーな図書館に関してだけど、そこからこっそり隠し持って来た、BとL的な腐った蔵書は兄様方にバレてしまい、オリヴァー兄様によって完膚なきまでに燃やし尽くされ、跡形もなく消滅しました（そして私は半日正座させられ、足が死んだ）。

兄様方には、「何故よりによって、コレを持って来た！！？」って言われたけど、何となく手に取ったらそれだった……としか……。

あ、でもその後で「まぁ……ある意味、不幸中の幸いだったかも……」って呟いていたのは、どういう意味だったんだろうか。

――……話を元に戻そう。

私の問い掛けに、クッションを増やして背もたれにしてくれていたクライヴ兄様が、なんか思い切り不本意って感じの渋い表情を浮かべ、嫌そうに口を開いた。

「……ここは王宮だ」

——はい……!?　おうきゅう……？

「モ……モフモフてんごく……では……？」

「……お前が一体、何を勘違いしているのかは分からんが、ここはバッシュ公爵邸でもモフモフ天国でもない。まごう事無き王宮だ！」

あれ？　クライヴ兄様？

さっきまでホッとした優しげな表情だったのに、今は何故だか憐れむような、残念な子を見るような顔していますよ？　あ！　ジョゼフまで！

唯一、ウィルだけは「ああ……いつものお嬢様だ……！」って言いながら、ハンカチ片手に目を潤ませていたけど。……なんか複雑。

「あ……あの、オルセン様。エレノアお嬢様は大丈夫なのでしょうか……？」

おずおずと、心配そうな顔でクライヴ兄様に声をかけるのは……あ！　ミアさんだった！

思わず耳だけに意識が集中していて気が付かなかったよ。御免ねミアさん。

「ああ、気にするな。むしろこれが、こいつの通常仕様だ。問題はない」

「は、はぁ……？」

……言い切りましたね兄様。

ってかミアさん、めっちゃ戸惑い気味ですよ。

いやまぁ確かに。いきなりご令嬢がヘラヘラしながら、モフモフだのなんだの言っていれば、おかしくなったのかと思うよね、普通。

「あの戦いで、お前は酷い怪我を負っていたからな。公爵家に戻るより、すぐ傍の王宮で聖女様に治してもらった方が早いってアシュル……いや、王太子殿下に言われたんだ。緊急事態だったのは本当だし、オリヴァーもやむなく、お前をここに運び入れるのに同意した」

な、成程……。

「お嬢様。お嬢様はあの後、二週間意識不明の状態だったのですよ」

ジョゼフの言葉に、私は目を丸くする。

「え……に……しゅうかん……も？」

「はい。傷の方は全て完治していたのですが……。聖女様の見立てでは、蓄積した疲労と『妖術』で負った傷の後遺症であろう……との事でした」

成程、そうだったんだ。

ちなみに私がいるこの部屋は、王宮の中でも王族や、王族に許可された者のみが立ち入る事を許される、プライベートスペースの中にあるのだそうだ。

なんでも、聖女様が私を癒している間の警備の関係上、そうなったのだそうだけど、クライヴ兄様曰く「それ、ぜってー建前だから！」……だって。

なんせ、王族のプライベートスペースゆえに、ただの婚約者であるセドリックは元より、筆頭婚約者であるオリヴァー兄様でさえも、ここに立ち入る事は許可されず、専従執事であるクライヴ兄様だけが、その身分を盾にごり押しし、どうにか私の傍にいられている状態なんだそうな。

……あれ？　じゃあなんでここに、ジョゼフやウィルがいるのかな？

「ジョゼフは、この王宮にほぼ泊まり込みで事後処理にあたっている公爵様に、毎日何かしら届け物をするついで……って名目で、こちらに来てくれているんだ。……それで、ウィルの方は……」

「私はエレノアお嬢様直属の従僕！　お嬢様のいらっしゃる所が、私の在るべき場所です!!」

鼻息荒く、そう言い切ったウィルを、何故かクライヴ兄様とジョゼフが半目で見つめている。

理由を聞いてみれば、クライヴ兄様が「だーかーら！　お前は連れていけねぇんだ！　大人しく待っていろ！」と何度言っても、先程と同じような台詞をのたまい、必死にクライヴ兄様の足に取りすがったとの事。

邪険に振り解こうが、仕方が無く鉄拳制裁しようが、アンデッドのごとくに復活し、また取りすがるを繰り返し、遂にクライヴ兄様の方が根負けし、ウィルも連れて王宮《ここ》へとやって来たのだそうだ。

「……まぁ、こいつ。お前が小さい頃からずっと、お前の面倒を見ていたからな。一人ぐらいは身の回りの世話をする奴が必要だろうと、訳を聞いたアシュ……いや、王太子殿下が口をきいてくれたんだ。……尤も、聖女様が彼女らをお前に付けて下さったから、俺もこいつも、殆ど見守りだけやっていたって感じだがな」

「そうなんです！　……お嬢様のお世話は、私の専売特許なのに……」

そう言いながら、ウィルがなんとも恨めしそうな顔を向けた先には、ミアさんを筆頭に、草食系獣人のメイドさん達がズラリと立っていた。

……ウィルさんや……。お株を奪われて悔しい気持ちは分かりますが、そんな所で対抗意識を燃やさないで下さい。

君もレディーファースターなアルバの男でしょ？　ほら、スマイル、スマイル！

——……なんて思っていたら、なんとウィル。強い視線に戸惑い、ピルピルしているミアさんのウサミミを見て、うっかり顔が和んでほんわかしていた。

ちなみに、そうなる迄の時間はおよそ十五秒……。

「全く……。あのヘタレめが……」

ジョゼフがボソリと呟いていた台詞は、聞かなかった事にしよう。うん。

「お嬢様！　私達の所為でこのような事に……！　まことに、申し訳ありませんでした!!」

その時だった。

ミアさんや他の草食系獣人のメイドさん達が、一斉に私に向かって頭を下げだしたのだ。

え？　い、一体、何事!?

「エレノア。彼女らはお前が注意を引き付けたお陰で、全員傷一つ無く、無事に保護する事が出来たんだよ」

「……そう……だったんですか……」

おお！　良かった！　全員無事だったのか……そうかぁ……！

「……よかったねぇ……」

ミアさん達に向け、へにゃりと笑いかけると、ミアさん達は顔を真っ赤にしてプルプルと口元や顔を覆う。

「……て……天使……！」

「尊い……！」

「ああ……なんてお可愛らしいの……!!」

何やら口々に小さく呟く彼女らの耳や尻尾が、忙しなくピルピルパタパタしている……!

ああっ！　と、尊い……！　こちらの方こそ、ご馳走さまです!!

「……遂に、同性もタラシ込みやがったか……」

眼前のモフモフパラダイスに感激していた私の耳に、クライヴ兄様の呟き声は幸か不幸か聞こえなかった。

「ま、そういった訳で、彼女らはそれをとても恩義に感じてくれていてな。今回、是非お前の世話をさせてほしいと、彼女らの方から聖女様に願い出てくれたんだ。他にも何人かいるから、後で会わせてやるよ」

――え？　嘘！　私ったら、意識を失っていた二週間の間、彼女らに手取り足取り面倒見て貰っていた訳⁉　そ、そんなの……まさにモフモフパラダイスではないですか!!

……はっ！　そ、それじゃあ、あの夢はそれを暗示していたと言うのか⁉

くぅっ……なんてこった！　そんな美味しいシチュエーションだったたってのに、全くもって記憶にない！（いや、意識不明だったんだから当然だけど）

ああああ……！　なんて勿体ない事を……っ!!

「はい。お嬢様が勿体なくも、その身を挺して私達を救って下さったお陰で、今があります。御恩返しの一端にもなりませんが、僭越ながらお世話をさせて頂きました！」

「本当に……なんと感謝したら良いのか……！　それに、こちらの方々は皆様、本当にお優しくて親切で……。しかも皆様、どなたも素晴らしくお美しくて……」

あ、ネコミミさんが、真っ赤になって尻尾をパタパタさせている。そして、他の皆さんも赤くなって頷いている。

うんうん、そうだよね。この国の顔面偏差値、本当に異常だもんね！

しかも女性にデロッデロに甘いから！　暫くはピンクなカルチャーショックが続くと思いますよー？

「本当に、この国の方々は皆様、神のごとき慈悲を湛《たた》えた方々ばかりで御座います。まさにこの世の奇跡！」

「ええ。草食系とはいえ、私達も獣人。いわば敵国の民とも言うべき存在であるにもかかわらず、保護して下さったばかりか、望めばこの国に一族共々、移住しても良いとまで言って下さって……！」

――え？　移住……？

で、でもそれって大丈夫なのかな？　あの国が、そんな事認める訳……。下手すれば戦争になってしまうんじゃないだろうか。

不安そうな顔を向けた私に、クライヴ兄様が安心させるように髪に口付けを落とす。

「エレノア。シャニヴァ王国は東方諸国で結成された連合国軍に宣戦布告され、つい先日滅んだ」

「え……!?」

クライヴ兄様の言葉に、私は愕然としてしまった。

あの国が……滅んだ……？

てっきり、あの王女達との戦いやらなんやらで、ひょっとしたらアルバ王国とシャニヴァ王国が戦争になってしまうのではないかと危惧していたんだけど……。まさか、このタイミングで別の国々と戦争になっていたとは。

しかも、私が昏睡していた間に滅んでしまっていただなんて……そんな……！

それじゃあミアさん達は、故郷を失ってしまったの……⁉

「肉食系獣人の多くは殺されるか捕虜として奴隷に堕とされたようだが、非戦闘員である草食系獣人の多くは、連合国軍によって保護されている状況だ。だが国が滅んだ以上、獣人は連合国軍の支配下に置かれてしまうだろう。だからアルバ王国は、彼らが望めば移民として迎え入れる方針を決定したんだ」

「……そう……だったんですか……。ミアさん……あの……」

「お嬢様。お嬢様がお心を痛める必要は御座いません。元々あの国では、力の無い者や、草食系の種族は奴隷と変わらぬ扱いを受けておりました。私も、ここにいる者達も皆そうです。……それでも故郷ですから、それなりに思う所は御座いますが……。でも、エレノアお嬢様のような素晴らしい方々がいらっしゃるこの国で生きていけるのなら、私達に否やは御座いません！」

ハッキリとそう言い切ったミアさんの瞳には、少しの寂しさはあれど、何かを吹っ切ったような清々しさを感じた。

「そういう訳で、今後はエレノアお嬢様に侍女としてお仕え致したく存じます！」

「えっ⁉」

「不束者《ふつつかもの》では御座いますが、誠心誠意、バッシュ公爵家の皆さまにお仕え致します！　どうぞ宜しくお願い致します！」

そう言うと、ミアさんは私に向かい、ほぼ九十度の角度で深々とお辞儀をする。

「……そういやお前、学院の回廊でこの子を、『バッシュ公爵家で雇う』とかなんとか言っていたっけな『一生大切にします！』だったっけ？　良かったなー、望み叶って」

「え？　あ……あの……」

何故か、呆れ顔で棒読み口調のクライヴ兄様と、「ミア！　ズルい！」「抜け駆け！」と騒いでいるケモミミメイドさん達を、戸惑いながら見つめる。

な……なんかもう……。寝ている間に色々あり過ぎって感じで、だいぶキャパオーバーなんですけど⁉

そんな私の頭を、クライヴ兄様が苦笑しながら優しく撫でる。

「まあ、こうして意識も戻った事だし、もう少ししたらバッシュ公爵邸に戻れるだろう。公爵様や親父達は勿論、オリヴァーもセドリックも、首を長くしてお前の帰りを待っているぞ。当然、バッシュ公爵家に仕えている連中もな」

――オリヴァー兄様……！　セドリック……！　父様方……みんな……！

「……はい……。みんなに……あいたい……です……！」

そこでケホリと咳き込んだ私を見て、クライヴ兄様は、ベッド脇のサイドボードに置かれていた水差しを手に取ると、コップに水を注いだ。

「エレノア、水を飲むか？」

問い掛けにコクリと頷くと、クライヴ兄様は自分の口に水を含んで、私に優しく口付けた。

……はい、所謂《いわゆる》口移しってやつです。

え？　に、兄様⁉　私、普通に自分で飲めますが⁉

小さく「きゃぁ！」と歓声が上がった気がするが……。プチパニックを起こした私は、それどころではなかった。

「ん……」

優しい口付けと共に、冷たい水がコクリと私の喉を潤していく。

自分では気が付かなかったが、余程喉が渇いていたのだろう。

まるで甘露のように水が美味しく感じられ、思わず強請《ねだ》る様にクライヴ兄様の唇を軽く吸うと、兄様が小さく息を呑んだのが分かった。

「……もっと……いるか？」

うっすらと目元を赤らめたクライヴ兄様の言葉に、私はコクコクと頷いた。

すると、クライヴ兄様は再び水を口に含むと、先程のように口移しで水を飲ませてくれた。

……その後も何度も口移しは続いたんだけど……。

な、なんかその都度、濃厚なスキンシップを仕掛けてくる気がするのは、果たして気のせいなのだろうか？　いや、気のせいじゃないよね⁉

そんでもって、えらく熱い視線がビシバシ、こちらに向かって突き刺さってきている気がするんですけど⁉

こちらはしっかりと気のせいではない！　絶対に！

しかも「あ……甘いっ！」「なんて絵になるの……！　素敵ッ‼」「こ、これが……アルバ王国の男性の愛し方……！」……なんて、めっちゃ興奮気味な言葉が聞こえてきますよ。

……まあそうだよね……。

これがアルバ王国の人間だったら、「普通の婚約者同士の戯れですが、何か？」って、スルーするトコなんだろうけど、ミアさん達からすれば、これぞピンクなカルチャーショック！　……ってやつなんだろう。

で、でもね⁉　キャーキャー興奮しているトコ悪いけど、いずれ貴女達も、アルバ王国式愛の洗礼受けちゃうんだからね⁉　他人事じゃないんだよ⁉　そこんトコ、分かってる⁉

……いや、分かる訳ないか。

でも兄様、その……。そろそろ離して頂けませんかね？

私、病み上がりなんですけど？　そろそろ脳味噌沸騰寸前ですが？　おーい⁉

円卓会議

――時は、エレノアが目覚める少し前に遡る。

「……一週間……か。良く保《も》った方だな……」

アイゼイアの呟きが、重厚な造りの円卓を中央に配した会議室に響きわたった。

『円卓の間』

ここはアルバ王国の国王が、己の側近や重鎮、そして身分の貴賤に囚われる事無く、有能な者達を集め、様々な政策を議論する時に使われる部屋である。

円卓には、国王であるアイゼイアを中心として、右半分を宰相と王弟達が。左半分を臣下達が、囲むように座っている。

「流石は腐っても……というか、王族や重鎮達が最後のあがきを見せたそうですよ。……とは言え、やはり多勢に無勢。最後は実に呆気ないものだったそうです」

第三王弟フェリクスが、にこやかにそう告げる。

更なる報告では、王と王妃は連合国軍に捕らえられる寸前、自決を図ったとの事だった。

まあ、それはそうだろう。今迄散々他種族を見下し、傍若無人に振舞ってきたのだ。

それが東大陸の覇者から一転、犯罪奴隷堕ちし、屈辱の下で処刑……となれば、あのプライドだけは無駄に高い獣人達の王が、耐えられる筈もないだろう。

「ふん……。見下げ果てたものだな。仮にも大陸の覇権を握っていた種族の王ともあろう者が、自分だけ死に逃げるなど……。たとえどのような汚辱を受けようとも耐え抜き、自分の種族の行く末を少しでも良い方向に導こうとする事こそが、王族たる者の務めだろうに！」

第二王弟デーヴィスが、不快そうな表情で吐き捨てるようにそう言い放つ。

王族の中で軍事を一手に掌握し、武人寄りの思考を持つデーヴィスにとって、自分の血族や民を守らず、『死』をもって敗走した王族など、侮蔑と嫌悪の対象以外の何者でもなかった。

「して、フェリクス。捕虜達の送還は？」

「はい、国王陛下。今日中にも船は、東大陸に着きましょう。覚悟を決めた元王太子はともかく、元姫君達が少々煩かったそうですが……。我が息子フィンレーの姿を見るなり、竦み上がっていたそうです。……ふふ……。余程恐ろしい悪夢でも見せられたのでしょうかね？」

「はぁ……。死なせぬ為とはいえ、治癒を施してやらなければ良かったか。全く、あのあばずれ共。我らの『姫騎士』とは対極だな。まあ尤もその威勢も、連合国に引き渡されるまでだろうがな……」

デーヴィスが、呆れかえったようにそう言い放った。

フェリクスの報告によれば、今迄自分達の享楽に耽って民をないがしろにしてきた事で、支配層である肉食系獣人の女達の殆どは、犯罪奴隷に堕とされているという。

まして、あの女達は元王族だ。

王や王妃が自決したとあれば、連合国軍の勝利を飾る生贄として公開処刑される事は、ほぼ間違いないだろう。

しかも外見だけは無駄に良いのだ。きっと処刑される迄の間、男達の欲を散らす格好の獲物となるに違いない。

『完全に自業自得ではあるが……。女性がそういう目に遭うという事自体は、気分の良いものではないな……』

デーヴィスはふと、自分の息子であるディランが唯一と定めた、小さな少女を思い出す。

途端、心の中に優しい気持ちが溢れ、ごく自然に口角が上がった。

獣人の王族達に虐げられていた召使達を守る為、卑怯な脅しを真正面から受け、ボロボロにされながらも最後まで諦める事無く、戦い続けて勝利を掴んだ可憐な少女。

王家直属の『影』に託した魔道具を使い、戦いの一部始終を映像として記録していた為、自分を含め、この場にいる全員が、あの場での彼女の戦いを知っているのだ。……ついでに、自分の息子のアホさ加減も。

自分が諌めるべき相手に、逆に諌められて羽交い絞めにされている姿を見た時は、本気で頭を抱えたものだった。

……まあ、愛しい相手が傷付けられて、逆上しないアルバの男はいないから、気持ちは分からんでもない。でもそれにしたって、アレはないだろう。アレは！

――そもそも、あの脳筋《グラント》を師匠に持ってしまったのが、不幸の始まりだったのだろうか？

……いや、同じく弟子であり、グラントの実子であるクライヴ・オルセンは、あんなにも冷静だったのだから、これはまごう事無く、あのバカ息子の資質なのだろう。全くもって情けない限りだ。

まあ、息子の事はさておき。エレノア嬢の戦いは、見ていて感心する程に見事なものであった。

己の弱点をしっかりと理解し、逆にそれを上手く利用して戦っていたその姿。

扱い辛いとされる片刃の剣を華麗に使いこなす様は非常に美しく、我々兄弟全員が感嘆の溜息を漏らした程だ。

しかも、後からグラントに聞いた話によれば、あの片刃の剣も剣に魔力を込めて戦う戦法も、エレノア嬢の発想だったというのだ。しかもその時、彼女は十歳になったばかりであったという。

――齢十歳の……しかも『女性』が……!?

驚愕しながらそう思ったが、よりによって、あの獣人の王女達からの挑戦を正面切って受ける程の、規格外のご令嬢なのだ。そういう発想をしても驚くべき事ではないのかもしれない。寧ろ、驚く程すんなりと納得出来てしまった。

『それにしても……。話には聞いていたが、まさかエレノア嬢があれ程の美少女であったなんて、正直思いもしなかったな』

彼女本来の姿が顕現した時など、あのいつも冷静沈着な王兄が、思わず息を呑んでしまった程だ。対する自分も、心の底から驚愕した。

なんせ、平凡そのものといった容姿の人物が、突然有り得ない程美しい姿になったのだから、驚くのも無理はないと思う。

『甥っ子達やディランの、あんなに呆けた顔は初めて見たぜ。……全くもって、何から何まで規格外なご令嬢だ』

デーヴィスは、初めて会った時のエレノアの姿を思い出しながら苦笑する。

エレノア嬢には本当に申し訳ないが、あの時の彼女の姿を見た時は、正直戸惑いを隠すのに精一杯だった。

話には聞いていたが、あんまりにもその……ちょっと容姿がアレだったから……。

正直リアムだけでなく、あのアシュルまでもが惚れていたと聞かされた時など、真面目に「嘘だろ⁉」と思ってしまったものだ。

勿論その後すぐに、甥っ子達が何故彼女を好きになったのかを理解したけれども。

それ程、本当に良い子だったのだ。

だから、もしディランが彼女と会ったら、ひょっとして惚れるのでは……と思っていたのだが……。

『まさかあいつの想い人が、エレノア嬢本人であったとは……！』

だが分かってしまえば、行動や考え方等、共通点は色々あった事に容易く気が付く。

何よりそんな奇天烈なご令嬢、エレノア嬢以外にそうそう居る筈無かったのだ。

『……にしても……なぁ……』

あのエレノア嬢の姿は、間違いなく王家対策だったのだろうが……。「可愛い娘にあんな格好させて、お前らは鬼畜か⁉」と、思わずアイザック達を罵りたくなってしまったものだ。

——が、確かに効果てきめんであった事は認めざるを得ない。なんせ、俺も含めた王家一同、まんまとバッシュ公爵家の連中に騙されていたのだから。

普通だったらそんな行動、「自意識過剰な親馬鹿の暴走」と言ってしまえるものなのだが、あのエレノア嬢を知ってしまうと……。

アイザックやメルヴィル、そしてグラントといった個性的で厄介な面々や、その息子である婚約者達がそれ程までに溺愛し、隠し守った気持ちが痛いほど分かってしまう。

……まあ、それだけ必死に我々から隠していたのも、王家にエレノア嬢を取られまいとした結果なのだろうが、結局時間稼ぎにしかならなかったのは、ご愁傷様としか言いようがない。

『心根の美しさも、その強さも、人を思いやる優しさも……まさに王族の妃に相応しい』

しかも本当の姿といったら、天使のように滅茶苦茶可愛いのだ。

息子達にとってあれ以上の嫁など、これから一生かかっても見付からないだろう。……うん、間違いなくそう断言できる。

『以前、アシュルの奴が「自分の理想は母上」と言っていたが、その理想が具現化したような子だもんな』

アリアと同じ女なんて、いる筈無いだろうと思っていたが……まさか本当に存在するとは……。

あ・の・婚約者達や保護者達を相手に、王家特権を使えないのはかなり痛いところだが、息子達には是非とも頑張って、あの子を嫁にしてほしい。というか、死ぬ気で頑張れと言いたい。

全くもって、あんなに素直で可愛くて、おまけに行動がいちいち笑える女の子が義娘になるなんて、まさに男親の夢そのものではないか。

ここら辺は、国王であるアイゼイア兄上や、フェリクス、レナルドとも意見は一致している。

……というか、アイゼイアに至っては「あの子が娘になったら、『パパ』と呼ばせてみたい」とか、アホな事を言っていたような気が……。いや、多分聞き間違いだろう。

『それにしても……』

俺は次期宰相であり、現宰相補佐であるアイザックの方をチラリと見やった。

『どうして守ってくれなかった⁉ 何でこの子が、こんな目に遭わなければいけなかったんだ‼』

ボロボロになって、意識不明状態のエレノア嬢の姿を見るなり、アイザックは娘の身体を掻き抱いて絶叫した。

こいつの血を吐くような叫び声は、今もこの耳にこびりついている。

そして、エレノア嬢の婚約者達や、息子や甥っ子達が俯き、項垂れている姿も。

国の為、この国に暮らす民の為……と、アイザックは何よりも愛しい、命よりも大切な娘を王家の策略の一端に組み入れる事を了承した。

デーヴィスの顔に苦渋の表情が浮かぶ。

――……本当に、こいつには酷な仕打ちをしてしまったと思う。

王命が下った時。本当だったら、娘を連れて逃げてしまいたいくらいだっただろう。

だが彼は娘と同じくらい、この国と自分が守るべき民を愛していた。

だからこそ断腸の思いで、娘を人身御供《ひとみごくう》とも言える、無謀な戦いに向かわせたのだ。

『本当に……この親にして、あの娘ありだな』

他の為に戦う事の出来るこの親子の事を、俺は心の底から尊敬し、誇りに思う。

それと反比例するように、獣人達の卑怯な有様には反吐《へど》が出る思いだった。

特に最後の第一王女との戦いで、執拗に嬲られているエレノア嬢の姿は見るに堪えず、まさに腸《はらわた》が煮えくり返るといった表現が相応しい程の怒りにかられたものだ。

ゆえに、あの王女達やその側近達には、必要最小限の治癒のみしか与えず、『影』の総帥であるヒューバード直々に、尋問という名の拷問を受けさせる事にしたのだ。

……まあ、息子達に任せたら、理性が崩壊して殺しかねない……という危惧もあったのだが。

他人を平気で痛めつける事が出来る者達は、総じて自分に対して与えられる痛みには弱い。

しかも我が国の宝……いや、至宝と呼ぶべき少女を、あのように甚振ってくれたのだ。

影達の『尋問』も、それは容赦のないものであったようで、早々にこちらの知りたかった情報を洗いざらい吐いてくれた。

「アイザック。お前、少しは休んだらどうだ？　ここ数週間、ろくに寝てないだろう？　なんならエレノア嬢の様子を見に行って、そのままそこで休んだらどうだ？」

明らかにやつれ、目の下に酷いクマの出来たアイザックに声をかけるが、彼は静かに首を振った。

「デーヴィス殿下、有難う御座います。ですが、私は自分の仕事をしているだけですので、そのようなお心遣いは無用です。それに、今娘の許に行ったら、娘が目を覚ますまで傍から離れられなくなってしまいます。……娘を利用して得た勝利です。私がそのように腑抜ける事は、決して許されません」

そう。この男は娘が運び込まれた後、ただの一度も娘を見舞う事をしていないのだった。

戦後処理は、いかに迅速に行動を起こすかで、その後を左右する。

アイザックはそれが分かっているからこそ、娘への気持ちを必死に抑え、その処理にあたっているのだ。……本当は心配で心配で、片時も傍を離れたくないであろうに……。

普段、俺達と喧嘩口調でやり合ったり、ブツブツ文句を言いながら仕事をしている姿など欠片も見当たらない、真摯で真剣なその姿。

いざという時、『個』ではなく『全』を選び、己の願望を完全に制する事の出来る、鋼の精神力。

あの狡猾で豪胆なワイアットが「バカ弟子」と言いながらも、こいつを次期宰相に決めた理由はそこにあった。

「それにしても、まさか獣人達の目的が『人族』そのものだったとは思いませんでしたね」

宰相であるワイアットが、眉間に皺を寄せながら溜息をついた。

そう。捕らえた王族や側近達から得られた彼らの目的には、この場の一同が強い衝撃を受けた。

まさか人族を、自分達の優秀な遺伝子をそのまま継ぎ、生み出させる為の子種や苗床として、奴隷にしようとしていたとは……。

結果論だが、獣人国そのものを徹底的に滅ぼす事を決めておいて正解だった。

「この情報が、他の亜人種達や人族国家に万が一漏れでもしたら、ちょっと厄介ですね。『自分達でも可能かもしれない』と、馬鹿な事を考える輩が現れないとも限らない。……もう少々、脅しておいた方が良かったかな……?」

そう言って、フェリクスがうっそりと笑ったが、亜人種達には古竜《エンシェントドラゴン》を見せ付けただけで、既に十分な脅しになったと思われる。

むしろ、厄介なのは人族国家の方であろうが……。まあ、厳重な監視体制を取るとして、元々東大陸とまともに交流をしていた人族国家はほぼ皆無。

その上、もし万が一それを知った所で、余程の愚か者でない限り、我が国を敵に回す事はしないだろう。

「奇襲攻撃を選択したお陰で、逃げ延びた王族や貴族達は、ほぼ皆無だったと報告を受けていますし、こちらで捕らえた捕虜たちは……ちゃんとフィンレーが『処理』してから、あちらにお返ししていますからね。まあ、あまり心配する事も無いでしょう」

『処理』とは、つまりはフィンレーの『闇』の力を使い、精神干渉を施す……という意味である。

「あの子もいい加減、王族としてちゃんと仕事をしてもらわないといけませんからね。まあ尤も、今回のお仕事は言われるまでもなく、二つ返事で承諾しましたけど。あ、でも『殺さないように』と言ったら、思い切り不満そうにはしていましたね」

──……殺す気だったんだ……。

その場の全員が、心の中でそう呟いた。

「ですが、愛する女性を傷付けた相手を殺さなかっただなんて……。今回私は、あの子達の成長を、心の底から嬉しく思いました。リアムの魔力操作も実に見事でしたしね」

「ああ……。それには私も同意見ですね。クライヴならともかく、まさかあのオリヴァーが、エレノアを嬲った相手を殺さなかったなんて……。子供とは、あっという間に成長するものなのですねぇ……」

第四王弟レナルドと、宮廷魔導師団長であるメルヴィルが、しみじみといったように呟いた言葉に、『さもありなん……』と、その場の全員が思い切り同意した。

アルバの男は総じて、愛する女性を傷付けた者に対して容赦をしない。

ましてや今回、下手をすれば命よりも大切な少女を永遠に失っていたかもしれないのだ。

その元凶が目の前にいるのだ。正直八つ裂きにしても飽き足らないぐらいだっただろう。

しかも、人生初の恋を知った王家直系達と、ある意味『万年番狂い』状態のオリヴァーの想い人である。

本当に……。よくぞ獣人達を、その場で嬲り殺しにしなかったものだ。

多分だが、これも彼らが愛している少女《エレノア》の影響なのかもしれない。

その時だった。ドアが控えめにノックされる。

付近に控えていた近衛がドアを開け、外の騎士達に話を聞いた瞬間、冷静沈着だった近衛の表情が驚愕に染まった。

「こ、国王陛下！　エレノア・バッシュ公爵令嬢が、お目覚めになられ……」

その瞬間。声を上げた近衛がその場から吹っ飛び、会議室からアイザックの姿が消えた。

一瞬の早技に、その場の全員が呆気にとられたように目を見開く。

あの、間髪容れないスタートダッシュの見事さは、『ドラゴン殺し』の英雄に匹敵する速さであった。というか、今確実に英雄を超えた。

「……男親の、娘への愛とは偉大なものだな……。なぁ？　デーヴィス」

「あいつが娘バカなだけだと思うぜ、兄上」

いつものアイザックを揶揄って楽しんでいる時の笑顔ではなく、安堵の表情を浮かべ、心の底からの笑顔を浮かべたアイゼイアに、デーヴィスが同意とばかりに微笑む。

「ともかく、良かった。やっと目覚めてくれたか。アリアもさぞや喜ぶだろうな」

珍しく腹に何の一物も無い、ホッとした様子のフェリクスを見ながら、レナルドが微笑んだ。

「ええ。そうですねフェル兄上。きっと子供達も大喜びするでしょう。……尤もまだ誰も、彼女に会わせてあげる気はないですけどね」

「う～ん。そう考えると、クライヴの野郎は一人だけ役得だな！　ここは一丁、他の連中よりも厳しくシメてやらねぇとな！　なぁ、メル？」

「程々にしてあげろよグラント。あの子もオリヴァーとセドリックの為に、身体を張ってエレノアの事を守っているんだから」

その場の全員が、それぞれ呆れたように、そして嬉しそうに話し合いながら席を立った時点で、会議は一時中断となった。

愛娘への接触を断ち、ずっと耐えていたアイザックが、まずは一番にエレノアと対面出来るよう、その場にいた者達は逸る気持ちを抑え、ゆっくりとした足取りで、エレノアの居る部屋へと向かったのだった。

顔面破壊力、来襲！

「……クライヴ様……」

「ああ、分かってる」

ジョゼフが声をかけ、クライヴ兄様もそれに応えるように、口移し……ではなく、もうしっかり口付けを繰り返していた私から身体を離した。

「え？　にいさ……」

その絶妙なタイミングを見計らったかのように、部屋の扉がぶち破られる勢いで開かれた。

「エレノアーー！！！」

「ひゃあ！」

アイザック父様が、私の名を叫びながら駆け寄って来る。

まさに絶叫という言葉が相応しい、その声と迫力に、私はビックリして身体を跳ねさせた。

「と、とうさ……うぐっ!!」

間髪容れず、サバ折りよろしく、ぎゅうぎゅうと私の身体を掻き抱いた父様は、感極まったとばかりに、私を抱き締めたままの状態で大号泣しだした。

「ううう っ……エレノア……！　ぼ、僕のエレノア……!!　良かった……！　気が付いてくれて、本当に良かった……!!　可哀想に……痛かっただろう？　辛かっただろう？　ああ……僕の天使！　もう……もう、絶対に僕の傍から放さないから……!!」

――と……とう……さま……！

泣きじゃくっている父様に声をかけようにも、力一杯抱き締められて、まともに声が出せない。

「落ち着いて下さい！」という意味を込めて、父様の背中をトントン叩いてみても、全く気が付かないどころか、私の身体を抱き締める腕の力が更に増して、呼吸すら苦しくなってくる始末。

「公爵様！　ストップ！　もうそこら辺で止めて下さい!!」

「だ、旦那様!!　落ち着いて！　お嬢様は病み上がりなのですよ!?　抱き潰すおつもりですか!?」

クライヴ兄様もジョゼフも、必死に父様を引き剥がそうとするんだけど、上手くいっていない。

……というか、何となく止め辛そうにしている感じだ。

まあ……ね。溺愛している娘が、女だてらに戦いまくった挙句、ボロボロになって何週間も意識不明になってしまったのだ。

その娘の意識が戻ったんだから、そりゃあ父様も嬉しさのあまりにこうなるだろうし、兄様達が、娘の無事を喜ぶ父親を無下に出来ない気持ちも分からんではない。

――……でもね、このままだと確実に私、窒息するから！

父様には申し訳ないけど、何でもいいから、誰かとっとと父様引き剥がして下さい！

「アイザック、落ち着け！」

その時だった。

聞き覚えのある、落ち着いたイケボが聞こえてくると同時に、父様の身体が私からベリッと引き剥がされる。

「――ッ……！　ぷはっ！」

解放された私は、必死に酸素を肺へと取り込んだ。

すーはーすーはー……ああ……真面目に天国見えるかと思った……！

「あっ！　な、何をするんです！　国王陛下!!」

「お前の方こそ、何をやってんだ！　私の大切な義娘を抱き潰す気か!?」

「誰があんたの義娘ですか!!　エレノアは、ぼ・く・の！　大切な娘ですっ!!」

相も変わらず不敬の塊と化した父様は、国王陛下に暴言を吐きまくっている……ん？　国王……陛下……？

「おや、アイザック？　やけに『僕の』と強調するが、エレノアは私達にとっても大切な娘だぞ？」

「そーだぞアイザック！　心配していたのは、お前だけじゃねぇんだからな！　よう、エレノア！ようやっと目を覚ましたか！」

苦笑しながら、メル父様とグラント父様が部屋に入ってくる。

うう……っ！　び、美貌が目に突き刺さる!!　ち、違った意味で呼吸が荒くなっていく……!!

相変わらず、視覚の暴力が炸裂していますね父様方！　最近あまり会えてなかったからか、ここ数年で培ってきた免疫機能が衰えてしまったようです。

二人の父様方は、クライヴ兄様に背中を擦られ、真っ赤な顔で深呼吸をしている私を嬉しそうに見つめ、優しく微笑んだ。

「お前の戦いっぷりはバッチリ見させてもらったぞ。立派だったな。流石は俺の自慢の娘だ！」

「エレノア、君がこんな怪我を負うなんて……。傍にいてやれなかった事を、どれ程悔やんだ事か……！」

そう言いながら、グラント父様とメル父様は、私の頭を交互に優しく撫でてくれた。

視覚の暴力による動悸息切れ眩暈はともかくとして、父様方の優しさが嬉しくて、思わず目頭が熱くなってしまう。

「グラントとうさま……。メルとうさま……。ご心配……おかけしました……！　アイザックとうさまも……ごめんなさい……」

すると、アイザック父様の瞳から、再び涙がハラハラと零れ落ちていく。

「とうさま……」

頬がこけ、クマも酷い。明らかに憔悴しきった父様の顔を見て、ズキリと胸が痛んだ。

――ああ……。私はどれだけの心配を、この優しい人にかけてしまったのか……。

たまらない気持ちになった私は、父様を求めるように両手を伸ばす。

そんな私の意を汲んだ父様は、今度はそっと壊れ物を扱うように、私の身体を抱き締めた。

「エレノア……！　いいんだ！　君は何も悪い事なんてしていないじゃないか！　謝らなきゃいけないのは僕の方だよ！　君が傷付くのを分かっていて……みすみすそれを許してしまったんだから……！」

「とうさま……！」

「そうだな。アイザックの言う通りだ。咎は我々全員にある」

イケボ、再び。

「――ッ⁉」

声のした方に目をやった私は、思わず息を呑んでしまう。

そのあまりの衝撃に、涙まで引っ込んでしまった。

何故なら。目の前には、アシュル殿下が年を重ねればこうなるだろう、ナイスミドルな絶世の美形が、微笑を浮かべながら立っていたのだから……！

アシュル殿下と同じ、緩くウェーブのかかった少しだけ長めな髪は、煌めく豪奢な金髪。

そして、澄み切ったアクアマリン・ブルーの瞳。穏やかそうな甘い美貌には、そこはかとない威厳が滲み出ていて、まさに『ザ・王族』って感じです。

お陰で、豪華な衣装や頭にかぶっている王冠を見ずとも、この人がアルバ王国の国王陛下、アイゼイア様である事が、直ぐに理解出来てしまった。

「おお、エレノア嬢！　無事に目が覚めたようだな！　いや〜、心配したぞ!!」

「回復おめでとう。マグノリアの君」

「身体の方はもう大丈夫ですか？　気分とか悪くない？」

あああっ！　へ、陛下の後ろから、ワラワラと王弟殿下方が……！

『うわぁぁぁ!!　ぜ、全員息子達（アシュル殿下達）とそっくり……!!』

ってか、息子達とそっくりなその美貌に加え、大人の色気がプラスされていて、顔面偏差値の臨界点というか、ボーダーを天文学的な数値で突き抜けている!!

その威力はオゾン層をぶち破り、大気圏へと突入する勢いです！

——視覚の暴力？　そんな生易しいもんじゃない！

選ばれしＤＮＡの放つロイヤルなオーラが、眼球から脳天へと突き抜け、魂をあの世へと誘う……。

そう、まさに顔面の最終兵器とも呼ぶべき破壊力が、私に向けて放たれているのだ。

もう気分は聖水を浴びせられ、デロデロに溶かされたアンデッド状態。

もしこれでアシュル殿下達もここにいたとしたら、私の魂は一瞬で灰になり、天へと召されていたであろう。

「……ん？　エレノア嬢？」

私の様子に気が付いた国王陛下が、怪訝そうな顔をする。

「おい、どうしたんだ？　……って、ありゃ？　何か顔、白くないか？」

「瞳孔も開いている……。不味いですね。また調子が悪くなったのでは？」

「さっきのアイザックの抱擁が不味かったんだろうね。全く……嬉しいのは分かるけど、加減というものがないから……」

——国王陛下、デーヴィス王弟殿下、フェリクス王弟殿下、レナルド王弟殿下……。

違うんです。父様じゃなくて、貴方がたの所為なんです。だからお願いですから、それ以上こちらには……！

「エレノア嬢？」

ああっ！　やめて！　顔近付けないで！　心配そうに覗き込まないで！

大人の男性の色気がダイレクトに目にブッ刺さって痛いです！　ってか、目が潰れます!!

あああ……！　前後左右、余すこと無くカウンターパンチを食らっている気分！　もう、ヘロヘロのノックダウン状態です。立ち上がれません！

『誰か……誰かタオルを！　私……もう戦えない……』

はっ！　と……父様……。父様はいずこに……？

ああっ！　陛下や殿下方に阻まれて、こっちに来られないでいる！

バーゲン会場にひしめくおば様方に阻まれ、近付けないでいる亭主、再び！

グラント父様とメル父様は……。ちくしょう！　また面白がっていやがる!!　ほんっとーにブレないですね、あんた方!!

……ああ……意識が遠くなっていく……。

「え？　ちょっ！　おい、エレノア嬢!?　しっかりしろ！」

多分、デーヴィス殿下であろうお方が、めっちゃ焦っております。あっ！　アイザック父様が必死に王弟殿下方を押しのけて、なんか喚いている。

有難う父様。……でも出来れば、もうちょっと早く助けてほしかったな……。

「エレノア⁉　おい、しっかりしろ‼　傷は浅いぞ‼」

物凄く焦ったようなクライヴ兄様の声が聞こえてくる。ああ……兄様のぬくもり……癒される。

でも兄様、私はもうダメです。不甲斐ない妹を、どうかお許し下さい……。

『うう……！　で、でも本当、真面目に勘弁してよね！』

兄様方や父様方の視覚の暴力に、ようやく慣れてきたってのに、今度はロイヤルな顔面破壊力が相手だなんて……！　この世界、一体全体私に対し、なんの恨みがあるって言うんだー⁉

最後の力を振り絞り、心の中で世の不条理を呪った後、私は再び意識を失ったのだった。

けじめのつけ方

「エレノア……」

――……ん？　あれ？　何か凄く聞き慣れた声が……？

「エレノア……」

――あ、また……。

……ああ、この声にも聞き覚えがある……。

この声も、さっきの声も、私の大切な人達の声で……。

――パチッ。

「――……⁉」

物凄くドアップで、目にも心臓にも悪い、黒髪黒目の超絶美形が私の顔を覗き込んでいる‼　……って……。あっ！

「……オリヴァー……にいさま？」

「そうだよ、エレノア」

自分の名を呼ぶ私の声に、兄様はとてもホッとしたような……嬉しそうな顔で、百花が綻ぶような笑顔を浮かべた。

――くっ！　笑顔が目にブッ刺さる！

兄様……。いきなり現れた挙句、その不意打ちな笑顔、卑怯ではないでしょうか⁉

って言うか……。

「……オリヴァー兄様……。お痩せになりましたか……？」

「ん？　ああ、ちょっとね。大丈夫、君が心配するような事ではないよ」

アイザック父様ほどではないものの、明らかにやつれた様子のオリヴァー兄様に、胸がズキリと痛んだ。

「にいさま……」

罪悪感が、胸の中に湧いてくる。

と同時に、絶世と言っても良い美形っぷりにアンニュイな色気が加わって、退廃的とも言える凶悪な目潰し的美しさが、まさに私を滅ぼしにかかってくる……‼

何年オリヴァー兄様と一緒にいても、見慣れる事の無い……いや、この顔面凶器に慣れる日は、永遠に訪れないと断言できる。なんという、罪深き美しさ！

兄様……。私は『美しさは罪』という言葉を、この世界に生まれ出でて初めて理解する事が出来ました。

妹を視覚的に殺そうとする兄様……本当に罪深いです！　大罪です！

ああ……！　哀れな子羊たる私に、誰か……誰かタオルを放ってやって下さい！

「……エレノア。いつもの君だって実感できて、凄く嬉しいんだけど……。ちょっと落ち着いて深呼吸しようか？」

「……はい……兄様……」

兄様。いい加減、妹の心を読むの止めて下さい。

その、哀れな子供を見るような生温かい視線を見れば、嫌でも分かります。確実に、「こいつ、アホな事考えてる……」って思っているんでしょう⁉

うう……。クライヴ兄様の時は、モフモフに気を取られていた所為か、こんなにも動揺しなかったというのに……。

っていうか、形状記憶シャツのようにリセットされてしまう、己のか弱いメンタルが心底憎い！

まぁ……。ロイヤルな顔面破壊力にノックダウンされて、弱っていたってのもあるのかもしれないけど。

「エレノア！　……よかった……目が覚めて……‼」

兄様の、目に痛い視覚の暴力にやられながら、ぎこちなく声のした方向に首を傾ける。

すると、少し癖のある焦げ茶色の髪と、澄んだ琥珀のような優しい瞳を持つ少年……セドリックが、私を涙目で見つめている。

父様に次ぐ、私の癒し要員。……ああ……心が落ち着いていく……。

やはりというか、ちょっとやつれた様子のセドリックの姿に、私の目も潤んでくる。御免ねセドリック。心配かけて……。

「セドリック……」

私に名を呼ばれ、兄様同様、蕩けるような笑顔を浮かべたセドリックに、油断していた私の心臓がトゥンクと激しく高鳴った。

くッ！　セドリック！　メル父様ばりの、謎の色気が駄々漏れてるよ⁉

そ、そんな優しさを装った、初々しい中にも確実に潜む男の色気を私にぶつけないで！　艶やかな流し目止めて！　顔赤くなっちゃうでしょう⁉

っく……！　こ、このままじゃ、鼻腔内毛細血管が耐えられない……からっ！

ま、まったく……！　兄弟揃って、病み上がりの私に対し、なんという仕打ちを……‼

じゃなくて‼

「……オリヴァー兄様、セドリック……。私……お家に帰ってきたの……？」

真っ赤になった私の頬を、優しく撫でていたオリヴァー兄様だったが、その手がピタリと止まった。

そんでもって、なんか小さく舌打ちしたような……。あれ？　き、気のせい……かな？

「残念ながら、まだここは王宮だよ。……ああ、でも良かった！　君がちゃんと目覚めてくれて！」

そう言いながら、再び蕩けるような笑顔のまま、チュッと軽く口付けられた私の顔から火が噴いた。

セドリックも兄様同様、触れるだけのキスを私の唇に落とす。すると遠くで「きゃー♡♡」と小さく、歓喜めいた悲鳴が上がった。……獣人メイドさん達……。貴女達もいたんですか……。

「オリヴァー兄様……セドリック……」

私は先程父様にしたように、二人に向かって両手を差し出した。

そんな私の意を瞬時に理解したオリヴァー兄様とセドリックは、蕩けるような表情を浮かべ、物凄く嬉しそうに私の身体を交互に抱き締めると、左右から顔中にキスの雨を降らせる。

うう……。ミアさん達の興奮に満ちた眼差しを感じる。めっちゃ恥ずかしい……！　だけど兄様達同様、私も凄く幸せです……。

……しかし……ここまだ王宮なんですか。そうですか。

「……あれ？　そ、そういえば私……」

確か……父様が来て感動の再会を果たして……メル父様やグラント父様ともお話しして……。ロイヤルな顔面破壊力に昇天させられかけて……。その後意識を失ったんだった。

クライヴ兄様は……あ、いた！　ベッドからちょっと離れた場所に立っている。

ジョゼフもウィルも一緒だ。……うん、全員私が元気そうな様子を見て、ホッとした顔をしている。

ご心配おかけしました！

あれ？　そういえば、肝心の父様方や国王陛下方はいずこに？

「エレノアちゃん。目が覚めて良かったわ！」

鈴の鳴るような美声が聞こえ、兄様とセドリックの間から、ひょっこり私を覗き込むように顔を出して来た女性に、私は目を限界まで見開いた。

「お久し振りね、エレノアちゃん。私の事、覚えているかしら？」

そう言って微笑んだ絶世の美女に、私はコクコクと壊れた首振り人形のように頷いた。

光を含んだ艶やかな黒髪。黒曜石のような美しい瞳。

まるで女神か聖母のような、麗しいその美貌……。

「せ……聖女……さま……」

アルバ王国の崇拝の対象であり、国王陛下や王弟殿下方の『公妃』

この国で最も尊いとされる女性を、忘れる事なんてあろう筈がない。

「聖女様……！」

オリヴァー兄様とセドリック、そしてクライヴ兄様達が、一斉に深々と頭を垂れる。

「ああ、頭なんて下げないで。普通にしていて下さいな。折角の再会の邪魔をしてしまって、御免なさいね」

「いいえ、聖女様。私どもの宝を救って下さいましたこと、感謝の念に堪えません。この場に居る者達を代表しまして、心からの感謝を捧げさせて頂きます。……まことに、有難う御座いました」

そう言うと、オリヴァー兄様が聖女様の前で膝を折り、深々と頭を垂れた。

クライヴ兄様やセドリック、そしてジョゼフとウィルもそれに続く。

そんな彼らを見て、聖女様は慌てたような困ったような表情を浮かべた。

「ああ、本当に頭を上げて？　エレノアちゃんの自己回復能力はとても優秀だったから、私はほんの少し、回復のお手伝いをしただけなのよ？」

そう言いながら、聖女様はポカン……とアホ顔を晒している私に視線を移すと、物凄く嬉しそうに微笑まれた。

おおお……‼　ご、極上の微笑！　エンジェル・スマイル！　そのお姿はまさに、マドンナ・リリー‼

……衝撃のあまり、脳内がまたアホな事になってしまっている。

落ち着け！　落ち着くんだ私‼　まずはご挨拶！　そしてお礼‼

「せ、せ、せいじょ……さまにおかれましては、御機嫌麗しく！　……えっと……えっと……あの……あ、有難うございましたー‼」

もはや頭が真っ白になった私は、甲子園のマウンドに上がった高校球児よろしくそう叫ぶと、ベッドに座ったままの状態で、勢いよく頭を下げた。

……だが勢いが良過ぎたか、腹筋よろしく下げた顔面がベッドの掛布にバフッと埋まり、その際、自分の膝に顔を思い切り打ち付けてしまったのだった。

……幸い掛布がクッションになってくれたから、星が舞う程の衝撃は無かったけど、地味に痛い。

なんと言うか……。クライヴ兄様に鍛え上げられた柔軟力を、無駄に披露してしまった感じだ。

シーン……と、その場に静寂が広がる。……ああ……やってしまったぁ……。

「ブハッ！」

恥ずかしさのあまり、そのままの状態で顔を上げられなくなった私だったが、誰かが噴き出す声と共に、ベッドにバフッと何かが倒れ込んだような衝撃が……。

恐る恐る顔を上げると……。

なんとそこには、身体を小刻みに震わせながら、ベッドに突っ伏す聖女様のお姿があったのだった。

――え？　なに？　これってどんな状況？

慌てて周囲を見回すと、聖女様だけではなく、何故かみんな俯いて震えていた。……あ、ミアさん達も、部屋の隅っこでしゃがみ込んで震えている。

……うん。みんな必死に笑うのを耐えてくれているんだね、有難う。

でもね、耐えなくていいから！　その優しさ、むしろいたたまれないから！

どうせだったら一気に爆笑してやって下さい。その方が私も、「失敗したけど笑いは取れた！」って、開き直る事が出来るから！

「……ご……ごめんなさい……。い、いいのよ……そんな……。私はやるべき事をやっただけですから……ね？」

聖女様……。まだ肩がプルプル震えて涙目になっているけど、お優しいお言葉、有難う御座います。

それにしても今気が付きましたが、リアムの笑い上戸って、聖女様譲りだったんですね。

「ああ、でも本当に元気になってくれて良かったわ！　それと、貴女にはこの国の『公妃』として、心からの感謝と謝罪を……。本当に……ごめんなさい！」

先程まで笑いを耐えていた表情を一変させ、聖女様は憂いを帯びた表情でそう言うと、私の手をそっと優しく包み込んでくれた。

その感謝と謝罪は間違いなく、私が獣人の王女達と行った『娶り』の戦いの事だろう。

「聖女様！　やめて下さい！　聖女様も……父様も兄様方やセドリック、それに殿下方や国王陛下方も、誰も悪くなんてありません！　……私は……私は……自分の為に戦ったんです！　あの横暴でネジの緩んだ王女達に一発入れ……いえ、ブチのめし……いえいえ。と、とにかくですね、私自身が戦いたかったから戦ったのであって、強制なんてされていなくて……その……」

あっ！　聖女様が再び俯かれて肩を震わせている！

……ん？　横から何か圧が……。

ああっ！　オリヴァー兄様とクライヴ兄様、とっても良いアルカイックスマイルを浮かべてる！

「お前……もう黙ろうか？」って声なき声をビシバシに感じます！　……うう……も、申し訳ありません……。

恥ずかしさのあまり、真っ赤になって俯いてしまった私の頭を、聖女様がそっと優しく撫でてくれる。

「ふふ……そうね。貴女は貴女自身の、譲れぬものの為に戦ったんですものね。それじゃあ、言葉を変えるわ。……本当に、よく頑張ったわね。とても格好良かったわ！　本当は恐かったよね？　辛かったでしょう？　それでも貴女は戦い抜いた。同じ女として、そしてこの国で生きる一人の人間として、私は貴女を心の底から尊敬し、誇りに思うわ！」

そう言って、ニッコリ笑ってくれた聖女様を見た瞬間、私の瞳からポロリと涙が零れ落ちた。

――……そう。私、本当はとても恐かった。

実際に戦って、本気の殺意をぶつけられて、死ぬかもしれないと何度も思った。

それでも諦めずに戦えたのは、大切な人達の許に帰りたいっていう、その一心からだった。

ポロポロと、とめどなく涙を流す私を、聖女様は「あらあら」と優しく笑いながら抱き締めてくれた。

それがまるで、実の母親に抱き締められているようで……。

不敬じゃないかと思いながらも、私は聖女様にしがみ付き、そのまま声も無く泣き続けたのだった。

「……もう、大丈夫かしら？」

「……はい……」

優しく頭や背中を撫でられている内、ようやっと涙が止まった私は、のろのろと聖女様の胸から離れる。

――が、もう子供と呼べる年齢ではないのに、よりによって他人のお母様（聖女様ですが）の胸で大泣きした気恥ずかしさから、私は中々顔を上げる事が出来ずにいた。

そんな私の髪に、聖女様が優しく口付けを落とした。

すると、フワリと何か温かいものに包まれていくような感覚の後、身体が物凄く温かくなっていく。

しかも泣いた所為で、自分でも分かるくらいにむくんでいた顔が、目元を中心にスーッと腫れが引いていき、思わずぱちくりと目を瞬かせてしまった。

――これが……聖女様の癒しの力……？

「さ、これで良いわ。エレノアちゃん、貴女の可愛いお顔を私に見せてくれる？」

そう言われてしまえば、顔を上げない訳にはいかない。

私は気恥ずかしさと必死に戦い、モジモジしながら真っ赤な顔を上げ、聖女様と視線を合わせた。

「――ッ……!!」

すると何故か、聖女様は息を呑んだ後、片手で顔を覆って再び俯いてしまった。

え？　あれっ？　ど、どうしよう。ひょっとしたら顔、まだむくんで酷かったのかな？

「せ、聖女……さま？」

「……お……」

――お……？

「女の子……最っ高……!!」

「はい？」という間も無く、頬を染めた聖女様は、私の身体を思いっきり抱き締めた。

「ああっ、可愛い!! なんなの!? その恥じらう上目遣い！ 全くもって、可愛すぎ！ うちは男の子ばっかりだから、物凄く新鮮!! ああ……。やっぱり女の子出来るまで、もうひと頑張りすれば良かったかしら？ ……いえ、でもそんな事言ったら、あのケダモノ達が無駄に張り切りそうだわ。……ッ……！ でも……でもっ……！」

「……あ……あの……聖女様？」

見えないハートが飛び散っているような興奮状態で、私をぎゅうぎゅう抱き締める聖女様に対し、オリヴァー兄様が遠慮がちに声をかける。

そこでやっと我に返ったのか、聖女様は慌てて私の身体を解放した。

「あっ！ ご、御免なさい！ あんまりにも可愛らしくて、つい……」

あ、オリヴァー兄様とクライヴ兄様が「そうだろう」って顔で同時に頷いている。

その横で、セドリックやジョゼフも、うんうんって頷いて……。ってウィル、頭振り過ぎ！ 酔うぞ!?

「い……いえ、大丈夫です！ ……あ、あの……。ところで、国王陛下方や父様方は……？」

顔を火照らせたまま、そう問いかけると、聖女様はちょっと怒ったような顔になった。

「ああ、病み上がりの幼気《いたいけ》な少女の部屋に大挙しておし掛けた、あの無神経野郎共ね！ あいつら全員、部屋の外に追い出したから安心してちょうだい！ 全く……。意識が戻った矢先に恐かったでしょう？　御免なさいね、デリカシーの欠片も無い連中で」

え？　野郎共……？　あいつら……？

せ、聖女……さま。な、なんか口調も雰囲気も、めっちゃ砕けておりますが……？

そ、そういえばさっき、国王陛下方の事を『ケダモノ達』って言っていたような……？

そしてこの場にいないところを見ると、その無神経野郎共の中に、しっかりメル父様とグラント父様も交じっていた模様。……って、アイザック父様もいないんだけど、ひょっとして一緒に追い出された？

「ああ、貴女のお父様のバッシュ公爵様だけは追い出していないのよ？　ただね、貴女が無事目を覚まして、張っていた気が緩んだのか、あの後倒れてしまわれたの。今はそこの続き部屋で休まれているわ」

「えっ⁉　と、父様が⁉」

動揺する私に、聖女様は安心させるように優しく微笑んだ。

「大丈夫よ。ただの疲労の蓄積だから。私が癒しの力を施しておいたから、目が覚めたら元通り元気になっている筈よ」

「そ、そうなんですか……。有難う御座いました！」

どうやら父様、この数週間まともに寝ておられなかったばかりか、食事もろくに取っていなかったらしい。

父様……。つくづく、親不孝な娘で申し訳ありません！　そして聖女様、親子そろってご迷惑おかけしました！

で、国王陛下方を追い出したすぐ後、オリヴァー兄様とセドリックを呼んでくれたのも聖女様なのだそうだ。

――ああ……それでか……。

いつもであれば、寝起きのキス一つとっても、かなり濃厚なのを仕掛けてくるオリヴァー兄様とセドリックが、やけに淡白だと思ったんだよね。

ここが王宮だから、多少遠慮しているのかと思っていたけど……。成程。聖女様に遠慮して、あんなリップキス程度で済ませていたんだ。

「だってねぇ、いくらエレノアちゃんが王宮《ここ》にいるからって、婚約者である彼らを差し置いて、うちの息子達を先に会わせるなんて不平等でしょう？　ただでさえ、大切な娘さんをお預かりしちゃっているんだし……」

そう言って、困ったように笑う聖女様は、同性の私でもドキッとするぐらい美しい。

流石はあの、国王陛下と王弟殿下方が溺愛してやまない公妃様である。

「って訳でエレノアちゃん、今度はうちの息子達とも会ってくれる？」

「あ、はい！」

ボーッと聖女様に見惚れていた為、何の気なしに了解した途端、再びドアが勢いよく開け放たれたのだった。


「エレノア!!」

「わっ!!」

聖女様と入れ替わるように、私の枕元に突進してきたのは、青銀の髪と瞳の超絶美少年だった。

「リ、リアム⁉」

「エレノア……良かった……！　お前がずっと目を覚まさなかったから……。俺……俺、凄く不安で……！」

透き通るような美貌が、クシャリと泣きそうに歪む。

突然の顔面破壊力にやられ、わたわたと慌てていた私は、咄嗟にリアムの頭をよしよしと撫でてしまった。

「だ、大丈夫！　ほら！　私、こんなに元気だから！　ね？　だから泣かないで？」

「エレノア‼」

感極まったというように、リアムが私に抱き着く。

「ひゃぁっ！」

いきなりの抱擁に、私は毛穴という毛穴から一斉に湯気が噴き上がり、全身真っ赤になってしまった。まさに瞬間湯沸かし器！

「リアム‼」

次の瞬間、セドリックがベリッと私からリアムを引き剥がすと、上半分がどす黒い影に覆われた顔でニッコリ微笑んだ。

「よりによって、婚約者である僕の目の前で何やってくれてんの？　僕だっていつもみたく、思い切り抱き締めて、全力でキスしたいのを、必死に我慢してるっていうのに！」

「……い……いや、感極まってつい……。って、お前！　何気に婚約者特権、自慢してんじゃねーよ‼」

末っ子達の攻防をよそに、またしても物理的にキラキラしい面々が、ワラワラと私の周囲へとやって来た。

――ロイヤルの来襲再びー!!

うわぁぁぁ!! さ、さっきのリアムもそうだけど……全員お父様方とそっくり!!（当たり前だが）

真っ赤になり、あうあうとしている私の手を、アシュル殿下がそっと優しく握りしめた。

「エレノア嬢……。ああ……良かった！ 君が目を覚まさない間、生きた心地がしなかったよ。また倒れたそうだけど……大丈夫？ ああ、愛らしい顔が真っ赤だ。熱とか出ているのかな？ 苦しくない？」

そう言って心配そうに、そして蕩けそうに熱を孕《はら》んだ瞳で、顔を覗き込んでくるアシュル殿下。

ち……近い！ 近いです!!

甘い美貌が視界にブッ刺さってくる……ッ！ やめて！ それ以上近付かないで！ 目がっ！

……目が潰れるからっ!!

「ああ、俺のエル……！ 良かった。お前がこのまま目覚めなかったら、死んで詫びても足りねぇと思っていたんだ！ ……本当に……無事でよかった……！」

ディ、ディラン殿下……ッ!! せ、精悍な美貌が切なげに歪んで……。なんかちょっとエロい！

って、あああっ！ ちょっ、待って！ 貴方もなに顔近付けてきてんですか!? そ……っ、なっ!?

ほ……頬に……手を……!?

きゃーっ!! び、び、鼻腔内毛細血管の危機ー!!

真っ赤になって、目をクルクル回している私の前に、相も変らぬ黒いローブ姿のフィンレー殿下が近寄ってきた。

「……エレノア嬢。……無事……？」

――済みません、ちょっと今、無事ではありません!!

なんて事は言えず、めっちゃ無表情なフィンレー殿下の問い掛けに、私は言葉も無くコクコクと頷いた。

……えっと？　フィンレー殿下。な、なんか怒ってますか……？

「大丈夫だよ、エレノア嬢。フィンは感情が爆発すると、あんな感じになっちゃうんだ。フィン？　ほら、お前もずっとエレノア嬢を心配していたんだから。ちゃんと言葉にして、本人に伝えてごらん？」

クスクス笑いながらアシュル殿下にそう言われ、フィンレー殿下の顔に朱が差す。

そしてそのまま、フイッと顔を逸らしてしまった。

「――ッ!!」

『……う……うわ……っ！　ヤンデレのデレだ……！　す、凄い破壊力……！』

フィンレー殿下の思わぬ姿に、私の胸がトゥンクと高鳴り、顔も更に真っ赤になってしまった。

なにこれ、尊い！　以前、グイグイ迫られた時よりクルわー!!

「……殿下方……。そろそろいい加減、僕のエレノアから離れてくれませんかね……？」

地を這うようなドスの利いた声に、沸騰寸前だった脳が瞬時に沈静化し、背中に冷たいものが流れ落ちる。

恐る恐る横を向いてみれば、案の定。背後にドス黒いオーラを一身に纏ったオリヴァー兄様が、にっこり笑顔をこちらに向けて仁王立ちされているではないか。

って言うか、笑っているのは口だけで、目が……兄様の目が全然笑っていません!!　真っ赤です！

深紅です‼

ああっ！　は、背後から暗黒オーラが更に噴き上がって……！

いやぁぁぉ！　兄様やめてー！　魔力滾らせないでー‼

「やれやれ、全く君って狭量だね。番狂いの獣人じゃあるまいし、心配しているのは皆同じなんだから、少しぐらい我慢出来ない訳？　心の狭い男はみっともないよ？」

ち、ちょっ……！　フィンレー殿下⁉　兄様煽るの止めて下さい！

「みっともなくて結構。殿下方には多少の恩義がありますから、今迄我慢していたんです。……ですがこれ以上、不用意にエレノアに触れたりしたら……。筆頭婚約者として、絶対に許しませんよ？」

「ほぉ……？　どう許さねぇってのか、是非とも教えてほしいところだなぁ……」

ディ、ディラン殿下⁉

なんですか、その不敵な笑みはっ⁉　口調もなんかオラオラ系に⁉

ああっ！　オリヴァー兄様とディラン殿下の間で、紅いプラズマがクラッシュしてる‼

や、ヤバイ……！　そういえば二人とも、『火』の属性同士……！　こ、ここはクライヴ兄様が『水』の魔力で沈静化を……。

って、クライヴ兄様⁉　なんで、アシュル殿下と良い笑顔で睨み合ってるんですか⁉　お、お互いここは、長男として弟達を諌めるべきところなのではないでしょうかね⁉

……ん？　あれ？　なんか頭に感触が……って、フィンレー殿下⁉

あわわ……！　フィンレー殿下が……私の頭を撫でている‼

何で⁉　し、しかも、めっちゃ無表情に頭撫でていますね！　あ……でも目元が凄く優しい……。

「……君ってさ」

「は、はひ？」

「月明かりの下で見た時も美しかったけど……。こうして明るい日の光の下で見ると、一層綺麗だね。キラキラ光るこの瞳も、恥じらう薔薇色の頬も……。うん、たまらなくそそられるよ……」

——きゃーっ！！！

ふ、ふ、ふぃんれーでんかっ！　デレから一転、ヤンの方がキレッキレに⁉　そ、そして不意打ちの流し眼キター‼

「……あれ？　薔薇色どころか、林檎みたいに頬っぺが真っ赤だね。……ふふ……。思わず齧り付きたくなっちゃうくらいに美味しそうだ」

ひあああぁ……！　動悸息切れ眩暈が……！　こ、このままでは真面目に命が危ない！

ああ……でも、でもっ！　目が逸らせない……！

まさに気分は蛇に睨まれた蛙‼　誰か早く！　早く私にタオルを……っ‼

「フィンレー殿下！　どさくさ紛れに何やってんです‼」

「フィン、てめぇ！　ちゃっかり抜け駆けしてんじゃねーよ‼」

オリヴァー兄様とディラン殿下が、青筋立てながらこちらを同時に振り向いた。

あっ、フィンレー殿下。ディラン殿下に首根っこ掴まれて、盛大に舌打ちしてる！　し、しかも今度は三人で睨み合ってるし！

と、取り敢えず、私の命は助かったけど……。やばい、めっちゃカオスだ！　こ、こうなったら、聖女様‼　この場を収められるのは貴女しか……！

「あらあら！　エレノアちゃんたら、モテモテね。ここにきて、こんな王道青春シチュエーションが見られるなんて……。なんだか私までドキドキしちゃうわ！」

私はガックリと肩を落とした。

……駄目だ。聖女様、完全に楽しんでいる。

う～ん……。なんか、メイデン母様やオネェ様方を思い出すなぁ……。

「お前達、そこまでにしろ」

一触即発な状況にキャパオーバーとなり、現実逃避をしていた私の耳に、威圧感たっぷりな声が聞こえてきた。

と同時に、それまで互いに睨み合っていた兄様方やセドリック、そして殿下方が一斉に姿勢を正すと、ある一点に視線を集中させた。

『え……!?』

見ればいつの間にか、部屋の中には国王陛下や王弟方、そしてグラント父様とメル父様が入って来ていたのだった。

ヤバイ……。自分事に精一杯で、いつ入ってきたのか気が付かなかったよ……。

「アシュル、ディラン、フィンレー、リアム。……そして、オリヴァー・クロス、クライヴ・オルセン、セドリック・クロス。……お前達には色ボケる前に、やるべき事があるのではないのか？」

国王陛下の厳しいお顔と言葉に、名を呼ばれた殿下方や兄様方、そしてセドリックが一斉にその場で深々と礼を取った。

そのビリビリと肌が痺れるような威圧感に、思わず喉が鳴る。

さ……流石は国王陛下。シメる時はシメると……。ああでも、騒動が収まって本当に良かった！

あれ？　でも、『やるべき事』って、一体なんだろう？

「……アイゼイア。それは本当に、やらなければならない事なのかしら？」

そう言いながら、顔を曇らせる聖女様に対し、国王陛下の表情は変わらなかった。

「アリア。この子達に責が無いのは、私達とて十分分かっているよ。だがこれは、我々アルバの男達のけじめのつけ方なんだ。……それに、この子達自身が望んだ事でもあるしね」

――けじめ？　けじめって、一体何なんだろう？

「エレノアも目が覚めた事だし、クライヴ。今からいいな？」

「……ああ。ウィル、ジョゼフ。俺が戻るまでの間、エレノアの事を頼んだぞ？」

「僕からもお願いするよ。二人とも、後は任せたよ」

「若……！　オリヴァー様……！」

「はい。旦那様もいらっしゃいます。お二方……どうか、心置きなく。セドリックお坊ちゃまも……！」

「うん、有難うジョゼフ」

え？　え？　い、一体……何を話しているの？

なんかその……。ウィルもジョゼフも、物凄く不安そうな顔してるんだけど。

しかも、兄様方もセドリックも、私と暫く会えないような口ぶりなんですけど……？

訳が分からないまま、私は答えを求め、聖女様の方へと顔を向ける。

すると、不安そうに息子達を見つめていた聖女様が私の視線に気が付き、眉を下げながら私の方へと顔を向けた。

「エレノアちゃん、あのね。私の息子達と貴女のお兄様方やセドリック君、これから自分のお父様方と手合わせをするのよ。……互いに、一切手加減無しでね」

「え……⁉」

一切、手加減無しって……。

え？　だ、だって兄様方、父様方と手合わせ（という名のしごき）をしたって、いつも軽くいなされているのに……。

い、いや、最近はそれなりに反撃出来ているけど、でもそれだって父様方は多少手加減していて……。

それを手加減無しって、どういう事⁉　というかそんなの、兄様方もセドリックも、絶対無事では済まないよ！　それに、リアムやアシュル殿下方だって……。

見ただけで何となく分かるけど、国王陛下や王弟殿下方……確実にアシュル殿下方よりも強い筈だ。なんてったって、この国の選ばれしＤＮＡの頂点なんだから。

それが、全力で手合わせをするって……。そんなのまるで、制裁じゃないか。

そこで私は唐突に気が付いた。

アルバの男のけじめ……。しかも、兄様方やセドリック、そして殿下方がそれを望んだって……。

――まさか……⁉

「ひ……ひょっとして……。私が怪我をしたから……。兄様方やセドリックや殿下方は、自ら望んで手合わせを……？」

視線が一斉に私に集中する。

皆、何も言わなかったが、それが何よりの肯定と気付いた私は、頭の中が真っ白になってしまった。

「そ……んな……！　嘘……ですよね？　兄様、父様……？」

「……いや、嘘ではないよエレノア。君に不必要な怪我を負わせてしまった……その罰を僕らは受けなくてはならない」

「わ、私が怪我をしたのは、私が戦う事を無理矢理ごり押ししたからであって……！　兄様達や殿下方は、必死に止めようとして下さったではないですか!!」

「……それでも、最終的に認めてしまったから、君はこんな目に遭ってしまったんだ。……いざとなれば、どんな事になっても僕らが止めればいいんだと……。そんな甘い考えでいたから……！」

「それは僕達にも言える事だ」

「アシュル殿下？」

「エレノア嬢。確かに僕らは最初の内は君が戦う事に反対していた。……だけど最終的に、僕らは君の安全よりも、この国を守る事を最優先に動く方を選んだんだ……」

「この国を……守る？」

「エレノア嬢。その先は私が説明をしよう」

「国王陛下……」

「だが、その前に……。アリア、済まないがそこの女性達を、別室に連れて行ってくれないか？」

「……はい」

聖女様は国王陛下の言葉に頷いた後、部屋の隅に控えていたミアさん達を連れて、部屋を出て行ってしまった。

それにしても、ミアさん達を遠ざけたという事は……。シャニヴァ王国絡みの話なのだろうか。

「……さて、まずは今回の騒動の発端を説明するとしようか」

そうして国王陛下から語られた事実に、私は驚きを隠せなかった。

まさかシャニヴァ王国が、自分達の優秀な遺伝子を持つ子を大量生産する為、人族を奴隷にしようとしていたなんて……。

しかも、王太子や王女達がこの国に留学して来た目的が、密かに兵を密入国させ、この国を内側から制圧しようとしていただなんて……。

「当初は彼らの目的は分からなかったのだが、動向は最初から注視していたからね。すぐに対策を講じる事が出来た。……が、どうせだったら徹底的に彼らを油断させる為、魔力を使わないよう、貴族達に勅命を出していたんだよ。獣人達にとって、人族は最も劣等種と蔑む対象だからね。だったら、そのように見せてやった方が効果的だ」

そうして、メル父様やアイザック父様、そして領地持ちの貴族達が結託し、一般国民を巻き込まぬよう、どこにどれだけの獣人兵達が潜伏しているのかを徹底的に把握し、監視していたのだそうだ。

だがやはり、捕縛を一斉に行うには、王族に知られぬようにしなくてはならない。

何故なら、いくら圧倒的にこちらが有利な状況であったとしても、少しの取りこぼしが余計な被害を広げる可能性があったからだ。

ましてや、連合国軍にシャニヴァ王国を攻めさせるタイミングも、一致させなくてはならなかったのだから。

そんな時、幸か不幸か王女達が私に『娶り』の戦いを挑んできたのだという。

「王族達やその側近……つまりは、指揮系統の者達の目が一斉に君に集中する。これは絶好の機会だと、我々はそう考えた。勿論、アイザックやグラント、そしてメルヴィルには真っ先に相談したよ。……大反対されるかと思ったが、驚く程すんなりと、彼らはその案を呑んだ。……ある条件をつけてね」

——条件？　……それって、ひょっとして……。

「そう。君の安全の第一が、アイザック達の条件だった。だから我々はアシュル達に命じたのだ。『適切に状況を見極めよ。ある程度の戦闘は止むを得ないが、もし万が一エレノア嬢の身に危険が及びそうな場合、計画など二の次にしてでも必ず守るように』……とね」

そ、そんな事を殿下方に命じていたんだ……。だから殿下方が全員、あの場に駆け付けてくれていたんだね。

「……なのに、僕達は君を守る事が出来なかった。君は僕らの想像以上に強くて……。だから油断して引き際を誤った。最終的に、君を救ったのは君自身の力によってだ。……ッ！　何が王太子だ……！　僕は自分自身が情けないよ!!」

「ア、アシュル殿下……！」

「……いいえ、アシュル殿下。殿下が私を止めて下さらなければ、私はあの女の結界を破壊しようとして、逆にエレノアの身を危険に晒していました。……考え無しで愚かな私と違い、殿下は立派にエレノアを救って下さいました！」

「オリヴァー兄様！」

「オリヴァー！　お前が激高するのは当然の事だ。俺の方こそ、エレノアの成長が嬉しくてつい、そのまま戦わせちまった。アシュルでもお前でもなく、長兄として……エレノアの師として、俺こそがちゃんと最善なタイミングを見計らい、判断を下すべきだったのに……！　責められるべきは、俺の方だ！」

「クライヴ兄様！」

「いや、それに関しては俺がそもそもの元凶だろ。……エルの……いや、エレノア嬢の危機に動揺して、クライヴの手を煩わせちまった……。あの第一王女が結界を張る前にぶっ殺してさえいれば……！」

「ディ、ディラン殿下……それは……」

「何言ってんの？　脳筋なディラン兄上が、結界に対処なんてできる訳ないでしょ。……それは僕の専売特許だ。なのにうかうかと出し抜かれるなんて……！　エレノア嬢の戦いに、うっかり見惚れて呆けていた所為で対処が遅れるなんて、無様にも程がある!!」

「フ……フィンレー殿下」

「フィン兄上！　でも兄上はオリヴァー・クロスと協力して、エレノアを助けたじゃないか！　……俺なんて、本当に何も出来ずに、ただ喚いているだけだったのに……！」

「リアム、それは僕も同じだよ！　僕なんて君が抑えてくれなかったら、力を使って全てを台無しにしていたところだったんだ！　……本当に……不甲斐なくてごめん……」

「セドリック！　この馬鹿野郎！　逆にお前ががむしゃらに必死でいたから、俺が冷静になれたんだ！　お前がいなかったら、俺の方があの女に力をぶつけて、エレノアを危険に晒していたよ！」

「……リアム……！　有難う……！」

「……セドリック、リアム……」

う～ん。この二人、本当に仲が良いな。

こんな時だけど、熱い友情に思わずほっこりしてしまう。

もしも私が心の底から腐っていたとしたら、BとL的に凄く萌えていたんだろうな。

――って、そうじゃない！　アホな事考えている場合か！　私の馬鹿!!

『というか兄様方とセドリック、そして殿下方って、お互いが「お前は悪くない、自分が悪い」って庇い合っているんだよね』

さっきまでいがみ合っていたっていうのに……。ひょっとして全員、実は仲が良い……？

「……とまあ、そういう訳で、互いが互いに「自分を罰してくれ！」と言って聞かないので、それじゃあ我々父親達が、全力で手合わせしてやろう……という事で落ち着いたんだ」

「は……はぁ……」

「ちなみに、私は息子の望みは全力で叶える。ただ流石に、瀕死程度にするつもりだがな」

「父上……。ご温情、感謝致します」

アシュル殿下ー!!　それ、温情ではありません!!　堂々のリンチ宣言ですよ!?　分かってんですか!?

「安心しろエレノア！　俺達も何も全力を出そうって訳じゃねぇから！　精々、あばらを四・五本へし折る程度だ！」

グラント父様ー!!　それ、重傷ー!!

「そうそう。私もそれぐらいで済まそうと思っている。ただちょーっと大火傷するかもしれないけど
……」

メル父様ー‼ 大火傷を「ちょっとの怪我」とは言いません‼

「はっはっは！ グラントもメルヴィルも甘いな！ 俺はそれに加えて、両手足へし折ろうかと思っていたぞ！」

デーヴィス王弟殿下ー‼ なに爽やかに拷問宣言してんですかー‼

「デーヴィス兄上……。ただ怪我をさせればいいってものではありませんよ？ ぐうの音も出ない程度に叩き潰した後《のち》、相手の精神を抉って心理的にもダメージを与えてこそ、正しい罰と言えるのです」

フェリクス王弟殿下ー‼ あなた、息子を廃人になさるおつもりですかー⁉

「……リアム、私は問答無用でお前を攻撃する事はしない。あくまでお前の意見を尊重するつもりだ」

「はい、父上！ それでは父上の『風』の魔力による全力の攻撃を、我が身で受け止めたいと思います！」

「……分かった。だが血を分けた肉親の情として、せめて全身の骨が砕けないよう、手心を加える事を許してほしい」

「父上……！」

うわぁぁぁ‼ レナルド王弟殿下ー！ 一番まともで温厚そうに見えて、一番容赦なかった‼

リアム、感動してないで逃げてー！ 全力で逃げてー‼

っていうか、なんなの⁉ 本当になんなの⁉ アルバの男共の常識って‼

ああ、もう！ 自分を厳しく律するにしても限度ってもんがあるでしょ⁉

「ちょっとあんた達ー‼ なに可愛い自分の息子に、拷問宣言してんのよ⁉」

あっ、聖女様登場！ そうです！ その通りです！ 言ってやって下さい‼

「アリア……大丈夫。我々だって心得ているよ」

「そうそう！　それに万が一の事態に陥っても、君がいる」

「はぁっ⁉　あんたら正気⁉」

ち、ちょ……っ！　国王陛下方！　まさかの聖女様パシリ宣言⁉

「母上、お気遣い感謝致します。ですが何かあっても、それは全て我が身に受けるべき罰……。万が一の事態になっても、命だけ助けて頂ければそれで充分です」

アシュル殿下ー！　それ、充分じゃなーい‼

「このバカ息子ー‼　大怪我した息子達の治療をしなけりゃならない、母親の身にもなりなさいよ‼

ああもう！　本当にこの国の男達ってめんどくさい‼　というかあんた達、聖女《私》の使い方、果てしなく間違ってるから‼」

聖女様、そのお言葉、まるっと同意します！

ほんっとうにアルバの男達って、超絶めんどくさいですよね⁉

ってかアルバの男性陣、自分に対して厳し過ぎでしょ⁉

ハッキリ言うけど、けじめのつけ方、間違ってるから！　そんな事されても私、全然嬉しくないんですからね⁉

「よーし！　んじゃ城の鍛錬場いくぞー！」

グラント父様の掛け声で、皆が一斉に私に背を向ける。

えっ⁉　唐突！

待って！　待って下さいグラント父様！　陛下方！　オリヴァー兄様、クライヴ兄様、セドリック！　それにアシュル殿下方！

制止の声を出す前に、身体の方が先に動いた。……そしてあろう事か、ベッドから落ちた。

そうだよね。考えてみたら私、二週間寝倒していたんだから、身体がまともに動く筈無かったんだよ。

気ばっかり焦ってしまった。馬鹿だな私。

それでも、長年の修行の成果か、ぎこちなくも咄嗟に受け身を取る事に成功した私は、転落の衝撃をあまり受けず、床にコロリンと転がった。

「あぅっ！」

……うん、でもやっぱりちょっと、地味に衝撃きた。

床に毛足の長いラグが敷いてあって、本当に良かった。

「お、お嬢様ーッッ!!」

ウィルの悲鳴混じりの叫び声に、出て行こうとしていた面々が一斉に振り返った。

そして、ベッドから転げ落ちている私を見た瞬間、真っ青になって目を見開く。

「エレノア!!」

「エレノア嬢!!」

皆が慌てふためく中、私の許に真っ先に駆け付けたのは、やはりというかオリヴァー兄様だった。

「エレノア！　何でベッドから……！　大丈夫？　怪我は……」

そう言って、私のすぐ傍に来たオリヴァー兄様の足……というか、ほぼ太もも付近に、私は気力体力を総動員し、ガッチリと取りすがるように抱き着いた。

「えっ!?　エ、エレ……」

「やめて下さい！　行かないで兄様!!　私、兄様が傷付くのなんて望んでいない!!　クライヴ兄様もセドリックも、リアムもアシュル殿下もディラン殿下もフィンレー殿下も……！　けじめをつけるって……何でそんな事しようとするの!?　わたし……わたし、みんなにそんな事してほしくて、戦った訳じゃないのに……!!」

そこまで言って、私はこみ上げてくる感情のまま、わぁぁぁん！　と号泣してしまった。

皆の困惑したような、焦ったような空気を感じる。

ベッドから転げ落ちたり、人前で大泣きしたり。これって淑女としてあるまじき行為なんだろう。

だけどそんな事どうだっていい。

「エ、エレノア……。あ、あの……ね、離し……」

「いやー!!」

オリヴァー兄様の珍しく焦った声。

私は兄様に振り解《ほど》かれないよう、足に巻き付けた腕に更に力を込めた。

もはや、気分はコアラの子供かセミである。

……あれ？　セミは簡単に捕まえられちゃうか。んじゃ、子猿に変更。

とにかく絶対、この腕は離さない！

——あっ！　オリヴァー兄様の足が僅かに左右に振られた！

ふ、振り解《ほど》こうっていうんですか!?　そうは問屋が卸しませんよ!?

私は更にぎゅむぎゅむと、兄様の足に身体を押し付けるように抱き着いた。

思い出すのは、金●夜叉の寛一・お宮。……そう、某リゾート観光地に設置されている、あの有名な像である。

徹底されたレディーファースターなアルバの男性が、あんな風に女性を足蹴になんて絶対にしないと分かってはいるが、万が一という事もある。この腕、けっして離してなるものか！

……あれ？　何かオリヴァー兄様の足がプルプル震え出した……？

「エレノアちゃん……！　貴女って子は、そこまでしてこの子達の事を……！」

感極まった様子の聖女様の声が聞こえてくる。そして更に、聖女様の言葉が続いた。

「アイゼイア、デーヴィス、フェリクス、レナルド……。そして、オルセン将軍にクロス魔導師団長。貴方達、良いの？　このまま息子達を痛めつけたら……エレノアちゃんに嫌われちゃうわよ？」

「えっ⁉」

「うっ！」

「いや……あのっ！」

「そ、そんな……！」

「エ……エレノア？　……え～と、マジ……？」

「エレノア、そ……そんな事……ないよね？」

聖女様のお言葉《脅し》に対し、明らかに狼狽《うろた》えている国王陛下方や父様方の声が耳に聞こえてくる。……

聖女様、私の言葉に乗っかりましたね？

私はしゃくり上げながらも、聖女様のお言葉《援護射撃》を肯定するように頷いた。

「……はい……。大きらいになります……」

「「「「――――ッ!!」」」」

あ、なんか部屋の温度が一気に降下した気がする。

「……にいさまがたや……セドリックやでんかがたも……きらいになります……からっ！」

あっ！　部屋の温度が更に氷点下に！

「そんな……！」とか「嘘だろ……!?」とかいう悲壮な声も聞こえてくるけど、知るもんか！

「……エレノア……分かった。降参だ。僕もクライヴもセドリックも……君の望む通りにするよ」

「うん、僕らも右に同じく。まさか君がこんなに悲しむなんて、思ってもいなかったんだ。……御免ね」

オリヴァー兄様の、ふり絞るような言葉に続き、アシュル殿下の困ったような声も聞こえてきて、私はしがみ付いていたオリヴァー兄様の足からおずおずと顔を上げた。

「……ほんとう……？」

「――……ッ！　……あ、ああ……本当だ。……エレノア……君を悲しませる事は、絶対に……しない……！」

見上げたオリヴァー兄様の顔は……あれ？　何故か真っ赤になっている。

口元も手で覆っちゃって……しかも全身ブルブル震えているよ。何故に？

「だ……だから……。そろそろ身体、離して……」と、なんか小さく聞こえてきた気がするが、私は確認の意味を込めて、クライヴ兄様やセドリック、そしてアシュル殿下方の方に、涙目なままの顔を向けた。

「――ッ！」

「う……っ！」

すると何故か、皆一斉に息を呑んだかと思うと、みるみるうちに顔を真っ赤に染め上げていく。

「本当に……けじめ……止める……？」

私の言葉に、その場の全員が真っ赤な顔のまま、コクコクコクコクと勢いよく頷いた。

「よ……よかったぁ……！」

そこでやっと私は安心し、へにゃりと笑った。

すると何故か、クライヴ兄様とセドリック、そしてアシュル殿下やディラン殿下、フィンレー殿下にリアムまでもが、バタバタバタバタッと床に崩れ落ち、膝を突いてしまったのだ。

「……っく……！　久々だから……モロにきた……！」

「ク、クライヴ兄上……！　あれがグラント様をも陥落せしめた、『英雄殺し』……なのですね⁉」

「『英雄殺し』……た、確かに……ときめき過ぎて……死ぬかと思った……！」

「エル……！　あの凶悪な潤んだ上目遣い……。三年前と比べて、威力が半端ねぇ……‼　し、しかも……涙に潤んだ心配顔なんて……！　ちくしょう！　どんなご褒美だこれ……⁉」

「はぁ……。涙に濡れてキラキラしている蜂蜜色の瞳……！　極上の飴玉みたいだ。薔薇色の頬を濡らす涙と一緒に舐めたら美味しそう……！」

「フィン兄上……相変わらず発想ヤバイ！　……うう……で、でも、今はちょっとだけ気持ちが分かる……。くそっ！　幸せ過ぎて胸が……！　ヒューや父上にしごかれた時より……甘辛《あまつら》い……！」

「え？　あれ？　……あ、あの……？」

顔を覆ったり、口元を隠して震えたり、胸を押さえたり、何やらブツブツ呟いたり……と、眼前に広がる異様な光景に、私はオリヴァー兄様に抱き着いたままの状態でオロオロしてしまう。

しかも彼らの後方では、国王陛下や王弟殿下方も、口元を押さえて俯き震えている。

あっ！　グラント父様とメル父様も一緒に俯いている。何故に？

「……お嬢様、そろそろオリヴァー様を解放して差し上げて下さい」

そう言うと、ジョゼフがやんわりと、オリヴァー兄様にしがみ付いていた私の身体を、ペリッと引き離した。

「あっ！」

すると私が離れた途端、オリヴァー兄様が力尽きたように膝から崩れ落ち、ウィルがいつもしているように、床に蹲《うずく》ってしまった。その顔は真っ赤で、心なしか呼吸まで荒い。

「オ……オリヴァー兄様⁉」

いつもとは明らかに違うその様子に、私は慌ててオリヴァー兄様の許に行こうとした。

だが何故か、ジョゼフがやんわりとそれを止める。

「お嬢様、行ってはなりません」

「で、でもジョゼフ！　オリヴァー兄様が！」

「あれはまぁ……。男としての名誉の負傷と申しますか……。ともかくお嬢様が行かれたら、何時まで経っても鎮まりません。今はそっとしておいて差し上げて下さい。……大丈夫、いずれ鎮火されますから」

「名誉の負傷……？　鎮火？」

はて？　何を鎮火すると？

……あれ？　先程まで床に崩れ落ちていたクライヴ兄様とセドリックが、憐れみのこもった眼差しをオリヴァー兄様に向けている。

あれ？　しかも殿下方、何故かオリヴァー兄様をジト目で睨み付けていますけど……何で？

「……オリヴァー……。君って割とむっつりだったんだね……」

「あんだけギュウギュウ胸押し付けられて、クソ羨ましい……。おい、後でサイズ教えろよ？」

「正直、いつまで堪能してんだよ、この変態！　……って思っていたけど……。君も普通の男だったって事だね。てっきり困ったフリして、悦に入っているのかとばかり……」

「えっ⁉　そんな下心があったのか！　それをあんなにも自然な動作で隠すなんて……。オリヴァー・クロス。やはり筆頭婚約者の名は伊達ではないな！」

「殿下方‼　さっきから黙って聞いていれば、人の事を好き放題……！　僕はむっつりではありませんし、サイズは絶対教えません！　堪能も……していませんからね⁉　それとリアム殿下！　筆頭婚約者のなんたるかを勘違いなさらないように！　僕には下心なんてありませんし、あれは事故です！」

「……でもさ、君の今の状態を見れば……ねぇ？　クライヴ」

「ん～……まぁ……。説得力は薄いよな」

「アシュル殿下！　それとクライヴ‼　君、僕の味方なの⁉　敵なの⁉」

「に、兄様方！　殿下方も、落ち着いて下さい！」

「……やれやれ。あいつらすっかり、手合わせの事を忘れているな」

ぎゃあわあと喚き合っている息子達や、それをオロオロしながら宥《なだ》めているエレノアを見ながら、アイゼイアや王弟達が苦笑する。

「ふふ……。真っ赤になってまぁ……。あのオリヴァーの慌てて焦った様子、滅多に見られませんよ。

殿下方やクライヴも、ここぞとばかりに嬉しそうに弄《いじ》っていますねぇ」

クスクス笑いながら、オリヴァー達を見つめるメルヴィルは、すっかり『父親』の顔をしていた。

「まあ、もう手合わせの事はいいでしょう。もし強行したりすれば、エレノア嬢に嫌われてしまいますからね」

「本当だな！　……ああ……。それにしても、大きな瞳をウルウルさせたエレノア嬢……めちゃくちゃ可愛かったなぁ……！　あんな可愛い娘にあんな風におねだりなんてされたら、俺が父親だったらどんな事でも叶えてやりたくなるぜ！」

「そーだろ、そーだろ！　うちの娘は超可愛くて、最っ高に良い子だからなー!!　この間だって、非常に可愛くて笑えるネタ提供してくれてなぁ！」

「グラント……。お前の娘じゃあるまいし、そのドヤ顔はどうかと思うぞ？　というか、その可愛くて笑えるネタ、是非とも聞かせてもらおうじゃないか」

「……あらあら、息子達に続いて父親達もまぁ……」

先程までの緊張感はどこへやら。

今は全員が、なんだかんだと楽しそうに言い合いをしていたり、語り合ったりしている（一部、本気でムキになっている者もいるけど）。

アイゼイア達も、どこかホッとした様子だ。

やはり息子達を甚振るのは、心のどこかで気乗りしていなかったのだろう。

そんな彼らの中心にいるのは、あのどこまでも真っすぐで優しい一人の少女。

「ふふ。本当にエレノアちゃんは凄い子だわ。あの頑固者達を、あんな風にしてしまって……」

――この国は男性も女性も、ある意味偏った固定観念に縛り付けられている。

男性は女性を大切にするあまり、我が身を削ってでも女性に尽くし、どこまでも甘やかす。

そして女性は、男性の献身を当たり前のように受け取り、その想いを返そうともせず甘受するばかり。

――でもあの子は違う。

諭すのでも怒るのでもなく、ただただ、相手を思いやる。

そして、ひたむきな優しさで周囲を変えていく。……この世界において、奇跡とも言える女の子。

……でも、彼女が異質なのは多分……。

「……息子達の為……というより、私があの子を欲しくなっちゃったわ！　婚約者の子達には申し訳ないけど、私も全力で頑張らせてもらうわね」

クスリ、と笑いながらそう呟くと、アリアはエレノアを愛しそうに見つめた。

お見舞い

皆さんこんにちは。エレノアです。

めでたく目を覚ました私は、バッシュ公爵家に……帰ってはいません。

しっかり今現在も、王宮内の離宮にて静養《せいよう》中であります。

実は私が目を覚ましたその日に、オリヴァー兄様は私を連れてバッシュ公爵邸に帰ろうとしたのだ。

しかし、誰あらん。聖女様によって、それは却下されてしまったのである。

聖女様曰く、「妖術で傷付いた人を癒したのは初めてなので、今後どんな後遺症が出るか分からない。だから暫くの間は王宮《ここ》で経過観察をしたい」……だそうです。

これには、私を連れて帰る気満々だったアイザック父様もぐうの音も出ず、オリヴァー兄様共々、渋々私を連れ帰るのを断念したのだそうだ。

あ、勿論、クライヴ兄様とウィルの駐留は継続です。

もしこれを決めたのが国王陛下や王弟方だったら、どんなに引き止められようが脅されようが、私を連れ帰っていたらしいので、聖女様とはこの国において最強の存在なのだと、改めて実感してしまいました。

ちなみに私が静養するこの離宮。

目が覚めるまでお世話になっていた場所とは違い、オリヴァー兄様やセドリックがいつでもお見舞いに来られるように、王家が取り計らってくれたのだそうな。

……それ聞いた時は一瞬、オリヴァー兄様が裏で暗躍したんじゃなかろうか……と、うっかり思ってしまった事は内緒です。


「はい、お嬢様。あーんして♡」

「……あーん……」

今現在、朝食の時間である。

ベッドサイドにてニコニコ嬉しそうに、ウィルが私にポタージュを飲ませてくれている。

実はまだ体力……というより筋力が戻っておらず、スプーンも途中で何回も落としてしまう為、こうしてウィルに、お口あーんをやってもらっているのである。

正直言って子供じゃあるまいし、非常に恥ずかしいんだけど……。

スープは温かい内に食べたいし、ウィルが非常に幸せそうなので、割り切って食べさせてもらっている。

ちなみにこのポタージュ。様々な野菜を細かく刻んで、ペースト状にしたものにミルクを合わせて作った、美味しくて胃に優しい病人食である。

本当はもっと色々食べたいのだけど、二週間寝ていたお陰で身体の筋力と同様、内臓も弱っているのだそうだ。

そういう訳で、目覚めてからはずっと、このような野菜をすり潰したスープやパン粥のみなのである。

ああ……。そろそろがっつり、歯ごたえのあるものが食べたいなぁ……。

「エレノアお嬢様。お食事が終わりましたら、お着替えを致しましょう」

スープを八割がた胃に収めた私に、にっこり笑顔のミアさんが声をかけてくる。

あああ……。真っ白いモフモフケモミミが、ピコピコ踊ってる！　今日も眼福、ご馳走さまです！

「ミアさん！　それは私が致します！　全く、いつもいつも……。いいですか？　貴女は湯あみ担当と、その後のお着替え担当です。他のお世話は私の役目！　これは最初に取り決めた事ではありませんか！」

おおっ！　ウィルがミアさんに噛み付く。

今日も戦いのゴングが鳴った！

「いいえ。湯あみの後だけではなく、エレノアお嬢様のお着替えは全て、私の担当です。そもそも男性が女性の素肌を見たり触れたりなど、本来なら有り得ない事です！」

「こ、この国ではそのような事、ごく一般的なのですよ!? それに私は、エレノアお嬢様が幼少時より、全てのお世話を一手に引き受けてきたのですから、本当なら湯あみも何もかも、私がやるべきお仕事なのです！」

……いやいやウィルさんや。湯あみに関して言えば、前世の記憶が蘇ってからは、ジョゼフが担当していましたがな。

ウィルとミアさんが、いつものごとく睨み合う。

……と言ってもミアさん、男性のウィルとガチバトルはやっぱり恐いのか、一生懸命表情をキリッとしていても、耳がへにょりと寝てピルピル震えている。

そして、それを見ているウィルが段々と俯いていって……。

「……分かりました……。では、着替えはお任せ致します……」

「は、はいっ！」

――とまあ、こうなる。

ここまでが大体、この数日間の朝の流れだ。もはやこれ、様式美となりつつある。

さてさて、ご馳走さまをしたらウィルに抱っこされ、洗面室まで移動する。

そして洗面、歯磨き、髪の手入れ……等々行った後、再び部屋に戻って、ミアさんにバトンタッチ。

寝間着から普段着に着替えるのである。

「おう、エレノア。支度は終わったか？」

「クライヴ兄様！　はい、終わりました！」

「そうか」

そうして、王宮内にある騎士達の鍛錬場から戻って来たクライヴ兄様と、朝の挨拶のキスを交わす。

一応、王宮内だという事と、オリヴァー兄様とセドリックに遠慮しているのか、リップキスよりやや深め……といった感じの、（いつもよりは）軽めなキスである。

……ミアさん。すまし顔をしているけど、耳がめっちゃピコピコ動いていますよ？

それにしてもここら辺、クライヴ兄様ってなんだかんだ言って長男気質なんだよね。

オリヴァー兄様なんて、こっちに移って早々、見舞いにやってくるなり、めっちゃディープなキスをぶちかましてくれたからなぁ……。

あの時は天敵の気配を察し、タイミングよくお見舞いに来たフィンレー殿下にその現場を目撃され、あわやガチバトル寸前になっちゃったもんね。

あ、そうそう。クライヴ兄様が何故、鍛錬場に行っているのかと言うと、実は兄様は将来、騎士団に入団する事が決まっているのだそうだ。

なのでいい機会だからと、騎士達や近衛達に交じって訓練を行っているんだって。

でも兄様って物凄く強いから、ほぼディーさ……いや、ディラン殿下との手合わせだけやっているんだそうな。

実は王宮の『影』を統括する総帥だったヒューさん……いや、ヒューバードさんから、「将来はディラン殿下の副官に」って勧誘されているんだって。

「……何だかんだと、上手くお守り役を押し付けられている気がする……」

そう言って兄様は悩んでいるんだけど、私はクライヴ兄様とディラン殿下、とても相性が良いと思っているから、もろ手を上げて大賛成だ。

ところでそのヒューさ……いや、ヒューバードさんだけど、私が離宮に移ったと同時に、ぴぃちゃんを肩に乗せたマテオと一緒に、お見舞いに来てくれたんだよね。

ってか、ディーさ……ディラン殿下も、何故かしっかり一緒に付いてきていたけど。

「よう、エル！」

私と目が合わさった瞬間、物凄く良い笑顔で、ウィンク一発ぶちかましたディラン殿下。

日の光を受け、燃えるような紅い髪が、キラキラしい笑顔に更なる彩りを与えている。

普通なら眼福ものなんだろうけど、ハッキリ言って、私にとっては顔面凶器です。

目にブッ刺さって痛いです。本日も絶好調に攻撃的です！

ああ……。でももし、副官としてクライヴ兄様がディーさ……ディラン殿下と並んだら、まさに『火と水』って感じで、物凄く互いを引き立たせそう……。

うわ！　想像したら、めっちゃ萌える……！

クライヴ兄様、やっぱり副官のお話、お受けして下さい！　妹は心の底から応援しております！

さてさて、同級生&ロイヤル&『影』の総帥……という異色なメンバーでのお見舞いですが、ディーさ……ディラン殿下とヒューさ……ヒューバードさんは、出逢った時から一緒に行動していたからいいとして、問題はマテオですよ。

どう考えても接点無さそうなこの面子《めんつ》の中に、何で彼がいるのだろうか？

「全くお前は!!　女の癖に、あのような無茶して……！　どれ程心配したと思っているんだ!!」

……なんて思っていたら、マテオには開口一番、怒られてしまった。

でもマテオ。いくら怒っているって言っても、目を合わせた瞬間、真っ赤になって怒鳴る事ないと思うんだけどな。

いや、そりゃあ心配かけた私が悪いって、それは分かっているんだけどさ。

「う、うん……。御免ねマテオ、心配かけちゃって」

「――ッ！　わ、私がお前の心配なんてする筈ないだろう⁉　リ、リアム殿下にご心配おかけするなど、言語道断だと言いたかったんだ！　そ、そこのところ、誤解するなよ⁉」

……うん。つまり、本当に物凄く心配だったんだね。

真っ赤な顔して、あたふた言い訳してても、ツンデレがデレてる風にしか見えないよ……マテオ。

「マテオ。お前も折角お見舞いの許可を頂いたのに、可愛げのない事ばかり言うな。ほら、お前が宰相様に山のように強請《ねだ》った、エレノア嬢へのお見舞い、ちゃんと渡せよ」

「に、兄様ッ！　べっ、別にこれは私が使いたいからお願いしただけで……！　おっ、思ったよりも沢山きて……だから余り物を恵んでやろうと……！」

……えっと。ひょっとしてその余り物って、この物凄く綺麗な包装紙やリボンで彩られた、大量の箱の事でしょうか？

しかもどの箱にも、さり気なく可愛いブーケがアクセントとして付いているんですけど……。

「うん、マテオがくれるものって、どれも素敵だから嬉しいよ。有難う！」

そう言ってニッコリ笑うと、マテオの顔が更に真っ赤に染まった。

しかも目線を合わせようとしないで、何だかモジモジしている。……な、なんか、マテオが可愛い……！

ガチの第三勢力《同性愛者》だって分かっていても、そもそもマテオってかなりな美少年だし、なんかこっちまで照れてしまうじゃないか！　まったくもう。本当にアルバの男ってやつは！

「……マテオ。素直じゃないお前には、ピッタリのお友達だな」

「に、兄様！　煩いですよ!!　そ、それに……別に友達という訳では……」

「ああ、そうそう。『親友』だったっけな?」

「……兄様、何か私に含む所がありませんか?」

涼しい顔で、マテオを揶揄うヒューさん……いや、ヒューバードさん。

さっき初めて聞いたんだけど、実はヒューバードさんとマテオって、異父兄弟なんだって。

それ聞かされた時はビックリしたなぁ……。あんまりにもタイプが違い過ぎて。

まあ、男性は男親に容姿が似るのはほぼお約束なので、今更なんだけど。

それにしても、久々に見たヒューさん……ヒューバードさん。相変わらず無表情なクールビューティーでした。

初めて会った時は『暗殺者《アサシン》みたい！』って思ったけど、まさか『影』の総帥だったとは……。第一印象って、あながち馬鹿にできないな。

「ディーさ……いえ、ディラン殿下。そしてヒューさ……いえ、ヒューバード様。あのダンジョンでお会いした時、助けて下さって、本当に有難う御座いました！」

私は改めて、（ベッドに寝ながらだけど）深々とお辞儀をして、ずっと言いたかったお礼を言った。

あ、なんか二人の口端がピクピクしているよ。

……済みません。記憶の中のお二人の事、常に『ディーさん』『ヒューさん』呼びしていたから、うっかりすると口に出てしまうんです。

そんな私を、ディー……ディラン殿下は「気にすんな！」って、目元を和らげ、物凄く嬉しそうな笑顔で言ってくれた。

……くっ！　今日はディラン殿下一人だけだからマシだけど、顔面破壊力が絶好調に目にブッ刺さってくる。……眩しい……。

ヒューさ……ヒューバードさんは……ええい、もうヒューさんでいいや！　相変わらずの無表情で「お気遣いなく。女性を守るのは、男として当然の事です」と言ってくれたが、目元がうっすら赤くなっていたから、照れているのかもしれない。

「ディラン殿下、ヒューバード総帥。俺からも改めてお礼を言います。貴方がたのお陰で、エレノアだけではなく我々一同、今こうして命があります。本当に有難う御座いました」

そう言って、ウィルと共に深々とお辞儀をするクライヴ兄様に、ディラン殿下はというと、困ったように眉を下げる。

「あー、本当、お前ら兄妹って律儀過ぎ！　そんなん、当たり前の事しただけなんだから、気にすんなって！」

そう言ってヒラヒラ手を振るディラン殿下。

ディラン殿下……。王族だって分かってても、あの時出逢った『ディーさん』のままだ。

いい意味でも悪い意味でも王族らしくなくて、顔面破壊力はともかく、「気の良いお兄さん」そのものって感じ。クライヴ兄様同様、一緒にいてなんか凄くホッとする。

「……まあ、そんじゃあコレで、プラマイゼロな！」

そう言うと、「え？」と言う間も無く、ディラン殿下の精悍な美貌が近付いたかと思うと、頬に柔らかい感触が……。

キスされた……。と頭が理解した瞬間、私の鼻腔内毛細血管は、超久々に決壊した。

「うぉっ!! エ、エルッ!?」

「お、お嬢様ーーッ!!」

「うわぁ！ エレノア!!」

「ディラン殿下！ あんた何やってんだー!!」

「……ディラン殿下……。貴方、真面目に死にますか……!?」

……で、一通り大パニックになった挙句、怒髪天を衝いたクライヴ兄様と、（何故か）ヒューさんがタッグ組んで、ディラン殿下に猛抗議（という名の制裁攻撃）と相成ったのである。

そして、三人が部屋の隅でバトっている間、ウィルとマテオとぴぃちゃんとが、鼻血を出してのびてしまった私の介抱を必死に行うという騒動になったんだよね。

尤もぴぃちゃんは、私の頬にスリスリしたり、頭の上でポンポンと跳ねていただけだから、最終的にはマテオに「お前、邪魔！」って放られていたけど。

ちなみにその後、クライヴ兄様はしっかりその事をアシュル殿下にチクったみたいで、ディラン殿下は「抜け駆けすんな！」って、ご兄弟全員と、ついでに聖女様に「あんたって子は!!」と、散々叱られたらしい。

そして介抱してくれたマテオには、私が美形に弱くて、こういうスキンシップで容易くああなる……って正直に説明したら、なんか物凄く憐れみのこもった眼差を向けられてしまった。

その流れで、兄様方やセドリックともキス以上していないってバレた時は、なんかディーさんもヒューさんもマテオも、めっちゃ嬉しそうだった。

ディーさんの反応は分かる……んだけど、何でヒューさんとマテオが嬉しそうだったんだろうか？

あまりにも私がお子ちゃま過ぎて、失笑していたとか……？

マテオは「こいつが相手なら、リアム殿下の春はまだまだ遠そうだな！」って喜んでいたのかも。

うーん、有り得る！

それにしても……不意打ちは本当、止めてほしいよね！

こんなん続いたら、私の鼻腔内毛細血管、容易く決壊しまくってしまうよ。

それで聖女様におんぶに抱っこで、ずっとここで静養する羽目になっちゃうから。

というかまた、王族の前で鼻血噴いちゃったよ。

折角あんだけ頑張って修行したってのに。私の鼻腔内毛細血管……まだまだだなぁ……。はぁ……。

◇◇◇◇◇

「エレノアー!! あんたって子は！ 親を心配させるんじゃないわよ!!」

「お母様……」

部屋に入って来て開口一番、プンスカ怒りながらそう告げたのは、私の実母であるマリア母様だ。

実はマリア母様。私が昏睡状態の時も、度々王宮にお見舞いに来ていたらしいのだ。

でも、いくら私の実母であっても、王家直系達や聖女様の暮らすプライベートエリアには入る事が出来ず、ずっとやきもきしていたらしい。

だからか、元気そうな私の姿を目にした途端、ホッとしたような表情を浮かべながら、速攻私に抱き着いた。

「ああ、良かった！　あんたが無事で！　全くもう、女の子が無茶するんじゃないわよ！」

「……御免なさい、お母様」

――実母だけど、抱き締められた記憶が殆ど無い人。

でも、こうして抱き締められると、やっぱり私のお母さんなんだ……って、凄く実感する。……あ、ヤバイ。涙腺が緩んじゃう。

「お袋。エレノアが目を覚ましたら、すぐ連絡寄越せって言ってた割に、来るの遅くねぇ？」

クライヴ兄様の言葉に、母様は心底嫌そうに顔を顰めた。

「仕方ないでしょ！　私の実家が煩かったんだから！」

「母様の実家？」

「そうよ。私の生まれ育った家！　バッシュ公爵家の分家筋の筆頭である、グロリス伯爵家よ。そこのご隠居……ってか、私の父親がね、煩い事言ってきたから、行きたくなかったけど里帰りして釘刺していたのよ！」

マリア母様の父親……って事は、私のお祖父ちゃん⁉

おお……！　今迄一度もお会いした事も話題にのぼる事も無かったけど、やっぱりいたんだ。私の母方の祖父！（そりゃいるか）

ちなみに父方の祖父……つまりアイザック父様のお父様は、アイザック父様が若い時に病で亡くなってしまったのだそうだ。

それでアイザック父様、学院を卒業してすぐに、当時は侯爵家だったバッシュ家を継いだんだって。

「へぇ……。それで？　なんて言ってきたんだ？」

「それがねぇ、うちの孫とエレノアを婚約させろってさ！　ああ、安心しなさい。勿論スッパリお断りしといたわよ？　オリヴァーやクライヴがいるから出番ないってハッキリとね！　……でも無駄に血統主義だからね、あのジジイ。今後も煩く言ってくるかもしれないわねぇ……。アイザックがキレる前に、止めてくれたらいいんだけど」

か、母様……！　自分の父親をジジイ呼びって！

なんでもマリア母様の話によれば、グロリス伯爵って、アイザック父様の叔父に当たる方らしい。

で、自分の娘を本家の嫡男に嫁がせたのは良いけど、子供が母様だけだったから、嫁に行く前にグロリス伯爵家の跡取りをと、養子にした遠縁に当たる現当主を母様に宛がい、子供を作らせたのだそうだ。

母様曰く、祖父はこのアルバ王国では珍しい男性血統至上主義者で、女性は子供を産む為の道具……とまではいかなくとも、女性の価値は、その美しさと子供をどれだけ多く産めるかによる……って考えを持っているんだって。

ちなみに数は多くなくとも、そういった考えの人達は、この貴族社会に一定数存在するそうだ。

――まあ、そりゃそうだよね。

いくら女性至上主義なこの国であっても、考え方は人それぞれだし、女性の敵とも言われている第三勢力だって、しっかり存在しているんだし。誰もが『女性大事』な一枚岩じゃないよね。

「まぁねぇ……。若気の至りというか、そいつも顔だけは抜群に良かったから、子供作るのもやぶさかじゃなかったんだけど……。あのジジイが養子に見つけてきただけあって、考え方がジジイにそっくりでさ。すぐ嫌になっちゃったのよねぇ……」

「そ、そうなんですか……」

この愛の狩人たる母が嫌になる相手って、どんな性格している人なんだろう。逆に凄く気になるなぁ。

「だから子供作ってからは、極力接触していなかったんだけど……。ここにきて再三、うちの孫とエレノアとの婚約を認めろって、しつこく言ってくるようになっちゃったのよ。多分だけど、エレノアの活躍聞いて、急に色気出しちゃったのよね」

……どうやら私の祖父、色々難アリな人らしい。

成程。だから今迄、父様がお爺様に会わせようとしなかったんだな。

しかし、そうか……。ひょっとしたら、親戚の中にも兄弟いるとは思っていたけど、やっぱりいたんだね。

ってかこの機会に、オリヴァー兄様やクライヴ兄様の他にも、私の兄弟が何人いるのか、是非とも聞いてみたい気がする。

「全くねぇ……。エレノアがあの例の眼鏡を着けていたから、今迄全く接触してこなかったってのに、眼鏡を外したら、私ばりの美人になったからって、急に色気出してくんなっての！　ほんっとう、最低！」

「え？　母様。私のあの眼鏡の事、知っていたんですか？」

「当たり前でしょ⁉　お茶会に行くたびに、『お母様はお美しいのに、お嬢様は残念な事ですね』って、散々嫌味言われてたのよ⁉　知らない方がどうかしてるわよ、全く！　……でもそのお陰で、あいつらが婚約だなんだと口出ししてこなかったから、敢えて放置していたのよ。じゃなかったら今頃あんたの婚約、全員白紙に戻して、ついでにアイザックとも離婚していたわよ！」

プンプン怒っているマリア母様を見ながら、私と……そしてクライヴ兄様が冷や汗を流した。

……うん。この母様だったら、有言実行しそうだ。

『でも……という事は……』

クライヴ兄様はともかく、ひょっとしたらオリヴァー兄様は、その事まで計算していたのかもしれない。

だってあのオリヴァー兄様なのだから、私のお爺様の事やグロリス伯爵家の内部事情も絶対、把握していただろうし。

……っていうか、愛の狩人たる母様がそういう嫌味を言われても、私にあの眼鏡を外せって言ってこなかったのが凄い！　イメージ的に、嫌味を言われた瞬間キレて、バッシュ公爵家に怒鳴り込んできそうだったもん。

『以前兄様が、母様は子供達にちゃんと愛情を持っているって言っていたの、本当だったんだ……』

だからこそ、自分が私の所為で色々言われるのも我慢してくれたし、今もこうして、ちゃんと心配して駆け付けてくれているんだ。

「母様、大好き！」

満面の笑顔でそう言えば、母様はまんざらでもなさそうな顔で、私の頬をツンツン突《つつ》いた。

「おや、それは残念。婚約が白紙に戻っていたら、僕も苦労しなかったのに」

――こ、この声は……！

その場の全員で、一斉に声のした方向を見てみると……。やはりアシュル殿下が、にこやかに微笑みながら立っていた。

「アシュル殿下！」

「まあ！　王太子殿下⁉」

母様が慌てて立ち上がり、流石のカーテシーを披露しようとすると、アシュル殿下はそれをやんわりと制止した。

「ああ、そのままで。バッシュ公爵夫人。御息女の寝室に突然立ち入りました非礼、どうかお許し下さい」

「……アシュル。何しに来たんだ？」

クライヴ兄様。すっかり話し方が素に戻っています。

でもこれ、ちゃんとアシュル殿下が許可したんだよね。「プライベートな空間では、友人として接してほしい」って言って。

だから兄様がこんな口調で話しても、不敬にとられる心配はないのだ。

「んー？　こないだのディランのやらかしのお詫びをしに来たんだよ」

アシュル殿下も、クライヴ兄様相手では途端に、口調が砕ける。

いつも完璧な王太子の姿とはまた違った、こういう姿……実は何気にドキドキします。

これも所謂《いわゆる》ギャップ萌えってやつなのかな？

「それなら人伝で、しっかり詫びは受け取っているから、わざわざこっち来んな！　事後処理の詰めで忙しいんだろお前！」

「やだなぁ、美しいご令嬢に会いに来る事より、優先する事案がこの僕にあるとでも？」

「盛り盛りにあんだろーが！　お前、自分の立場考えろ！」

バチバチバチ……と、ひとしきり睨み合った後、アシュル殿下は穏やかな笑みを浮かべながら、母様の方へと向き直った。

「それと、エレノア嬢のお母上がいらしているって聞いたから、ご挨拶にね。改めましてバッシュ公爵夫人。お会い出来て光栄です」

そう言うと、アシュル殿下は母様の手の甲へと口付ける。

そのスマートな一連の流れと言ったら……。あの母様が真っ赤になって、ぽーっと見惚れていますよ。

「は、初めまして、アシュル王太子殿下！　我が愚息と不肖の娘が、ご迷惑をお掛け致しておりますわ」

「いいえ。実に素晴らしいご子息とご息女をお持ちです。二人とも将来は是非、私の傍にと望んでしまう程ですよ」

「あ……あらまぁ……！」

……お母様、その何かを察したようなキラキラしい顔、こちらに向けないで下さい。

横にいるクライヴ兄様から、もの凄く冷たい、凍えそうな冷気が漂ってきていますからね!?

「さて……と。小耳に挟んだのだが、親戚の方がなにやら、不穏な動きをしているとか……？」

母様に再び椅子へと座るように促した後、アシュル殿下もお付きの近衛がベッドサイドに用意した椅子へと腰かけた。

その際、近衛の方と目が合ったのだが、その瞬間、顔を真っ赤にして目を逸らされてしまった。あ、なんかクライヴ兄様からヒヤッとした冷気再び！

「まあ……。お耳汚しなお話を王太子殿下にお聞かせしてしまって……！　いえ、幸いというか、こちらで保護して頂いているお陰で、バッシュ公爵家に押し掛けられる事は今の所ありませんの。本当に王太子殿下を含め、王家の方々には感謝しか御座いませんわ！」

「……幸か不幸か……な」

「クライヴ！　あんたは黙っていなさい!!　……それにバッシュ公爵家の方も、山のように舞い込んで来る縁談話の処理で殺気立っておりますから。流石の父も、そんな状態のアイザックやオリヴァー相手に喧嘩を仕掛ける程、愚かではないと思いますわ」

はい？　山の様な縁談話？

「縁談話って……。オリヴァー兄様やクライヴ兄様にですか？」

途端、その場に居た全ての人間が、残念な子を見るような眼差しで私を見つめた。

というか、母様は眉根を寄せて額に手を当てていた。

「何言ってるのよエレノア。あんたへの縁談よ！」

「はいぃっ!?　わ、私……ですか!?」

動揺する私を見て、更に皆の表情がスン……となってしまう。

だ、だってどうして!?　今迄そんな話、一つもこなかったじゃないか！

「いや、お前が知らないだけで、今迄も何件もあったんだよ。その度、オリヴァーが完膚なきまでに握り潰していたんだ。公爵様直々に圧をかけた事もあったし、どの貴族もオリヴァーとバッシュ公爵家を敵に回してまで、婚約を申し込む度胸は無かったんだろう。……あの決闘以前はな」

「決闘……以前？」

クライヴ兄様は溜息をつきながら頷いた。

「あの戦いっぷりと、素のお前を見て心を射貫かれなかった奴はいない。婚約者でなくとも、せめて恋人の一人に！　……って、どんなにオリヴァーや公爵様が断っても、奴らはめげずに何度も申し込んできやがんだよ！　ったく！」

おおぅ！　クライヴ兄様、めっちゃ苦虫を噛み潰したような渋面。

し、しかし……。私がスヤスヤと眠って（昏睡して）いる間に、まさかそんな事になっていたとは……！

「しかも、学院の生徒達や教師陣の中には、『伝説の姫騎士は実在した！』とか『女神降臨！』とか言って、お前を女神の化身のごとくに崇拝する者達まで出て来る始末だ。貢ぎ物の量も尋常じゃなくて、返却作業が追い付かず、今現在バッシュ公爵家の屋敷の半分の部屋が、その貢ぎ物で埋まっているぜ」

クライヴ兄様のお言葉を受け、アシュル殿下もアルカイックスマイルを浮かべながら頷く。

「本当に凄いよねぇ……。しかも贈られた花束の量も尋常じゃなくて、王都のあちらこちらに寄贈されているそうだね。お陰で今現在、王都は花で溢れかえっているって噂だよ」

「捨てるにしては膨大な量だし、花自体には罪がないからな」

ひぇぇっ！　あ、あの広いお屋敷の半分の部屋が占拠されるなんて！　し、しかも王都が花で溢れかえっているって、一体⁉

……ってか、姫騎士……？　女神の化身？　なんじゃそりゃ⁉

「エレノア嬢。アルバの男は、『これぞ』と心に決めた女性を得る為だったら、どんな障壁も苦難ものともしない生き物なんだよ。……勿論、僕も含めて……ね？」

そう言って、蕩けるような甘い微笑を向けられ、私の頬が一瞬で真っ赤に染まる。

そんな私の手を、アシュル殿下がそっと握りしめた。……ってか、仕事早っ！

「あの戦いの場で……。光を纏った君は、まさに女神がこの世に降り立ったかのごとき美しさだった……。あの瞬間から僕は、君と共に歩む未来への渇望が止まない……」

「ああああ……あ、あ……しゅる……でん……っ！」

極上の笑顔と共に繰り出される、甘々な口説き文句に真っ赤になって震えていると、アシュル殿下が私の手をスルリと撫で、口元へと持っていく。

「まあぁっ！」

そんなアシュル殿下と私のやり取りを見て、母様の顔が喜色満面に輝く。

「おいお袋！　王族に色気出してんじゃねぇぞ!?　アシュルも無駄に色気振りまくな！　ってか、俺の婚約者を、よりによって、堂々と目の前で口説いてんじゃねぇ!!」

アシュル殿下の唇が私の手の甲に触れる直前、クライヴ兄様がアシュル殿下の手を叩き落として私の手を奪い返した。

「……クライヴ……。これは流石に非礼過ぎやしないかい？」

「やかましい!!　お前の方こそ、ディラン殿下の過ち、繰り返すんじゃねーよ!!　見ろ！　エレノアの顔を！」

クライヴ兄様に言われ、私の顔を見たアシュル殿下が「ああ……」と、何やら納得している。

あ、あれ……？　ひょっとしてまた私、鼻血が出ているのか……!?

慌てて鼻を押さえた私の頭を、クライヴ兄様が優しくポンポンと叩く。

「安心しろエレノア、まだ出ていねぇ。だがあのままいったら、間違いなく噴いていたな」

そ、そうですか。よかった！　……ん？　まてよ？　それって、今にも鼻血噴きそうなぐらいにヤバイ顔してるって事だよね⁉

ってかクライヴ兄様！　仮にも年頃の妹に対し、出るだの噴くだの公衆の面前でポンポン言わないで下さいよ！　いくらなんでも失礼でしょうが‼

「それにしても、エレノア嬢がまさか、こんなにも男女の駆け引きに弱いなんて知らなかったな。その所為で小さい頃は、しょっちゅう鼻血を出していたんだってね？　……ひょっとして、学院で僕に会った時も、それが原因であぁなっちゃったのかな？」

そう言いながら、クスクス笑っているアシュル殿下のお言葉に、私は顔から火が出る思いだった。

うう……や、やっぱりバラされていた……。クライヴ兄様のバカ！

「でもそのお陰で、オリヴァーともクライヴとも、まだキス止まりなんだってね？　ああ、当然セドリックもか。……ふふ……。君が極度の恥ずかしがり屋さんで良かったよ」

いや、ちっとも良くありませんよ⁉　これのお陰で、何度死ぬような思いをした事か……！

ん？　アシュル殿下の瞳や雰囲気が……な、なんか更に甘く、妖しくなった……ような……？

「……そうだなぁ……。もしエレノア嬢さえ良かったら、僕が気持ち良過ぎて、恥ずかしさなんて感じる暇がなくなる程、色々優しく手ほどきしてあげようか？」

「――ッ～～‼」

て、てっ、手ほどき……って、何を⁉　何をするおつもりで⁉

「まぁ！　それは素晴らしいわ！　アシュル殿下、うちのエレノアは昔から王子様に憧れていて、将来は王子様と結婚すると、常日頃から言っておりましたのよ！」

「ほぉ……。それは光栄だな。エレノア嬢とだったら、寧ろこちらの方から……」

「アシュル！ それ以上言いやがったら、絶交だからな！ お袋！ エレノアが憧れていたのはガキの頃だ！ 今はそんな事、欠片も思っていねぇよ！ そうだな、エレノア!?」

アシュル殿下の言葉攻めに、脳が沸騰してクルクル目が回ってしまっていた私は、クライヴ兄様の言葉に、条件反射のようにコクコクと頷いた。

「クライヴ……強制は良くないよ？」

「やかましい！ 貴様の方こそ、さっきから人の大切な婚約者を、隙あらば誑《たら》し込もうとしてんじゃねぇ!!」

「なに言ってんのよクライヴ！ エレノアにとっての大良縁よ!? これを逃す手は無いわ！」

「お袋は黙ってろっての!! ……アシュル……。てめぇ、これを狙って、わざとこのタイミングで来やがったな!?」

「さあ？ 何の事やら？」

——結局。母様のお見舞いも、気になる親戚のアレコレも忘却の彼方へと吹っ飛び、三者三様に言い争うという、いつものパターンと化してしまったのだった。

だけどその後、面会に来たオリヴァー兄様曰く、ちょくちょくあったお爺様の家からの接触が、ピタリと止まったとの事だった。

ひょっとしたら、アシュル殿下が裏で色々と動いてくれたのかもしれない。

でも、一緒にお見舞いに来たアイザック父様曰く、「あの叔父が、いくら王家に注意されたとはいえ、黙って大人しく引っ込む筈がない。……嫌な予感がする」って言っていたから、まだまだ油断は出来ないみたいだ。

「はぁ……。全く。つくづく最悪のタイミングで、ギャップ萌えを披露してしまったものだ」

疲れたようにそう呟いたオリヴァー兄様のお言葉に、私はただただ、苦笑するしかなかったのだった。

リハビリ

皆様こんにちは、エレノアです。

今日も今日とて、私は王宮にある離宮内にて、静養する日々……。はい、正直飽きました。

そして何より辛いのは、固形物をまだ食べられていない事！（病人食美味しいけど）

やはり人間、『噛む』という行為は大事だと、ここで静養するようになって初めて気が付いた次第です。

噛む行為を無くすと、物忘れが激しくなる……と聞いた事があるし、最後まで自歯が残った人は長生きするそうだ。皆、嫌がらずに歯医者に行きましょう。

……現実逃避はここまでにしといて……。

とにかく、噛まなくてもいい食事って、たとえ美味くて満腹感があっても、満足感が無いのだ。それに何より気力が無くなる。

……そう。クライヴ兄様と行っているリハビリ。あれが全てを物語っていると言っても過言ではないのだ！

実は私、一昨日からクライヴ兄様と離宮の中庭で、身体をまともに動かす為のリハビリをしているのである。

離宮の中庭は、「流石は王宮！」って感じに、色とりどりの花々が咲き乱れる素晴らしい場所でした。

そこで私は、生まれたての小鹿のごとくプルプル震えながら、「あんよは上手」的に、クライヴ兄様に手を引かれながら、必死に歩行訓練を行っているのだ。

いやまさかこの年で、歩くのに不自由する事になるなんて思わなかったな。

ちなみにリハビリ用として着ているのは、前世で言う所の山ガール風運動着です。

可愛いフリルがあちこち施されていて、しかもぱっと見、膝上スカート履いているみたいに見えるお洒落な一品だ。またしてもバッシュ公爵家の美容班達が頑張ってくれたみたい。ありがたや。

うう……。それにしても、リハビリ辛い……！

ってか、いくらベッドに寝っぱなしだったからって、ここまで筋力落ちる⁉　いや、真面目に有り得ないでしょ⁉

きっとこれは、固形物を食べていない所為で、力が出ないに違いない！

……そう力説して、何とか普通の食事に戻して貰えるよう……というか、ついでに回復魔法でしゃっきり治して頂けないかと訴えても、聖女様はニッコリ笑って首を横に振られて終了。

「確かに、魔力や薬で完治させれば、あっという間に治るわ。だけど常にそうしていると、本来の自己治癒能力が怠けてしまうってデメリットがあるのよ。いざって時に治せる人が傍にいなかったら、困るのはエレノアちゃんでしょう？　だから出来るだけゆっくり、エレノアちゃん自身の力で治していきましょうね？」

　そう言われてしまえば、私は否やなどと言える筈もなく。病人食も継続するしかなく……うう……。

辛い……！

　……でもそれ以上に何が辛いって、私を見守っている（見守ってくれなくてもいいのに）騎士さん達に、そんな無様な私の一挙一動を見られてしまっている……という事なんですよ。

　しかも、しかもだ!!

　何故かリハビリの都度、どこかしらからかディーさんやフィンレー殿下がやって来ては、私の必死の奮闘を、楽しそうに見学していらっしゃるのである。

　何で!?　あんたらロイヤルのくせに暇なんかい!?　と、口に出して叫びたい！

　あ、ディーさん呼びは、「あの時のお礼をってんなら、是非その呼び方継続で!!」と、ディラン殿下に切望されたので、公式にディーさん呼びしています（ついでにヒューさんも）。

　愛称呼びって、夫や婚約者の特権……って聞いた事があるから、オリヴァー兄様が大激怒するかと思ったけど、「チッ……」と舌打ちして終了。

　……兄様方。何気にディラン殿下には、物凄く恩義を感じているからなぁ……。

　これが他の殿下方だったら、きっと絶対愛称呼びなんて使わせないし、言わせないだろう。

　ちなみに、そのディーさんですが、私が一人でヨロヨロ歩いていると、「ほーらエル、こっちこっち！」と、まるで赤子を呼ぶかのようにパンパンと手を叩いたり、進行方向でニコニコしながら手を広げていたりと、かなり私を揶揄って（？）楽しんでいる。

　そしてその度、クライヴ兄様に叱られ、邪険に追い払われている。

そんでもって、クライヴ兄様がディーさんとやり合っていると、その代わりのように、すかさずフィンレー殿下が進行方向で両手を広げて待ち構えているのだ。

避ける訳にもいかないから、必然的にそのままポフリとフィンレー殿下の胸に収まってしまい、「よく頑張ったねー」と、抱き締められながら頭をよしよし撫でられる。

そして、クライヴ兄様がすっ飛んでくる。たまに相手が交代する。……ここ数日はその繰り返しである。

……ディーさんとフィンレー殿下……。兄弟そろって、完全に私で遊んでいる。

そんなこんなでリハビリが終わる頃には、肉体的、精神的に疲弊しきって、汗びっしょりで荒い息をついている訳なのだが、私達を見守っている騎士さん達とたまに目が合うと、どの騎士さんも真っ赤な顔して、慌てて私から目を逸らすのである。

きっと、私のへっぴり腰を見て笑うのを耐えているのだと思うと、非常にいたたまれない。ああ……。早くまともに歩けるようにならなくては！

そうして、本日のリハビリ終了後の休憩タイム。

殿下方は臨時に設置された休憩スペースで。私は花壇に座ったクライヴ兄様に、膝抱っこされながらお茶している。

いや勿論、殿下方の休憩スペースには、私達の席もしっかり用意されているんだけれども、用意された色とりどりのお菓子を私が食べられなくて可哀想だ……という理由で、兄様が敢えて距離を取っているのだそうだ。

勿論、それもあるのだろうけど……。兄様、単純に殿下方と一緒のスペースに、私を居させたくなかっただけなんじゃないだろうか。

いやその……。私も揶揄われるだけならいいんだけど、こないだのアシュル殿下みたいに迫られたら困るし……。

二人がかりの顔面破壊力でそれやられたら、確実に鼻腔内毛細血管崩壊するだろうし、こんな大勢の人達がいる前で鼻血噴くなんて、絶対嫌だ！

「クライヴ兄様。私、もう外でリハビリ嫌です。明日からお部屋でしたいです」

クライヴ兄様に横抱きにされ、フルーツジュースを飲みながら愚痴った私に対し、ここ数日間の攻防でやさぐれてしまったクライヴ兄様は、冷たく言い放った。

「ずっと部屋の中にいるのは気が滅入るから、外でリハビリしたいと言ったのはお前だろうが！」

……はい、その通りです。ぐうの音も出ません。

「うう……。そりゃそうなんですけど……。あっ！　じゃあ誰もいない廊下の片隅で、ひっそりとリハビリするというのは？」

「……どこに居ても殿下方はやって来るだろうし、寧ろ逃げ場が制限されるぞ？　そもそも王宮には、どこかしらに誰かはいるから、結局同じだ。諦めろ」

一刀両断されて終了。……兄様！　私にプライバシーは無いんですか⁉

「……まあ確かに。十分義理は果たしたから、明日から室内でリハビリでもいいか」

——はい？　義理とは？

「王宮の騎士達がな、俺が訓練に行くたび、大挙して押し寄せてきやがった挙句、お前の容体やら何やらを聞き出そうとしてきて煩くてな。丁度いいから、『リハビリするから、実際その目で見てみろ！』って、見学許可出しといたんだ」

「えっ⁉」

――な、なんですと⁉　そういえば、やけに護衛騎士さんの数が多いと思っていたんだよ！

王族がいるから仕方がないかと思っていたんだけど、あれって私を見学しに来ていたって事なのか⁉

あ……あんな無様な状態の私を衆目に晒すなんて……！　酷い！　クライヴ兄様、あんたは鬼畜か⁉

「クライ……んっ！」

文句を言おうと口を開いた瞬間、私の唇にクライヴ兄様がすかさず吸い付いた。

……ってにいさまー!!　こ、ここまだ野外!!　殿下方もそうだけど、あちらこちらにまだ人が沢山いらっしゃるからー!!

案の定、四方八方から視線がビシバシ突き刺さってきて痛い。

……ううう……。か、仮にも王宮内で、こ、こんな破廉恥な……!!

し、しかもキスが深い！　深いですよ兄様!!　うわぁぁぁ！　は、早く終わってー!!

そうして長い口付けが終わっても、私はキスの余韻といたたまれなさのあまり、目を瞑ったままの状態で、兄様の胸に真っ赤になった顔を埋めた。

「に、にいさま……。もう、お部屋に帰りましょう……？」

「ああ、そうだな」

……兄様の、さっきのやさぐれっぷりが嘘のような、滅茶苦茶機嫌良さそうな声が腹立たしい。

おのれ、クライヴ兄様。私に何の恨みが……！

「……オリヴァー兄様に言い付けますからね⁉」

「ん？　構わねぇぞ？　そもそもあいつが、『せいぜい見せ付けておけ』って、俺に念押ししてきたんだからな」

見せ付けろ？　何をだ、何を⁉

あぁっ！　髪に口付けないで！　首筋に顔埋めない！　わーん！　羞恥プレイだぁぁ‼

「……ちっ！　クライヴの奴。俺らに対する意趣返しかよ！　どさくさ紛れにキスしときゃよかった！」

「あの余裕な顔……物凄くムカつくね……！　もういっその事、王家特権使って……」

「やめろフィン！　気持ちは痛い程分かるが、それは流石に国が揺らぐ！」

挑発的にこちらを見ながら、不敵に微笑むクライヴを、ディランとフィンレーは殺意のこもったジト目で睨み付ける。

そして、その光景を一部始終見守っていた近衛や騎士達はと言えば……。

「か……っ、可愛い……！　まさに天使‼」

「あの時の凛としたお姿と違い、なんて儚げで愛らしいんだ……！」

「ほ、本気で恥じらわれているぞ……⁉　ああっ、尊過ぎる……‼」

「うあぁ……っ！　い……今すぐあいつと代わりたい……っ‼」

……等々、頬を染め、恥ずかしそうにクライヴに抱き着いているエレノアの姿に、腰砕け、足砕けになりそうなのを必死に耐え、萌え死に寸前になっていたのだった。

ついでに言うと、上気した頬で荒い息をつきながら、必死にリハビリをしているエレノアの姿に見惚れ、鼻の下を伸ばしていたり、うっかり下半身が不埒な状態になってしまった騎士達は、後にディランによって、しごきという名の制裁を加えられたそうである。

肉祭り

今日のエレノアは、朝からハイテンションだった。

「ウ……ウィル……！　具が……。スープに具が入ってる‼」

目の前に出された朝食を見たエレノアは顔を紅潮させ、思わず涙ぐんでいる。

「本当ですね！　お芋にニンジンにタマネギ……あっ！　鶏肉も入っていますよ！　それに小さな白パンも添えてあります！　なんとその上、フルーツヨーグルトも御座います！」

エレノアにつられたか、ウィルも興奮状態で朝食の中身を検分しだした。

「う、嬉しい……！　久し振りの固形物だぁ……‼」

「よ、良かったですねぇ、お嬢様！」

「ウィル‼」

「お嬢様‼」

久々のまともな食事を見て、テンションが上がったエレノアとウィルは、互いに涙ぐみながらヒシッと抱き合った。

「…………」

ついていけないそのノリに、一人苦笑していた俺の耳に、ミアの呟き声が聞こえてくる。

「本当に……良かったです……。エレノアお嬢様、幸せそう……」

ただ、スープに具が入っていた。それだけで狂喜乱舞している主を見ながら、そっと目尻の涙を拭う獣人メイドのミア。

……いや、そこ涙ぐむ所か？　明らかにおかしいだろ⁉

心の中でツッコむも、見れば朝食を運んできた王宮料理人達までもが、ハンカチで目頭を押さえている。……いや、腰にかけてるエプロンか？

『ウィル……はもう手遅れだが……。ミアに引き続き、こいつらもか……。確実にエレノアに汚染されていっている……』

まあそもそも、エレノアという肉食女子達とは百八十度違う規格外少女は、王宮の至る場所で、あらゆる職種の人間に新鮮な感動と衝撃を与え、感化してしまっているのだ。

――……いや。感化と言うか、むしろ洗脳と言っていいかもしれない。

特にそれが顕著なのが、エレノアと接する率の高い騎士や近衛、そして王宮料理人達である。

特に料理人達は料理を運ぶ度、「いつも有難う御座います」「美味しかったです」と、花も綻ぶ笑顔でお礼を言われ、ほぼ全ての者達が陥落してしまっている。

毎日、料理を届けに来る料理人が何故か複数人なうえ、日替わりである事がなによりの証拠だ。

『まあ、でも良かった……』

連日の病人食に、流石に我慢できなくなったエレノアは昨日、「クライヴ兄様、一生のお願いです！　串焼き肉買ってきてください！」……などとのたまい、それを断るとあろう事か、オリヴァーにそれを強請ろうとしたのである。

「お前はー!!　オリヴァーを出禁にさせるつもりか!?」と、当然のごとく雷を落とし、オリヴァーも涙目のエレノアを苦笑しながらあやしていたのだ。

しかし何故、よりによって串焼き肉なのだろうか？

『普通はパンとかお菓子とか……。まあ、エレノアだしな』

そう納得しつつも、そこまで飢えていたのかとたまらなく不憫になり、一瞬厨房に忍び込み、肉を持ってこようかとも思ったが、「自分こそが出禁になってしまうだろ！」と、寸での所で踏みとどまったのだ。あれは正直ヤバかった。

というかその直後、厨房に忍び込もうとしていたウィルと鉢合わせし、しっかりボコったのだが……。

「……ま、これでエレノアも少しは落ち着くだろ」

美味しそうに、幸せそうな顔をしながら食事を頑張るエレノアを、クライヴは目を細めながら愛しそうに見つめた。

◇◇◇◇◇

「エレノア、ちょっと良いか？」

久し振りにまともな朝食を終えた、丁度その頃、私の部屋にリアムがひょっこりと顔を出した。

「あ、リアム！　どうしたの？　今日は早いね。あれ？　セドリックは？」

実はリアム、毎朝セドリックと一緒にお見舞いに来た後で一緒に登校し、学校帰りに再びセドリックと共に顔を出す……といった日々を繰り返していたのである。

効率がいいからと、最近ではセドリックの乗ってきた馬車で登下校しているので、こうして一人で部屋に顔を出すのは大変珍しい。一説によると、セドリックと紳士協定を結んでいるとかなんとか……。

「ああ、あいつはまだ来ない。……実は……お前に渡したいものがあって……」

「私に渡したいもの……？」

「これ……」

リアムが私の目の前に出したものを見た瞬間、私は大きく目を見開いた。

「……あ！　これって……！」

綺麗なガラス皿に乗っけられていたのは、私の大好きなリアムお手製、ザクザククッキーだった。しかもよく見ると、クッキーとクッキーの間に何かが挟まっている。これは……チョコレート？

「お前、今日から固形物解禁になったんだろ？　……だから、甘いものも食べたいかと思って……。ちょっと、いつものやつに手を加えてみた」

照れたように、うっすら赤くなっているリアムの顔を見て、ドキリと胸が高鳴る。

だいぶ慣れたけど……。ううっ……！　や、やっぱりヤバイぐらいに綺麗だな、リアム。

しかも、絶妙のタイミングで手作りのお菓子を差し入れしてくれるなんて……。好感度爆上がりだよ！　本当、なんて良い子なんだ!!

「有難う！　リアム、大好き!!」

「――ッ!!」

ボフン！　と、リアムの顔が真っ赤になる。

「あ……！」

つられて私の顔も真っ赤になってしまった。あっ！　クライヴ兄様のいる方向から冷気が！

ご、誤解です兄様！　これは言葉のあやというか、友達として大好きというか……そのっ！

お互い照れてモジモジしてしまっていたら、更に部屋の温度が下がってしまった。

私は誤魔化すように、リアムのクッキーを急いで頬張った。

「――ッ！」

ザクッとした歯ごたえのある、素朴で香ばしいクッキー。そして間に挟まれた厚めで濃厚な味わいのチョコレート。

それらを一緒に噛み締めた瞬間、得も言われぬ幸福感が、口いっぱいに広がった。

「凄く……美味しい……！　リアム、有難う！」

「あ、ああ！」

「……エレノア？」

超久々の甘味を口にし、感動と幸福感に包まれていた私の耳に、聞き慣れた声が届き、思わず現実に引き戻される。

「セ、セドリック!?」

「……なに食べているの？　確かエレノア、固形物禁止なんじゃ……」

「け……今朝から解禁に……なったから……」

「ふぅん……。で、それリアムのクッキー？」

「……ッ……う……うん……」

「……リアム……。抜け駆けは無しって、約束していたよね……？」

「お……おう。……いや、その……。思いがけず上手く出来て……つい……」

……何だろう。この、浮気が夫にバレた妻のような、いたたまれない雰囲気は……。

いや、そもそも浮気妻の気持ちなんて分からないけど！　そ、それに浮気なんかじゃなくて、これはお見舞いとお祝いを頂いているだけで……！

「……まあ、いいや。それじゃあ僕も明日は、張り切ってエレノアの好きなお菓子、色々作って持ってくるから！」

「あ、有難う、セドリ……んっ！」

無表情がにこやかな表情に一変し、ホッとして気が緩んだ私の唇に、セドリックがキスをする。

いつもは何となくリアムに遠慮してか、軽めのリップキスなのに、今日はバッシュ公爵家でいつも交わしているレベルのディープなやつだ。

慌てて、覆い被さっているセドリックの肩に手を当て止めようとするが、流石は男の子。ちょっと力を入れてもビクともしない。……まぁ、私の体力が低下しているってのもあるけど。

……あれ？　何か室内に風が吹込んで……？　た、確か窓閉めていたよね？

「はふ……」

思わぬ深いキスから解放される。

動揺し、息が上がってしまった私は、ふとこちらをジッと見つめているリアムと、バッチリ目が合ってしまったのだった。

ひぇえっ！　リ、リアム！　目が思いっきり据わってます！

な、なまじ綺麗過ぎて、表情めっちゃ恐い‼

「……エレノア……」

「は……はいっ⁉」

「そういえば俺、ご褒美まだ貰ってなかったよな……」

「ご、ご褒美……？」

はて？　ご褒美とは……？

「うん。クッキー上手く焼けたら貰う予定の……アレ」

「え……」

はっ！　そ、そうでした！　そういやそんな約束していた！　ってか何で今、その話を⁉

「俺、お前からのキスがいい」

ズバッと言われたご褒美の内容に、私を含め、その場にいた全員が固まった。ついでに部屋の温度も急降下した。

「リ、リ、リ……アム……⁉」

アワアワワ……と、真っ赤になって狼狽る私を、睨みつけるように見つめていたリアムだったが、突然フッと目を逸らし、寂しそうに顔を伏せた。

「……いいよ別に断って。……お前が俺の事、まだ好きじゃないって分かっているし。言ってみただ

けだから気にすんな」

ズキリ……と胸が痛くなった。

アシュル殿下とリアムが私を好きだって事、今はちゃんと知っている。……勿論、ディーさんやフィンレー殿下の気持ちも……。

あんな姿の私を好きになってくれたなんてと、正直物凄く感激したし……嬉しかった。

だけどリアムの言う通り、私にとってリアムはあくまで「大切で大好きな友人」なのだ。

「リ……アム……」

そんな顔をしてほしくない。同じ想いを返せないのが辛い。

どうしていいのか分からなくて、動揺しながらチラリとセドリックを見ると、セドリックは複雑そうな顔で私を見つめ、はぁ……と、溜息をついた。

あれ？　さっきまで急降下していた部屋の温度も、普通に戻っている。

クライヴ兄様に目をやると、クライヴ兄様の方も、ぶっすりしながら肩を竦めていた。

「……エレノア、僕やクライヴ兄上に遠慮しなくていいよ。約束は約束だしね。でもリアム！　唇はダメだからね⁉」

しっかり釘をさすセドリックに、「いきなりそこまで望んでねーよ！」と苦笑するリアム。

……あれ？　さ、さっきまでのシリアスな空気は？

え～と……？　こ、ここまできたら、やらない訳にはいかない……のかな？

セドリックが場所を譲り、傍にきたリアムと目を合わせると、吸い込まれてしまいそうな程に、どこまでも蒼く澄んだ瞳が熱い恋情を含んで、私の心を絡め取るように見つめてくる。

……正直に言うと、意識がそのままブラックアウトしそうになりました。

「……兄様、タオル下さい！」

軟弱な精神に喝を入れつつ、万が一の時の為に、止血用タオルを要求した私を見ながら、リアムもセドリックもクライヴ兄様も、ガックリと肩を落とした。

――……ごめんね。色気皆無の雰囲気クラッシャーで。

私は気合一発。リアムの透けるように美しく、柔らかい頬に震える唇をそっと押し当てると、慌ててパッと離れ、バフッとベッドに潜り込んだ。

「有難う、エレノア！」

物凄く嬉しそうなリアムの声が聞こえてくるが、返事など出来よう筈もない。

今現在、私のライフはゼロを振り切りマイナスです。

「エレノア、行って来るね！」

「じゃあな！　行って来る！」

そう言って、ベッドの中で団子になっている私に、セドリックとリアムが同時にバフッと抱き着いた。

ガタイの良い少年二人に押しつぶされ、「ふぐっ！」と、ご令嬢らしからぬ呻き声を上げてしまうが、今更であろう。

「何でリアムまで抱き着くんだよ！」

「いーだろ！　掛布越しだったんだから！」

「良くない！」

「いーからお前ら、さっさと学院行け!!」

そんなやり取りが聞こえてくるのを、何となくホッとした気持ちで聞きつつ、私は思った。

『なんだかんだいって、クライヴ兄様もセドリックも、リアムには甘いよね……』

あのオリヴァー兄様でさえ、リアムに対しては他の殿下方よりも対応がマイルドだ。

あれが愛され末っ子気質……というやつなのであろうか。

うっかり自分も絆《ほだ》されそうになったし……。実はリアム、最強なのではないだろうか？

そんな事を悶々と考えていた私だったが、事の顛末を知ったオリヴァー兄様やアシュル殿下達が同じ事を考え、震撼していた事を知る由もなかった。

◇◇◇◇◇

「アシュル兄貴！　俺、ちょっと肉かってくるわ！」

「……肉を買う……？」

自分が執務室として使っている書斎に、何故か窓から乗り込んで来たディランが、挨拶もそこそこに言い放った言葉に首を傾げる。

「肉を買ってくるって……。王宮には肉は沢山あるだろう？　わざわざお前が行かなくても……」

それこそ、鳥・豚・牛・羊……最近では旬のウサギ肉等、あらゆる肉が王宮の貯蔵庫にある筈。なのに何で、肉をわざわざ買ってくると言うのか。しかも王族自らが。

「いや、エルの食事が固形物解禁になったからさ。ちょっとサラマンダー狩ってこようかと」

サラ……マンダー……？

「『買ってくる』じゃなくて、『狩ってくる』か！　ってか、サラマンダーだと!?　あれはちょっとそこ行って狩ってくるようなレベルの魔物じゃないだろう⁉」

「大丈夫！　師匠に絶好の狩り場教えて貰ったから！　夕飯迄には戻るから、エルのいる離宮で焼肉パーティーの準備宜しく！　あ、ついでに訓練の一環で、騎士団連れてくわー！」

「ち、ちょっと待て！　ディラン‼」

アシュルが慌てて止めるものの、ディランは来た時同様、窓からヒラリと出て行ってしまった。

……ここって確か、城の頂上付近にある部屋なんだが……。

「……はぁ……。ヒューバード、悪いがサポート頼んだよ」

「……御意」

フッと、一瞬現れた気配が再び無くなる。

「それにしてもサラマンダーとは……」

別名『火噴きトカゲ』と言われるように、サラマンダーとは火を使って攻撃してくる、ドラゴン目の魔物の一種だ。

大きさは牡牛程もあり、大きさの割に俊敏で獰猛。硬い鱗で覆われた皮膚は、軽度の攻撃魔法も弾き、しかも群れで襲い掛かってくる。

それゆえ、危険度がランクAに指定されている危険な魔物なのだ。

「ディランがサラマンダーごときに後れを取るとは思わないが……。騎士団を連れて行くと言っていたから、被害が広がらないよう、纏め役は必要だろう。あいつは狩りに夢中になり過ぎると、周囲がまるで見えなくなるからな……」

それにしても、いずれ軍事権を司る身なのだから、せめてもうちょっと落ち着いてほしいものだが……。

影の総帥も兼任するヒューバードの負担を減らす為にも、優秀な副官を付けなければと思っていたが、ヒューバードはどうやら、クライヴに目を付けているようだ。

「まあ確かに、クライヴ以上に適任はいないだろうからな……」

でも出来れば、クライヴは自分の直属にしたかったのだが……。

アシュルは机の上に積み上がっている書類の山を見て、再び溜息をついた。

ディランの言うところの焼肉パーティーをするのであれば、あと二時間程で、この書類を全て片付けなくてはならないだろう。

「……ここ最近、仕事が詰まっていたし……。エレノア嬢と一緒に息抜きが出来るのであれば、悪くない……か」

アシュルは傍に控えていた侍従にお茶のお代わりを命じると、再び書類の山へと向き直り、猛然とそれらを片付け始めたのだった。

◇◇◇◇◇

今日も今日とて、エレノアは自室にてリハビリ中である。

やっと、普通にゆっくり歩く分には不自由をしなくなったエレノアは、「やはり固形物を食べるって大事ですよね！」などと言いながら、今現在はヒラリ、ヒラリと逃げる俺を捕まえる訓練に奮闘していた。

普通の状態であれば、難なく抱き着ける動きなのに、必死に追いすがろうとしてもかすりもしない事で、かなりムキになってしまっている。

そんなエレノアを見ながら、俺は内心でほくそ笑んだ。

『うーん。……かなりいいな、これ』

可愛い妹が顔を真っ赤にして、自分を捕まえようと必死になっている。

訓練とはいえ、かなり萌えるシチュエーションだ。しかも何故か、今日はお邪魔虫が二人揃っていない。

そんな風に幸せを噛み締めている最中、部屋を誰かが訪ねてくる。

「どなたですか？」

ウィルが対応し、ドアを開けると、そこに立っていたのはアシュル直属の近衛騎士だった。

ウィルが何事か近衛騎士と話をした後、戻って来る。

「クライヴ様。アシュル殿下からのご伝言です。『本日、ディランがエレノア嬢の為に、離宮の中庭でささやかな祝宴を開きたいとの事。許可して頂けるだろうか』だそうです」

「祝宴？　ディラン殿下が？」

「はぁ。エレノアお嬢様のお食事が固形物解禁になったお祝いに、極上の肉を仕留めてくるとお出かけになられたそうですが……」

「仕留めるって……。何やってんだあの人は！」

「お肉!?」

「……」

「肉」と聞くや、途端目をキラキラ輝かせたエレノアを無言で見つめた俺は、ウィルに小声で指示する。

戻ったウィルから話を聞いた近衛騎士は、こちらに対して一礼すると、その場から立ち去っていった。

「兄様！　お返事はなんて？」

「『オリヴァーが許可したらいいぞ』って、返事しといた」

途端、絶望顔になったエレノアに、俺は苦笑を浮かべた。

「冗談だ。オリヴァーに参加できるかどうか、連絡しておいてくれって伝えたんだ」

「そ、そうだったんですか……！」

あからさまにホッとした様子のエレノアだったが、そのすぐ後、首を傾げる。

「にしても何でディーさん、私が肉食べたがってるの知っていたのかなぁ？」

「……むしろあんだけ『肉・肉』って言ってて、知られていないとでも思っていたのかお前？」

なにせ固形物解禁前、昼間は自分やオリヴァーや公爵様など、あらゆる身内に串焼き肉をせがみ、夜は夜で「肉……」と寝言を呟きながら、もぐもぐ口を動かしている有様だったのだから。

ちなみに、王族に知られた経緯として考えられるパターンとしては……。
・公爵様に「肉が食べたい」と愚痴る→娘を不憫がって、こっそり肉を持ち込む→バレて追及されて発覚。
・エレノアが「お肉食べたい……」と呟いていたのを、給仕係が聞き付ける→厨房で話題になる→クッキーを作っていたリアム殿下が耳にする→兄達に報告。
……とまぁ、こんなところだろう（後に、どっちも合っていたことがアシュルにより発覚する）。

「うわぁ……。私も肉食女子の仲間入り……!?」と、アホな事を言っているエレノアを見ながら、

『宴でこいつが、我を忘れて肉に齧り付く事態になる事だけは阻止しなくては……』と胸中で決意し

た俺は、ふと窓の外が暗くなった事に気が付いた。

「……なんだ？」

窓の方を見てみると、さっきまで晴れ渡っていた空に暗雲が立ち込めている。

そして何かが光った……と思った次の瞬間、巨大な『何か』が、ボトボトボトと地面に落下してきたのだった。

しかもそれと同時に、血飛沫が窓やバルコニーに降り注ぐ。

「キャーッ!!」

エレノアの悲鳴が上がると同時に、帯びていた刀を抜く。

「クライヴ様！」

「ウィル！　エレノアとミアを安全な場所へ！　俺は現状を確認する!!」

そう言うなり、血塗れの窓を足で蹴破り、バルコニーから外へと飛び出す。

「クライヴ兄様!!」

「いけません！　お嬢様、こちらに!!」

ウィルがバルコニーに向かおうとするエレノアと、震えているミアを部屋から連れ出したのを見届けた後、中庭に降り立った俺は、目の前に広がっている光景に我が目を疑った。

「……なんだ……これ？」

呆然としながら見つめる先にあったモノ……。それは、ゆうに十頭は超える、巨大なトカゲらしきモノの死骸であった。

「……えーっと……。これ、サラマンダー……か？」

しかもよく見てみれば、どの死骸もしっかり血抜きがされている。

「――――ッ⁉」

また頭上から気配を感じ、クライヴは咄嗟に刀を構え空を仰ぐ。……すると……。

ドサドサドサ……‼

サラマンダーの死骸の上に降ってきたのは、何故か所々焼け焦げた大勢の騎士達だったのだ。

そして最後に落ちてきた……というより、しっかり受け身を取って着地した人物を見て、クライヴは呆気に取られながら言葉を失った。

「フィンレー！　てめぇ！　サラマンダーと怪我した連中だけ送れって言ったのに、何で俺まで放り込んでんだよ‼　お陰で折角返り血避けた服が、血塗れじゃねぇか‼」

「？？？？？」

一体全体、何なんだこれは⁉

言葉通り、サラマンダーの山の上で、血塗れ状態になりながら怒髪天を衝いているディランを見ながら、はてなマークが頭の上を飛び交う。

そこにタイミング良く、誰かが駆け付ける足音が聞こえてくる。

「クライヴ！　何があった⁉」

駆け付けてきたのは、護衛騎士や近衛達を引き連れたアシュルであった。

「い、いや……。何があったかは……よく……」

戸惑う俺をよそに、巨大トカゲの山と焦げた騎士達、そしてディランを見た瞬間、アシュルがガックリと肩を落とし……そして、身体を小刻みに震わせ始めた。

「……ディラン……。このっ、大馬鹿者がー!!」

「ま、待て！　兄貴、話を聞いてくれ!!　俺は止めろと言ったんだが、フィンの奴が聞く耳持たずにだな！」

「一応、言い訳ぐらいは聞いてやる!!　……が、その前にそこに直れ!!」

怒りのあまりに、般若の形相で青筋を立てているアシュルが、その場に正座させたディラン殿下から聞き出した話によれば、これらは全て、ディラン殿下が騎士達と共に狩ったサラマンダーなのだそうだ。

そして、血抜き要員として連れて行ったフィンレー殿下が闇魔法を使い、サラマンダーと怪我人をまとめてここに転移させた……らしい。

そこで何故かディラン殿下も巻き込まれ、サラマンダーと共に、この中庭に転移させられてきたとの事であった。

「この馬鹿者ども!!　もし離宮に直撃していたらどうするつもりだったんだ!?　というか、なんでよりによって、ここに送った!?　見ろ！　どこもかしこも血塗れじゃないか!!」

その後、サラマンダーの肉の処理や騎士達への救命措置で、料理人達や魔導師達がせわしなく動き回っている中。ディラン殿下は、転移で帰ってきたフィンレー殿下と共に、完膚なきまでに破壊された中庭の一角にて、仁王立ちになり、怒り狂うアシュルによって、怒涛のお説教を食らう事となった。

「……転移するのって、知っている場所じゃないと出来なかったから……」

「あー確かに！　お前の塔に送る訳にいかねぇしな！」

「うん。ここだったら広いし、王宮の庭に送るよりは良いかと思って」

「おお！　お前も何気に王族としての配慮が出来るようになってきたな！」

「エレノア嬢への配慮が抜けてる!!　か弱いご令嬢に、魔物の死骸やら焼け焦げた騎士やらを見せる事になるんだぞ!?　もし、エレノア嬢にトラウマを植え付ける事になったら……。お前ら、死んで詫びろ!　というより、今すぐ死ね!!」

「兄上……。人格変わってない？」

「誰の所為だー!!　誰のっ!?」

「アシュル、落ち着け!!」

「止めるな!　クライヴ!!」

ブチ切れながら、喚くアシュルを羽交い絞めにし、宥めていたその後方では、サラマンダーを解体している料理人達の傍で、キラキラした目をしながら、「串焼き肉もメニューに入れて下さい!」とリクエストしているエレノアの姿があったのだった。

◇◇◇◇◇

……私は今現在、生涯で何度目かの窮地に立たされていた。

『お、おかしいな～？　私、焼肉パーティーに参加するだけの筈だったんだけど……』

ちなみに、今現在の私の姿はというと、どこの夜会に出かけても文句の一つも言われない程、完璧なご令嬢仕様となっていたのだった。

ミアさんの手により、ほんのりと薄化粧が施された顔は幼さを抑え、若干の大人っぽさを感じさせるようになっている。

そして、パッと見は純白なのに、光の加減で淡いパールピンクに煌めくエンパイアラインのドレスを纏い、髪は真白の小花をあしらったリボンで緩く纏められている。

首元を彩るのは、黒く細いビロードを用いたチョーカーで、その中央に配された宝石は、私の瞳の色と同じ、インペリアルトパーズ。

そう。いつものように、私の今のコーディネートは婚約者達の色である。

「……完璧ですわ！　エレノアお嬢様！」

「ええ……本当に……！　我が国に伝わるおとぎ話に登場する、花の妖精のごとき愛らしさ！　ああ……なんてお可愛らしいの……!!」

「妖精なんて！　そのような小さきレベルでは語れません！　この世の春を司る、光の女神様のご光来と評すべきですわ！」

ミアさんを筆頭に、私をこれでもかと飾り立てた獣人メイドさん達は、自分達が磨き上げた私の姿に頬を染め、アルバの男並みの美辞麗句を口にしながら、称賛しまくってくれているのである。

「あ、有難う、みんな。……でもこれじゃあ、お肉が……」

「はい？　お肉がどうかされましたか？」

「う、ううん……。なんでもない」

獣人メイドさん達のテンションに、若干引きながらお礼を言いつつ、私は心の中で非常に焦っていた。

『こんなにも飾り立てられ、果たして肉祭りを心から堪能出来るだろうか？』……と。

しかも、婚約者達の色を纏った……と言えば聞こえは良いが、このコーディネート、ほぼほぼ白い。真っ白だ。

どこぞの洗剤のＣＭのように、ちょっとの染みでも目立ってしまう程の輝く白さなのだ。

折角、料理人達にお願いして、メインをバーベキュー形式の串焼き三昧にしてもらったというのに。

このドレス姿で串焼き肉に齧り付いたら、絶対どこかに染みを付けてしまうだろう。

いや、それ以前にドレスアップして肉に齧り付くなど、視覚的にもどうかと思われる。淑女として

……というより、女として終わる。そんな予感がする。

『こ、これって絶対、私に対する嫌がらせだよね⁉』

思わず、ドレスアップを指示したクライヴ兄様への恨み節が炸裂する。

もう一人の兄である、オリヴァー兄様の指示もあったのかもしれないが、クライヴ兄様は肉祭りに浮かれて、「沢山肉を食べたいから、運動着で参加します！」と言った私に対し、「何バカな事言ってんだお前。頭沸いたか？」と、満面の笑みで言い放ってくれやがったのだ。

そんでもって、サラマンダーを目の前にし、料理のリクエストをしていた私をシバいた挙句、首根っこを掴んで、自室にポイッと放り込んだのだった、

その後、クライヴ兄様からの指示を受けたミアさん達により、半強制的にお風呂に連行され、頭のてっぺんから爪の先まで磨き上げられ、挙句ドレスやメイクアップ道具を手にした彼女達の手により、これでもかと盛られてしまって、今現在のこの姿なのである。

『ってか、よりによって、全身白でコーディネートする事ないじゃない‼　ううう……。私の肉祭り……‼』

絶望感に打ちひしがれ、心の中でシクシク泣いていた私をよそに、ミアさんが「お嬢様のお支度、終わりました」と、部屋の外に待機していたクライヴ兄様に声をかける。

「入るぞ、エレノア」

「……は〜い……」

やさぐれつつ、文句の一つでも言おうかと身構えていた私だったが、クライヴ兄様が部屋に足を踏み入れた瞬間、口を開けたままの状態でフリーズしてしまった。

何故なら、「どこの貴公子だ⁉」と叫びたくなる程、バッチリ正装を着こなしたクライヴ兄様が、私の目の前に立っていたからだった。

全体的に白を基調としているのだが、肩にマントのように羽織ったロングコートは、黒を基調としている。

これは多分だけど、本日多忙の為、宴に出られるかどうか微妙だというオリヴァー兄様の代わりに、兄様の色を纏ったからだろう（クライヴ兄様曰く、「あいつはどんな手使ってでも、必ず来るだろう」との事だが）。

豪華な中に、軍服のようなアレンジを効かせたそのお姿に、顔を合わせたら絶対文句を言ってやろうと意気込んでいた私の思考回路は、あっという間にパーティークラッカーのごとく、パーンと弾け飛んだ。

『……尊い……。尊過ぎる……‼』

クライヴ兄様は、私の姿を見るなり一瞬息を呑むと、蕩けそうな笑顔を浮かべながら、私の頬に手を当てる。

「ああ……。宝石のようなお前の瞳や髪に、俺の色が映えて綺麗だ。よく似合っているぞ、俺の愛しい婚約者殿」

ボフン！　と真っ赤になった私の唇に、クライヴ兄様がそっと口付けを落とす。

あわわわ……!!　に、兄様っ！　こ、この服白っ！　白いですからっ!!　このごろ弱っている鼻腔内毛細血管刺激しないで！　いつかの血の惨劇の再来になっちゃうから！　そういう事するの真面目に止めてー!!

ってか、オリヴァー兄様ばりの美辞麗句が、クライヴ兄様の口から出て来るなんて……！　くっ！　兄様ってば、しっかりアルバの男だったんだね！

「うん。クライヴの言う通り、本当に真っ白い花の妖精のようだ。……というかクライヴ、わざわざ僕に見せ付けるの止めてくれないか？」

――そ、そのお声は……!!

「ア、アシュル殿下!?」

そこには予想通り、呆れたような顔をしたアシュル殿下が立っていたのだった。

殿下は私と視線が合うなり、クライヴ兄様ばりに蕩けそうな甘い微笑を向けてきて、顔と言わず全身から火が噴いた。

『ア……アシュル殿下……!!　当然というか、貴方も正装ですかっ!!』

うわぁぁ……!!　クライヴ兄様と同じ、白と……ご本人様の色である金をベースにした王族の正装が、甘い美貌を持つアシュル殿下に、溢れんばかりの気品と威厳を与えているよ！

ビバ！　視覚の暴力!!

眼福というより眼圧ですね！　キラキラし過ぎてうっかり直視すると、その輝きに焼かれ、目が潰れてしまいます!!

ってか今夜開かれるのって、ちょっとした宴って言っていたよね!?　焼肉パーティーだよね!?　私

はともかく、何で貴方がたがこんなに正装する意味があるんですか⁉　色々とおかしくないですかね⁉

そんな事を目まぐるしく考えながら、アシュル殿下を直視しないようにしていた私の身体が、フワリと何かに抱き締められる。

「え……？」

「……ああ……。癒される……！」

わ、わ、私……、いいいい……いま、アシュルでんかに……殿下に抱き締められ……て……⁉

『えええええぇぇー！！？』

想定外の現状に、頭がパニック状態に陥る。

はっ⁉　ク、クライヴ兄様？　何でクライヴ兄様、こんな状態なのに、なんもしないの⁉

そう思い、パニくりながらクライヴ兄様に向かってヘルプの視線を向けると、当のクライヴ兄様は半目で私を見つめていた。

「……危ないから避難してろって言っていたにもかかわらず、ノコノコ庭に出て来やがって……。挙句、サラマンダーの死体の山見ながら、串焼きリクエストする根性があるんだから、鼻血ぐらい我慢しろよ？　もし噴いて服汚しやがったら、お仕置きだからな？」

——ッ！　そ、それか……っ!!

どうやら今の状況は、あの時に果たせなかったお仕置きの一環らしい。

あの時……そう、窓の外が鮮血に塗れた、サラマンダーの悲劇である。

私はクライヴ兄様がどうしても心配で、ウィルの目を盗んで急いで庭に出て行ったのだ。

そうしたら目の前には、何故か大トカゲっぽい魔物の山があって、正直ビビりました。が、魔物を解体していた人に「それは何か？」と聞いてみれば、「サラマンダーですよ」と言うではないか！

以前、誕生日に食べたサラマンダーの肉の美味しさを思い出し、テンション爆上がりになってしまった私は、ついその場で串焼き肉をリクエストしてしまったのである。

けれど、ふと視線を感じて顔を上げてみれば、無表情でこちらを見つめているクライヴ兄様と、目を丸くしている殿下方。双方とバッチリ目が合ってしまったのだった。

「何でここにいるー!? 避難していろと言っておいたのに、お前というヤツはー!!」

一瞬ののち、大激怒したクライヴ兄様に頭部鷲掴み攻撃をかまされちゃって、アシュル殿下が必死にそれを止めてくれました。アシュル殿下、あの時は本当に有難う御座いました！

それにしてもアシュル殿下。あの時、『アシュル！　お前の言うところの「か弱いご令嬢」ってのは、こーいう奴だからな！　よーく覚えとけ！』ってクライヴ兄様に言われて、なんか物凄く脱力していたような……。

助けてもらった感謝の気持ちが湧き上がり、少し身体の力を抜いた私に気が付いたのか、アシュル殿下が更に身体と言わず顔までも密着させる。

「エレノア嬢の身体は、どこもかしこも甘い香りがする……」

ゾクリ……と、腰にクルような熱く蕩けそうな声が耳に届いた直後、首元に顔を埋められ、吐息と共に、柔らかくて温かい感触が首筋に……。

プッツン……。と、何かが切れる感覚がしたと同時に、視界がホワイトアウトした。

「えっ⁉　エレノア嬢⁉」

急にくったりと、自分の腕の中で力を失った私に、アシュル殿下が焦りの声を上げる。

「アシュル‼　てめぇ！　なにしてやがる！　抱き締めるだけって言っただろうが‼」

そして、我慢の限界とばかりに、怒声と共にブリザードを吹き荒れさせるクライヴ兄様。

今迄、耳や尻尾をピコピコさせながら様子を窺っていた獣人メイドさん達のものであろう悲鳴が上がる。

「いやつい……。男としての本能が先走ってしまって……」

「疲れ果てていたお前に、同情した俺が大馬鹿だった‼　アシュル！　お前、二度とエレノアに近付くんじゃねぇぞ⁉」

「あ、それは無理」

ひったくるように、アシュル殿下の腕から私を奪い返したクライヴ兄様の腕の中で、私はひたすら目を回していたのだった。

◇◇◇◇◇

もぐもぐもぐもぐ……。

空が茜色に染まる頃。

離宮の中庭では、王族やら騎士やら、うちのバッシュ公爵家の面々やらが入り乱れ、サラマンダーの肉を存分に使った肉祭りが開催されていた。

そんな中で私はといえば、王宮のシェフ達が存分に腕を振るった肉料理……というか、創意工夫を凝らした、ありとあらゆる味付けが施された串焼き肉に齧り付いて……はいなかった。

一番上座に当たる席にちょこんと座り、折角刺さっていた肉を、わざわざ串から抜き、付け合わせの野菜や副菜と共に、美しく皿に盛り付けられた状態でカトラリーを使い、お上品にもぐもぐ食べています。

『うう……美味しい。……美味しいんだけど……何かが違う!!』

ちなみに私以外の人達はというと……。

クライヴ兄様やアシュル殿下、物凄く煌びやかな正装に身を包んでいるのもなんのその、しっかり串焼き肉を堪能しまくっている。

しかもだ!

某、お一人様でグルメを満喫するおじさん主人公よろしく、全く服を汚していないのだ。

二人とも私と同じく、白がベースとなっている服を着ているというのに……。なんでそんな器用な真似が出来るというのだ!?

ちなみにディーさんやフィンレー殿下、リアムにセドリックといった面々も、豪快に串焼き肉に齧り付いている。

勿論、騎士や近衛の皆さん、そして何故かちゃっかり参加している、王弟殿下方やメル父様、グラント父様もだ。

……おかしい。串焼き肉をリクエストしたのは私だというのに、何故私ではなく、私以外の人達が串焼き肉を満喫しているのであろうか。

「しっかし、アシュル兄貴やクライヴばっかり、しっかりめかしこんでズルいよなー！　俺とフィンなんか、時間ギリギリまで仕事させられていたから、着替える間も無く、こんな普段着なんだぜ⁉」

「人はそれを『自業自得』と言うんだ。ディラン」

そう冷たく言い放ったアシュル殿下に、ディーさんはそれでも「納得いかねぇ！」とぶつくさ文句を言っていた。

実はディーさんとフィンレー殿下、離宮の中庭を破壊し血塗れにしてしまった罰として、サラマンダーの解体やら、血で汚れた離宮の掃除やら、宴の準備やらを、延々とさせられていたのだった。

その所為で、クライヴ兄様やアシュル殿下のように着飾れなかったって、二人とも物凄く不服そうにしている。

ちなみにだけど、この宴。急遽決まったって事で、セドリックとリアムも制服姿での参加になってしまい、これまたブーブー文句を言っていた。

いや、私からしてみれば、汚れても大丈夫な服で思い切り肉に齧り付いている貴方がたが、物凄く羨ましいんですけど。

なんでもアルバの男性って、こういった宴やら夜会において、自分の意中の女性の前では、己の持てる全てを注ぎ込み、存分にめかしこむのが常識なのだそうだ。

自分の婚約者や恋人がいる者達は、女性に恥をかかせず、尚且つ自分への愛情と興味を失わせない為。

そして意中の女性がいた場合、「私以上に貴女に相応しい人はいません」ってアピールする為。

……うん。まさにパプアニューギニアの極楽鳥だわ。

そういえば、この宴に参加している騎士達や近衛の人達、めっちゃ気合入っているよね。

いや、皆着ているのは騎士服や近衛の制服なんだけど、それぞれがいつも着ている服よりも、明らかにグレードアップしているのだ。

……若干、皆さんの髪の毛の長さが、ほぼベリーショートになっているのが気になる所だけど。

聞けば彼らが着ている服は、国の式典とかに着る最上級の装いなのだそうだ。

えっと……。何度も言うけど、今夜のこれって焼肉パーティーだからね？　他人様の事は言えないけど、特上の服が燻製になりますよ？　いいんでしょうかね？

「いーんだろ。お前にいい格好見せるのが狙いなんだから。たとえ焼肉臭くなっても、奴らも本望だろうよ」

私やクライヴ兄様がいる席の周囲をチラ見しながら、ウロウロしている騎士さん達を牽制していたクライヴ兄様が、面白くなさそうに言い放つ。

「え？　私……ですか？」

きょとんとしている私を見て、クライヴ兄様が呆れた様子で溜息をついた。

「あいつらが誰の為に焦げたと思ってんだ？　つーか、あんだけ熱視線を送れば、普通嫌でも気が付くだろ」

え？　そ、そう……なの？

そういえば、宴が始まる前にスピーチ頼まれて仕方なく、「この度は私の為に、素敵な宴を有難う御座いました。殿下方及び、騎士様方のご尽力に、心より感謝致します」って、引き攣り笑顔で挨拶した時、「焦げた甲斐があった……！」って声が聞こえてきたような……？

「……本当なら、お前を狙っている野郎共に、めかしこんだお前を見せたくなかったんだがな……」

舌打ちせんばかりのクライヴ兄様の言葉に、周囲をチラリと見てみると、騎士さん達や近衛の方達……この宴に参加している人達の視線は、確かに私に対して向けられていた。

その熱量や表情は、確かに私がよく見知っているものと一緒で……。

「――ッ……！」

自覚した途端、物凄く恥ずかしくなってしまい、肉の味もよく分からなくなってしまった。

というか未《かつ》だ嘗て、こんなに沢山の人達に注目された事なんて、あまりなかったから……。いや、悪目立ちという意味での注目はよくあったけど。

でもそんな……！　兄様方やセドリック、そして殿下方だけでなく、こんなにも沢山の人達が私の事を……？　そんな事って有り得るの⁈

だって私、前世において「彼氏いない歴＝実年齢」の喪女だったんだよ⁉

しかも、なにかっていうと、鼻腔内毛細血管を崩壊させている女なんだよ⁉

そんな私なんかに、こんな人生最大のモテ期が訪れるなんて、にわかには信じられないよ！

……そんな風に、周囲の視線を意識し、自覚してしまった初めての状況に狼狽えていた私は気が付かなかった。

私のそんな姿を、クライヴ兄様が複雑そうな顔をしながら見つめていた事に……。

「『自分達の掌中で、大切に大切に育《はぐく》んできた珠玉が、自分達のものにする前に世に出てしまった。無念だ』……って、顔に出ているよ？　クライヴ」

「……勝手に人の心ん中、代弁すんな！」

肉を食べるのを中断し、ワイングラスを優雅に傾けるアシュルを睨み付ける俺に、アシュルがクスクスと笑う。

「ふふ……。それにしてもエレノア嬢のあの姿、大変に眼福だねぇ。君としては、仕方が無く着飾ったんだろうし、肉を思いっきり食べたかったエレノア嬢にとっては、拷問以外のなにものでもないだろうけど、僕らにとってはこの上もなきご褒美だね。……本当に……。あんなに綺麗な子だったなんて……」

「……………」

揶揄《からか》うような表情や口調を引っ込め、うっとりとした表情でエレノアを見つめるアシュル。

そしてアシュル同様、ディラン殿下、フィンレー殿下、リアム殿下、そして会場中の男達はみな、まるで天使のようなエレノアを、蕩けそうな表情で見つめている。

ディラン殿下とフィンレー殿下など、「肉じゃなくて、あっちを食べたい……！」などと、オリヴァーに聞かれたら丸焼きにされそうな言葉を口にしていたので、オリヴァーの代わりに足元を凍らせ、転倒させておいた（後で滅茶苦茶罵倒されたが）。

渦中のエレノアはといえば、さっき自分が自覚を促した所為か、頬を染め、所在無げな不安顔をしている。

それがまた庇護《ひご》欲をそそられ、男の本能を容赦なく刺激するのだが……。

――ハッキリ言おう。大変に眼福である。

普段、そういったエレノアを見慣れている自分ですらそうなのだから、この場に居る野郎共が、どれ程興奮絶頂なのか窺い知れようというものだ。

セドリックも、そういった類の雰囲気を察し、エレノアの傍を離れようともせず、普段とは違ってピリピリした空気を纏っている。

『……エレノアには悪いが、早々に部屋に戻すか……』

「ふぅん……。これは思っていた以上に大掛かりだね。それにしてもまさか離宮とはいえ、王宮の庭で肉を焼く光景が見られるとは思わなかったよ」

その聞き慣れ過ぎた声と口調に後ろを振り返る。

するとそこには、しっかり黒を基調とした礼服姿に身を包んだオリヴァーが、貴公子然とした優雅な微笑を浮かべながら立っていたのだった。

『っていうか、いつの間に来た⁉ 気配全然感じなかったぞ⁉』

「オリヴァー！」

「……やあ、オリヴァー。意外と早かったね」

――出たな！『万年番狂い』‼

オリヴァーの姿を見たその場のほぼ全員が、胸中でそう叫んだ（ように見えた）。

「他ならぬ、殿下方が主催された宴に呼ばれたのに遅れるなどと、臣下として言語道断。この度は、お招き頂き有難う御座います。若輩なこの身に余る栄誉で御座います」

ニッコリと微笑み、完璧な臣下の礼を取ったオリヴァーの姿に、近衛や騎士達が声を潜め、ヒソヒソと言葉を交わす。

「……あれが、バッシュ公爵令嬢の筆頭婚約者か……。近くで見ると、凄い迫力だな」

「ああ。俺も久し振りに見たが、あの姿……。相変わらず、同性から見ても、恐ろしい程に完璧だ」

「いや本当に……。なんと言うか、凄いな……」

「色々な意味でな」

クライヴ同様、王家直系達と並んでも見劣りする事の無い、その麗しい美貌。

『貴族の中の貴族』と称されるのが納得できる程、洗礼された優雅な所作は、王家の者達や高位貴族達を見慣れている彼らからしても、他の追随を許さない程の完璧さだった。

……だが、なんと言うか……。

にこやかに微笑んでいる筈なのに、纏う雰囲気がすさんでいる気がするのは何故だろうか……？

しかも、うっかり触れたりしたら火傷してしまいそうな程の、謎の威圧感すら漂っている気がするのだが……。

『……うん、これ、あからさまにこの場の俺（私）達を牽制しているよね!?』

誰もがそう感じる中、オリヴァーは真っすぐに、愛しい婚約者の許へと歩み寄った。

「エレノア」

「――ッ!?　オリヴァー兄様!!」

途端、所在無さげだったエレノアの顔が、嬉しそうにパアッと輝いた。

その愛らしい微笑みに、思わず周囲が息を呑み釘付けになる中、オリヴァーはこの場の男達同様、蕩けそうな表情でエレノアを見つめながら、その手を取ると甲に恭《うやうや》しく口付けた。

「エレノア。僕の愛しいお姫様。白を纏った君はまるで、月の女神の寵愛を受け、たおやかに光り咲く月光花のように美しい。ああ……。どれ程罪深いとそしられようと、今すぐ君を手折り、僕だけのものにしてしまいたくなる……」

色気たっぷりに告げられた激甘な言葉に、エレノアの顔と言わず全身がボフンと真っ赤に染まった。

そしてそれに比例するかのように、その場の男共の視線と嫉妬が、一気にオリヴァーに向かって突き刺さる。

……が、それをサラリと受け流し、見せ付けるかのように、エレノアの髪や頬に口付けるオリヴァーに対し、会場中の男達から更なる嫉妬の炎が噴き上がった。

「う～ん……。すさんでんなぁ。あいつ……」

クライヴは、そんな雰囲気最悪な場にあっても、どこ吹く風とばかりに平常心全開なオリヴァーに感心しつつ、冷や汗を流した。

そういえば今日は確か、四大公爵家と直々に対決すると聞いていたから、さぞや貴族らしい仁義無き戦いを繰り広げたのであろう。

勿論、牽制する意味合いもあるのだろうが、その鬱憤とストレスを全て、この場で発散する気満々といった所か……。

クライヴの耳に、戦いのゴングが鳴り響く音が聞こえた……気がした。

◇◇◇◇

……オリヴァー兄様が宴に来てくれました！　お忙しい中、私の為に有難う御座います。

……でもここ、よそ様のお宅です。王宮です。しかも野外です。宴です。

『なのに……何でお膝抱っこー！！？』

そう。私はリハビリの時よろしく（あの時はクライヴ兄様だったけど）、満面笑顔のオリヴァー兄様にお膝抱っこされているのだ。

いや。バッシュ公爵家では、これっていつもの事なんですよ。

未だに気恥ずかしさはあるけれど、オリヴァー兄様にお膝抱っこされるのは嫌じゃない。寧ろ好きだ。

大切な宝物のように大事に抱っこされていると、なんか心がほわほわしてくるのだ（めっちゃ恥ずかしいけど）。

ここら辺、喪女気質が染みついている私も、少しは成長してきているのだろう。

勿論、クライヴ兄様やセドリックのお膝抱っこも、非常に照れるけど大好きです。

でも……でも、よそ様のお宅（しかも王宮）で、こんな周囲の大注目を浴びながらされるのは、正直勘弁してほしい！　某動物園で一日中視線に晒されている、白と黒の絶滅危惧種になった気分ですよ。いや、本気《マジ》で。

その上……。

「はい、エレノア。あーんして」

お口あーんまで要求してくるなんて!!　オリヴァー兄様、貴方は鬼畜なんですか!?

しかも串焼き肉を、そのままあーんですよ！

し、淑女とは？　マナーとは？　全部ひっくるめて、これっていいんですかね!?

そんな気持ちを顔に出しながら、クライヴ兄様をチラ見すれば、クライヴ兄様は無言で頷いている。

え？　何ですかそれ。「諦めて受け入れろ」って言いたいんですか？　意味わかりません！

「どうしたの？　折角ミアが、色々な味の串焼き肉を持って来てくれたのに。ほら、焼きたてだから美味しいよ？」

ほらほら……と、私の目の前に差し出された串焼き肉は、ほんのり湯気が立っていて、おまけにちょっと刺激的なスパイスの香りが肉汁と合わさり、めちゃくちゃ食欲を刺激してくる。

肉と肉の間に挟まれているネギのような野菜も、表面がこんがりしていて……。うん。オリヴァー兄様のお言葉通り、実に美味しそうだ。

「はい、あーん」

——覚悟を決めました。

いえ決して、串焼き肉の魅力に負けたとかではありませんよ？　これは……そう。兄様の好意を無にするのは、婚約者として失格だと思っただけであります！

羞恥を押し殺すと、おずおずと口元に差し出された串焼き肉の塊に齧り付き、口の中に入れる。

でもこの串焼き肉、明らかに肉のサイズが他と違う。

前世で言う所の、焼き鳥をちょっと大きくしたようなサイズだ。……ひょっとして私用にと、わざわざ小さいサイズで作ってくれたのだろうか？

そんな事を思いながら、口の中の肉を噛み締めた途端、カッと目を見開いた。

——おおおっ!!　こ……っ、これは……!!

緊張と羞恥で、肉の味なんて分からないよー！　……なんて思っていた私の杞憂はどこへやら。

芳醇で濃厚な肉汁が口腔内いっぱいに広がって、得も言われぬ幸福感に、顔が自然と綻んだ。

流石は焼きたてサラマンダー！　最高!!

さっきのように皿に取り分けたり、以前食べたようなフルコース形式で食べても美味しいけど、こういう野趣《やしゅ》溢れる食べ方こそ王道なんだと、そう納得してしまう程の美味しさだ。

「ふふ……。美味しい？　エレノア」

心のままに、力一杯コクコクと頷く私を蕩けそうな笑顔で見つめながら、兄様は私の口の中に肉が無くなったタイミングを見計らい、再び串を差し出した。

私も躊躇する事無く、ぱくりと串焼き肉に齧り付く。……あああ……！　美味しいっ!!

……ん？　でもさっき食べた肉と、味が違うような……？

「折角だから、違う味のお肉を食べたいだろう？　それに、一番上のお肉だけ食べれば、服も口元も汚れないしね。ああ、心配しなくても残った肉は、僕やクライヴが食べてあげるからね？」

ええっ!?　そ、そんな贅沢な食べ方……いいんですかね!?

「はいっ、エレノア。こっちは毒抜きした心臓。物凄い滋養がある上に美味しいよ！」

戸惑う私の口元に、セドリックがにこやかに串を差し出してくる。それを条件反射で、パクリと齧り付いてしまった。

……うわっ！　なにこれ！

これって、前世で大好きだったハツそっくり！

でもあれより、コリコリした歯ごたえと、肉に負けない肉汁が絶品！　う……うまっ!!

「エレノア、こっちは希少部位の肝だ。トロっとしていて美味いぞ？」

肝!?　そ、それって、レバーってやつですね!?

うわぁ……！　この世界も内蔵食べる習慣があったんだ。私、焼き鳥は内臓派だったから、凄く嬉しい！

躊躇する事無くレバーに齧り付いた私に、兄様方やセドリックはその後も、普通の焼肉の合い間にモツだの軟骨だのと、珍味を次々食べさせてくれた。……ああっ！　なんて至福ッ!!

「……ご令嬢が……内臓料理（?）をあんなに大喜びしながら食べているなんて……」

「ってか普通あんな珍味、わざわざ食わせようとするか!?　野郎共でも苦手な奴多いぞ!?」

アシュルの呆然としたような言葉に、ディランが乗っかる。

そもそも内臓料理とは、食肉を解体する過程で出た廃棄物同然である内臓を、一般庶民が様々な香辛料と調理法を工夫し広まった料理の事である。いわば庶民の味だ。

しかも魔物の内臓は肉と違い、魔素を多く含んでいる。

それゆえ、そのまま食べると人体に有害とされ、昔は食材として食べる者など殆どいなかったのだ。

その認識が変わった切っ掛けが、約百五十年ほど前。

趣味で冒険家をしていた変わり者の王族が、浄化魔法をかけた内臓を焼いて食べてみたところ、驚く程に魔力量と体力が増える事を発見したのだという。

その後、研究を重ね続けた結果、毒消しの方法を確立させたうえで、こうして魔物の内臓も食べられるようになった……という経緯があるのだ。

だがディランの言う通り、貴族出身者の中では、内臓料理に抵抗のある者はそれなりにいるし、特に上級貴族になればなる程、それは顕著となる。

ましてやご令嬢など、一生涯で口にする事が無い者が殆どであろう。

なのに、上級貴族の一員である公爵令嬢が、内臓の串焼きを大喜びで口にしているのだ。

なんというか……有り得ない。流石はエレノア嬢。凄い光景だ。

にしたって、サラマンダーの肉などという高級な素材が山のようにあるにもかかわらず、何故に内臓までもが調理されているのであろうか。

「おう、エレノア！　どうだ？　サラマンダーの内臓は？　超うめーだろ⁉」

「はいっ！　グラント父様が仰っていた通り、とても美味しいです！　何だか活力が漲《みなぎ》る感じがいたします」

「はっはっは！　お前だったらそう言うと思っていたよ。ほれ、俺のも食え食え！」

「わーい♡」

「「…………」」

一張羅の軍服に染みが出来るのも厭わず、可愛い義娘《エレノア》に最初の一切れを食べさせた後、豪快に肉に齧り付いているグラントを、アシュルとディランが冷や汗を流しながら見つめた。

そうか……。あの人が内臓、ちゃっかりリクエストしたんだな……。

「そういやエル、いつか自分で魔物狩りしたいって言っていたっけな」

「ああ……。そういえば、ディランがエレノア嬢と初めて出逢ったのって、そもそもダンジョンだったもんね」

サラマンダーの死体の山に動揺しなかったうえに、串焼き肉までリクエストしていたあの肝の据わり具合は、この人の影響が多分にあるのだろう。うん、納得だ。そもそも普通のご令嬢が、ダンジョンに行こうなんてするものか！

エレノア嬢。どうやらだいぶ、アグレッシブでワイルドな生活を送って来たようだ。

「それにしても……オリヴァー……」

「マジで半端ねーな、あいつ……」

自分の婚約者を、我が物顔で膝に乗せて食事をさせつつ、時折口元を拭ってあげたり、髪に口付けを落としたりしながら、その都度恥じらう可愛らしい姿を、周囲にこれでもかと見せ付けている。

……何とも妬ましい限りだ。

もし、あの子が自分達の婚約者であったのなら……と、思いながらふと気が付けば、奥歯を強く噛み締めていた。

周囲の騎士達や、近衛達の嫉妬と憎しみの視線も半端ない事になっているようだ（ついでに給仕係や料理人達もだが）。

夜会や茶会で周囲を牽制したり、婚約者におねだりされてこういう事をするのは、一般的に見られる、ごく普通の行為だ。

だが、その主導権は常に女性側にあり、大なり小なり男は恭《うやうや》しく傅《かしず》きながら、女性の望むがままにご奉仕する……といったスタイルが一般的なのである。

なのに、今見せ付けられているアレは、どう見てもあの男《オリヴァー》が主導権を握っているように見える。いや、実際握っている。

あのエレノア嬢の、困ったような恥じらいの仕草が、何よりもそれを雄弁に物語っている。

『女性が受け身で男性の好意を受け入れている。……しかも男側が、やや強引な態度を取っても、恥じらいこそすれ、嫌がりも怒りもせず、普通に受け入れている……だと……』

しかも天使のように愛らしい美少女が……。

これぞまさに男の夢《ロマン》の権化！　天国はここに存在した!!

そんな奇跡を、オリヴァーは当然の権利とばかりに独占しているのだ。彼に対する周囲の嫉妬の視線は、もはや明確に殺意すら含まれている。

なのに当人はといえば、余裕の笑みを浮かべながら婚約者と戯れているのである。

あの男の図太い神経、真面目に凄い。いっそ尊敬する。流石は万年番狂い。

その上、さり気なく周囲……というより、こちら《王家直系》に向けて、牽制とも取れる黒い笑顔を向けてくるのが何とも憎らしい。

『しかもわざわざ狙って、フィンレーを挑発しているようにも見える。……うん。そろそろフィンレーから黒い瘴気が出てきそうだから、止めてほしいな』

「……フィン。今は我慢しろ。あれは筆頭婚約者の当然の権利なんだからね」

「……分かっているよ!!　でもあの腹黒の周囲への牽制、えげつなさ過ぎ！」

アシュルは、フィンレーの尤もな不満に頷きつつも、オリヴァーが今現在、蹴散らす勢いで対応している連日の雑務に思いを馳せる。

『確か今日は、四大公爵家とも対峙した筈だな……』

ならば、あれだけすさむのも分かる気がするので、ここは大人しく牽制されるがままでいよう。

「尤も……。売られた喧嘩はしっかり買うけどね」

そう呟きながら、エレノアへと向けた視線は、オリヴァーのそれと交差する。

オリヴァーの微笑んだ瞳の奥に獰猛な炎を確認し、自分もごく自然に笑顔を返す。

間違いなく、自分の瞳にも同じ炎が宿っているのだろうと確信しながら……。

◇◇◇◇◇

「エレノア嬢。こっちに来て、デザートを食べないか？」

串焼き肉やら内臓焼きやらを、兄様方やセドリックに食べさせられまくり、少々お腹が膨れてきたタイミングを見計らったかのように、アシュル殿下がにこやかな笑顔を浮かべながら、そう声をかけてきた。

「デザートですか⁉」

その言葉に、思わず目が輝いてしまう。

『お前……まだ食う気か？』という、クライヴ兄様の視線は軽くスルーさせて頂く。

だってお腹いっぱいでも、甘いものは別腹ですから！

それに味変の意味あいでも、甘いものを口に入れたかったんだよね。

「アシュル殿下、エレノアはもう沢山食べてお腹が一杯なんです。それに固形物が解禁になったとはいえ、これ以上食べるのはよくありませんから。……ね？　エレノア？」

あっ！　ニッコリ微笑まれたオリヴァー兄様から無言の圧が！

「へぇ……。でもエレノア嬢、そのドレスの形状なら、苦しくないからまだ食べられるよね？」

すかさず、今度はフィンレー殿下から指摘が入る。

確かに、今現在私が着ているのは、胸の下あたりからフワリとAラインのように広がっているエンパイアラインのドレスだ。

普通のドレスのようにウエストが締まっていない分、お腹周りに余裕があるうえ、沢山食べてお腹が膨れても目立たない。

多分だがこれ、がっつかない為、私を真っ白にドレスアップさせたクライヴ兄様の、せめてもの情けなのだろう。

途端、オリヴァー兄様が、フィンレー殿下にどす黒い笑顔を向けた。

あの獣人達との戦いの時、共闘したって聞いていたから、少しでも仲良くなったのかと思いきや、オリヴァー兄様とフィンレー殿下の態度を鑑《かんが》みるに、天敵であるのは変わらないようだ。

「フィンレー殿下、苦しくないから食べられる……という問題ではありません。そもそも……」

「オリヴァー」

その時だった。

アシュル殿下がオリヴァー兄様の耳元で素早く何かを囁くと、オリヴァー兄様の目が大きく見開かれた。

「……後程、詳しい話を伺っても……？」

「ああ、構わないよ。明日は土曜日だし、なんなら君もセドリックも、そのまま王宮《ここ》に泊まりたまえ」

「……有難きお言葉。……エレノア」

「は、はい？」

「僕はクライヴと話す事が出来たから、殿下方の所でデザートをご馳走してもらってきなさい」

「え？　は、はい……？」

え？　何だろう。さっきまでと言っている事が違うよね？

アシュル殿下に何か言われていたけど、ひょっとしてそれが関係ある……？

「エレノア。本当に、大切な話があるだけだから。……まあ、後で君にもちょっと、話を聞くかもだけどね……。セドリック、エレノアを頼んだよ？」

「は、はい、オリヴァー兄上！」

「？？？」

頭の上で、ハテナマークが飛び交っている私の唇に、（オリヴァー兄様にしては）軽めの口付けをした兄様は、真っ赤になった私を自分の膝から降ろした。

「それじゃあ、君達の大切なお姫様はお預かりするよ。さ、エレノア嬢。行こうか？」

「は、はい！」

アシュル殿下は、未だ真っ赤な顔の私の背中に優しく手を添えると、そのまま近くの調理台へとエスコートしてくれた。

というか私の横で、セドリックが悔しそうなジト目を向けてきているんですけど⁉

どうやら自分がエスコートしたかったのに、流れるようなアシュル殿下の動きに後れを取ったようだ。

ごめん、セドリック！　でも私も不可抗力ですから！

「おーっ！　来た来た！」

「エレノア！　こっちこっち！」

王族専用（であろう）バーベキュー台（焼き場？）には、ディーさんとリアムが何かを焼きつつ、超嬉しそうな顔で、ぶんぶん手を振っていた。その屈託の無い笑顔が超絶眩しい。

うう……。ここ何週間かで、だいぶ見慣れてきたけど、やっぱ殿下方って滅茶苦茶顔良いなぁ……。

なんて思いながら、目を細めていた私の前に、何やら白い物体が差し出された。

「はい、エル君。どうぞ」

「へ？　あ、ヒューさん！」

いつの間に傍にいたのだろうか。全然気が付かなかった。

そんでもって、ヒューさんが手にしている串の先端に刺さっているものは……マシュマロ？

しかもちょっと炙ったのか、表面がこんがりしている。

思わず、あのダンジョンでの出来事を思い出してしまった。

そういえばあの時も、こうしてヒューさんに焼きマシュマロ食べさせてもらったっけ……。

一瞬だけ躊躇した後、私は差し出された焼きマシュマロをパクリと口にした。

すると、焼きマシュマロ独特の蕩けるような触感と甘み、そしてしっかり残っていたフワフワ感に幸せ回路を刺激され、思わずふにゃりと笑顔がこぼれてしまう。

相変わらず、滅茶苦茶美味しい！

でも、そうか……。

あの時もだけど、こんだけ美味しかったのは、王家ご用達のマシュマロだったからなんだ。うん、凄く納得！

「美味しいです！　ヒューさん、有難う御座います！」

笑顔のままでお礼を言うと、ヒューさんは口元を手で押さえながら、フイッとそっぽを向いてしまった。しかも何やら、身体が小刻みに震えている。

「え？　あの……ヒューさん？」

そして気が付けば、私の周囲の騎士さん達も、俯いたり前かがみになったり悶えたり、膝を突いて

いたりしている。

え？　何？　どうしたっていうの⁉

「エレノア嬢、気にしなくていい。取り敢えず彼らは苦しんでいるのではないから。……いや、ある意味苦しんでいる……のかな？」

アシュル殿下が訳の分からない事を言いつつ、何故かヒューさん同様、口元を手で覆って「俺が……やりたかった……‼」と言って震えているディーさんの頭をペシリと叩いた。

「ディラン、マシュマロ焦げてる」

「あっ！　やべっ！」

指摘され、慌ててディーさんがバーベキュー台で炙っていたマシュマロをリアムに渡すと、リアムが何だか慣れた手つきで、ビスケットの上に乗せた。

更にその上にチョコレートを乗せると、最後にビスケットを乗せ、皿に置く。

こ……これは……まさか！

皿の上に出来上がっているもの……それは前世で言う所の『スモア』というお菓子だった。

『スモア』とは、焼いたマシュマロと板チョコをグラハムクラッカーで挟んだお菓子で、アメリカやカナダにおいて、キャンプデザートの定番中の定番だ。

近年、キャンプがブームになっていた日本においても、人気急上昇なデザートだった筈。

へぇ～……。こんな異世界にもスモアがあるとは……ビックリだ。

「エレノア、食べろよ！」

「ほら、リアム殿下の施しだ。伏して拝む気持ちで頂くといい！」

リアムがディーさんと一緒に作ったのであろう、たっぷりとスモアが乗っかっている皿を、マテオがいらん事を言いながら差し出してくる。

クラッカー生地から溶けてトロリと顔を覗かせている、マシュマロとチョコ……。なにこれ、視覚の暴力でしょう⁉

私は勧められるがままスモアの一つを手にすると、ワクワクしながら齧り付いた。

「――ッ！　美味しい……！」

蕩けたマシュマロとチョコを挟んでいるのはクラッカーではなく、リアムの焼いた定番のクッキーだった。

元々麦芽系のザクザククッキーだったので、普通のクラッカーよりもコクがあって美味しいし、焼きマシュマロとチョコとの相性もバッチリだ！　うん、凄く美味しい！

カリカリポリポリと、夢中でスモアを食べる。

そんな私に、周囲から熱視線が注がれていたみたいなのだが、幸せに浸っていた私はその事に全く気が付かなかった。

『ああっ！　眼福‼』

『子リスのように、あんなに一生懸命クッキーを頬張っていらっしゃるだなんて……！　なんて……なんて愛らしい‼』

『あの筆頭婚約者がいないお陰で、こんなに近くであんな尊いお姿を……！　殿下方、有難う御座います！』

『一生ついて行きます!!』

『こんな簡単なお菓子をあんなに幸せそうに頬張られて……！　い……癒される!!』

『俺も、さっきのヒューバード様みたく、焼きマシュマロをあーんしたいっ!!』

『ああ……。多分殿下方に瞬殺されるだろうけどな。……でもいい！　我が生涯、一片の悔いなし！』

先程まで血の涙を流していた騎士や近衛達だったが、今は感涙に咽びながら、うっとりとエレノアの愛らしさに見入っている。

「へぇ……。単純なようで、凄く美味しいね。しかも野外で糖分と炭水化物を両方摂れるから、携帯食としても優秀だ」

「だろ⁉　なんでも野外で焼肉するって言ったら、母上が『これもやってみたら？』って教えて下さったんだ！」

「へえー！　流石は聖女様。博識だね！　……うん、こういった料理には悔しいけど、リアムの作ったクッキーの方が合うね。僕のじゃちょっと、繊細過ぎるから……」

「セドリック。お前、なにげに俺のクッキー、貶めてないか？　……おいマテオ。何ボーッとしながらエレノア見てんだ？」

「……え？　ハッ！　い、いえっ！　あ、相変わらず女の風上にも置けない食いっぷりに、腹が立ちまして！」

「ほれエル。出来立てだぞー？　あーん♡」

「ディラン兄上、エレノア嬢はまだ食べている途中だから！　……ああ、口の周りにクッキーのカスがついているよ？　仕方のない子だね」

「ひえっ！」

「フィン！　いきなり唇に指で触れるな！　あっ！　しかも指舐めやがって‼　見ろ、エルを！　真っ赤になって卒倒しそうじゃねーか‼」

「やれやれ。おバカな弟達で御免ね？　はい、果実水をどうぞ」

「あ……有難う御座います……」

「エレノア、大丈夫⁉」

「フィン兄上！　エレノアは鼻血出やすいんだぞ⁉　自重してくれよ‼」

「リアムー‼　心配してくれるのは有難いけど、いらん事言わないでー‼」

エレノアを中心に、非常に楽しそうな王家直系達を見ながら、クライヴは眉根を寄せるオリヴァーへと声をかけた。

「で？　アシュルに何を言われたんだ？」

この独占欲の塊たる弟が、あんなにアッサリとエレノアを渡したのだ。きっとそれはとても重要な何かなのだろう。

「……アシュル殿下にね」

「うん？」

「あの獣人達との戦い以前に、エレノアの本当の姿を見た事がある……って言われたんだ。しかも、王宮で」

予想外の衝撃的な言葉に、クライヴの目が大きく見開かれた。

スモアを満足いくまで食べた後、ポンポンになった苦しいお腹を抱えつつ、あらかじめ設置されていた椅子に腰かける。

その後は殿下方やセドリックと楽しくお喋りしたり、ミアさんや他の獣人メイドさん達が、何気に召使の方々や騎士さん達にアプローチされ、耳や尻尾をピルピルさせながら恥じらっている様子を楽しく観察したりしていたのだが、気が付けば日もすっかり落ち、夕闇に綺麗なお月様がぽっかり顔を出していた。

わぁ……満月だ！　王宮《ここ》で見た、あの夜会の時の満月を思い出すな！

思えば、あの日から今日に至るまでの数ヵ月間。まともにこうして夜空を見上げる余裕すらなかった事に気付かされ、ふとあの怒涛の日々を思い出してしまう。

宴の会場を見てみれば、まるで蛍光灯のように、丸く明るい球状のものが次々と浮かび上がり、その場を明るく照らし出している。

……ん？　あれって、蝋燭……とかではないよね？

「王宮では、要所要所に魔石を応用した灯りが、暗くなるのに合わせて発光するよう、術式を組んでいるんだよ」

アシュル殿下のお言葉に、『成程。前世で言う所の、車の自動点灯ライトみたいなものなんだな』と、なんとなく思った後、前世とこの世界との共通点を見てしまったような、ほっこり感を味わった。

そういえば今更だけど、私の部屋も夜、かなり明るかったなと気が付く。

ここに来てからは、実家（バッシュ公爵家）よりも早寝早起き生活してたから、あんまり意識していなかったなぁ。

以前、ワーズとお城にお邪魔した時も、こういう感じに灯りが点いていたっけ。う～ん……。あの時は大変だったけど、こうして生身の状態で同じ灯りを見ているだなんて……。人生何が起こるか分からないものだ。

「ねえ、エレノア嬢。腹ごなしに、ちょっと歩かない？　とっておきの場所に案内してあげるから」

「え？　あ、あの……」

フィンレー殿下からの突然のお誘いに、つい戸惑っていると、そんな私の態度を見たフィンレー殿下が、途端ムッとした顔をする。

「なにその態度。僕がなにかするとでも思っているの？」

ズバリと指摘され、「い、いいえ、そうじゃないです！　滅相もない！」と言い訳しながら、ブンブン首を横に振る。……が、実際は滅茶苦茶警戒していたりします。はい。

だって、初対面でいきなり鳥籠に閉じ込められた挙げ句、病《や》み満載なお色気で迫られ、鼻腔内毛細血管が決壊して失血死寸前にさせられれば、誰だって警戒しますって！

「じゃあ良いよね？　ちょっと歩くけど、君もう普通に歩けるんでしょ？　なら大丈夫だね。っていうか、なんなら僕が抱きかかえて……」

「いえ、それには及びません」

その言葉と共に、フワリと私の身体が宙に浮いた。

「オリヴァー兄様！」

私をお姫様抱っこしたオリヴァー兄様を、呆然と見上げる。

このお方、いつの間に傍に来たというのか……。あっ！　そのすぐ後ろにクライヴ兄様が！　ひょっとして兄様方、兄弟揃って隠密だったりします？

「……出たね。筆頭腹黒婚約者」

「言う事為す事、いちいち卑猥仕様になってしまう超自然派殿下に、腹黒と言われる筋合いはありませんが？」

「自然派？　なにそれ。そもそも万年番狂いな君のように、狙ってやるよりマシでしょ？」

「無自覚な方が性質《タチ》悪いんです！　というかその渾名《あだな》、止めて下さいませんか!?」

……いや。私からすれば、どっちも性質《タチ》悪いですから。

「どっちも性質《タチ》悪いと思う……」

「うん……」

おおっ！　末っ子ズが私の心の声を代弁した！

あっ！　兄二人に同時に睨まれて、クライヴ兄様やアシュル殿下の後ろに隠れた！

あんたら、恐いんなら最初っから言わなきゃいいのに。……こんな状況だけど、不覚にも和むなぁ……。

「……まぁ良いや、要らんコブ付きでも。こっちだよ」

そう言うなり、フィンレー殿下はさっさと歩き出していく。

それを見たオリヴァー兄様は溜息をつき、私を腕に抱いたまま、フィンレー殿下を追いかけるように歩き出したのだった。

王家からの求婚

「うわぁ……！」

暫く歩いて行った先に、突如として現れたのは、辺り一面に広がる白い光の群生だった。

「これは……。月光花か……」

ポツリと呟いたオリヴァー兄様の声に、自分もよく見てみる。

すると光の正体は、それ自体が淡くキラキラ光る白い花で出来た花畑だという事が分かった。

『月光花』とは、月の光を受けて夜に咲く花の名である。

育てるのが非常に難しく、数も少ない事もあり、バッシュ公爵家でも育成させていない希少な花なのだと、以前ベンさんから聞いた事があった。

月の光をその身に吸収し、美しく発光するその特性から、『闇夜を照らす地上の星』とも謳われ、女性の美を称える代名詞として重宝される事が多いのだとか。

うん。確かにこれを見たら、納得してしまう程の美しさだ。

……そういえばさっき、オリヴァー兄様も月光花がどうのって言っていたような……。

「エレノア嬢。この花達はね、聖女である母が、僕の為に植えてくれたんだ」

「聖女様が？」

「うん。『夜にしか咲かないなんて、確かに僕にピッタリだよね』って、皮肉に受け止めていた時もあったけど、今ではそうじゃないって分かる。……母はきっと、僕の属性をこの月光花に例えて『闇の中でしか咲けなくても、こんなにも美しく咲く事が出来るんだよ』って、言いたかったんだろうね」

「フィンレー殿下……」

私はこの人と初めて逢った時の事を思い返していた。

『光』の属性と同じくらい希少な『闇』の属性を持って生まれ、その所為で愛する母親を傷付けたと、罪悪感と己の属性への嫌悪感で苦しんでいた彼。

でも穏やかに語る今の彼の姿からは、あの夜に見た懊悩《おうのう》は欠片も感じ取れなかった。

「エレノア嬢」

「はっ、はい？」

「君のこと、オリヴァー・クロスはこの月光花に例えたけど……。僕にとって君は、あの月そのものなんだ」

フィンレー殿下の言葉に、私は目を丸くした。

「私が月……ですか？」

私達の頭上にて、冴え渡る美しさを見せつける白銀。

寧ろ殿下の方こそ、あの月そのものって感じなのに……。何故に私が月？

「うん。君はね……。あの夜闇の中、蕾のままでいた僕の許に現れて、僕を優しい光で照らしてくれた。そして固く閉じた蕾を開かせてくれたんだ」

戸惑う私を見つめていたフィンレー殿下の目元が、ゆっくりと細められる。

「あの時、月を背景に夜空を舞う君は、真白な妖精のように可憐で……。何者にも興味を持たなかった僕が、思わず手を伸ばしてしまった程に、かけがえのないものに映った。そしてあの僅かな時間で、その直感は正しかったのだと証明されたよ」

フィンレー殿下の真っすぐな言葉と好意に、知らず顔が赤くなっていく。

「……エレノア嬢。僕を導いてくれて有難う。君が傍らで僕を照らし続けてくれれば、僕はきっと間違うことなく、真っ直ぐ歩き続けることが出来るって、そう思えるんだ。……だからずっと、僕の傍にいてほしい。僕の事を愛してほしい。……君が好きだ」

「――――~~ッ……!!」

ボフン！　と、全身から火を噴く勢いで真っ赤になってしまう。

さ……流石はフィンレー殿下！　超ド直球で告白きました!!

というか……。月光花に佇む月の精霊のような美青年に、切なげでいて真剣そのものな顔での告白を受けるなんて……!!

う、うわぁぁぁ……!!　な、なんとなく分かっていたけど、まさかフィンレー殿下が、そんなに真剣に私の事を好き……だったなんて！

はっ！　そ、そういえばあの時も、『ずっと傍にいてほしい』って……。あ、あれってまさか、ヘッドハンティングじゃなくて、今みたいな意味で……!?

あわあわと、頭から湯気を出しながら狼狽えている私の頭上から、静かな声が降り注ぐ。

「……成程。フィンレー殿下のお心、しかと聞かせて頂きました。……まずは及第点ですね」

「そりゃあ、君みたいな男相手に、まどろっこしい小技なんて使わないさ。それに自分の気持ちを正々堂々ぶつけるのが、筆頭婚約者に対する礼儀だからね」

「ふ……。流石は王家直系……と申し上げておきましょう」

『……あれ？　オリヴァー兄様……怒ってない……？』

犬猿の仲なフィンレー殿下からの、挑戦にも等しい告白なんだし、てっきり「受けて立つぜ！」って感じで、そのままバトルに突入するかと思ったんだけど……。あれ？

「……では、フィンレー殿下のお気持ちをお聞きしたところで、本題に移りましょうか。……エレノア？　『どの夜』に、フィンレー殿下とお会いしたの？」

オリヴァー兄様の冷たい口調に、真っ赤だった顔からザーッと血の気が引いた。

そ、そうだ！　私、あの夜会に霊体で忍び込んだ事、兄様達には内緒にしていたんだった！

「え？　エレノア嬢。ひょっとして僕達と会った時の事、彼らに言ってなかったの？」

「……っ……あ……。そ、その……っ！」

呑気なフィンレー殿下の言葉に返答する事も出来ず、ダラダラと冷や汗が流れ落ちる。

あまりの恐怖に、オリヴァー兄様の顔を見る事が出来ない。

「まあ……。詳しい話は、離宮に戻ってから聞こうか？　今頃クライヴ達も殿下方も、君の部屋で僕達が帰って来るのを待っている筈だから……ね」

カタカタと震える私に対し、オリヴァー兄様は先程とは一転し、とてつもなく優しい口調で、そう言い放ったのだった。

月夜の下での告白も吹き飛ぶ、王宮不法侵入事件がバレたショックでパニック状態になっている間に、私はオリヴァー兄様にお姫様抱っこされた状態で、離宮に用意された私室に戻る羽目となった。

「それにしても、アシュル殿下があの獣人達との戦い以前に、君の本当の姿を知っているって言っていたけど……。まさかフィンレー殿下とも逢っていたなんてね。……まさかと思うけど、他の殿下方とも……？」

「あっ……あのっ……！　そ、それは……」

「エレノア？　正直に言おうか……？」

兄様……。その優しい口調、寧ろめっちゃくちゃ恐いです！

「ああ、ディラン兄上とリアムとも会っているよ」

フィンレー殿下ー!!　あなた、お願いだから要らん事言わないでー!!

「……へぇ……。ああ、丁度君の部屋に着いた。続きは落ち着いてからにしようか」

そして私の部屋へと入ると、そこにはオリヴァー兄様のお言葉通り、アシュル殿下、ディーさん、リアムの他にも、クライヴ兄様とセドリックがお茶を飲みながら、私達を待っていたのだった。

◇◇◇◇◇

「さて、それじゃあエレノア。ちゃんと詳しく、順を追って説明してくれるかな？」

オリヴァー兄様によって、クッションを沢山敷き詰めたソファーに座らされ、そう告げられる。

兄様方や殿下方の視線に晒されながら、私は覚悟を決め、あの時の事を説明し始めた。

折角ドレスアップしたのに、夜会に行けない事に腐っていたら、中々自分を呼ばないと拗ねたダンジョン妖精が部屋を訪ねて来た事。

ドレスアップしていた理由を説明し、愚痴混じりに「夜会に連れて行ってほしい」みたいな事を言ったら、問答無用で幽体離脱させられ、王宮に行く事になってしまった事。

誘った張本人であるダンジョン妖精とはぐれ、人目を避けながら右往左往していたら、次々と殿下方と遭遇してしまった事。

最後に、捕まったフィンレー殿下から逃れた直後、本体に強制的に戻ったら、殿下方と遭遇した時のショックから本体が鼻血を出していて、それによる大量出血でぶっ倒れていた事……等々。

「……という訳でして……。あの……本当に済みませんでしたっ!!」

あらかた話し終わった後、兄様方やセドリック、そして殿下方に向かって、深々と頭を下げる。

そうして恐る恐る顔を上げた私の目に映ったのは、椅子に凭《もた》れて脱力しているオリヴァー兄様とクライヴ兄様、そしてセドリックの姿。そして、何とも複雑そうな顔をした殿下方の顔だった。

「……エレノア……。全く……君って子は……」

「あまりにも斜め上過ぎて……。もう、何言っていいのか分からん……。取り敢えず、そのダンジョン妖精は抹殺決定な！　ダンジョンの時といい、今回といい……！　八つ裂きにしても飽き足らねぇ!!」

「クライヴ兄上。僕も是非お手伝いさせて下さい！　というか、いくらエレノアが食いしん坊でも、あの果物を全部完食出来る訳ないって、普通だったら気が付く筈なのに……。ああ……あの時の自分、馬鹿すぎる！」

おい、セドリック！　君、自己嫌悪しつつも、何気に私をディスってますよね!?

ふんだ！　どーせ私はいやしんぼですよ！

「……まさか、あの時のエレノア嬢の鼻……いや、体調不良が我々の所為だったとは……」

アシュル殿下。素直に「鼻血」って言っても良いんですよ？

「俺もエレノアを殺しかけた加害者だったんだな……。御免、エレノア」

あっ！　リアムがしょんぼりしてしまった！

ち、違うよリアム！　貴方とバッタリ遭遇しちゃったのは偶然だし、単純に私の鼻腔内毛細血管が弱過ぎただけだから！

「あの時のダンジョン妖精が関わっていたのか……。あいつ、本気でロクな事しねぇな！　……まあ、この件に関しちゃ「よくやった！」って褒め称えてやりてぇが」

「ええ、その通りですね。後で果物でもお供えしておきましょうか」

ディーさん、何ですかそれは⁉　ってかヒューさん、貴方居たんですか⁉

「いやそこ、制裁一択でしょう⁉」

「何がお供え⁉　舐めてんですか、あんたら⁉」

あっ、オリヴァー兄様とクライヴ兄様がブチ切れた。

う、うん。確かに兄様方にとっては、災難以外のなにものでもないよね。

……ってか、私も段々あの時の怒りが蘇ってきたよ。

あの時被《こうむ》った直接的被害（鼻血）と、『果物やけ食いして鼻血出した女』っていう、不名誉極まりない汚名を得る羽目になったのって、間違いなくあのミノムシワーズの所為だよね⁉

あの時一発入れられなかった恨みを晴らす為にも、抹殺とまではいかなくとも、当初の予定通り、激辛スープに沈めるぐらいは許されるのではないだろうか。

「……ってか、君達さぁ……。大切な婚約者を着飾らせるだけ着飾らせておきながら、置いてきぼりするって酷くない？　どんだけ鬼畜なの？」

フィンレー殿下の鋭いツッコミに、途端兄様方とセドリックが言葉を詰まらせた。

フィンレー殿下……！　ツッコむべきとこ、そこですか⁉　貴方もやっぱり、レディーファースターなアルバの男ってやつだったんですね⁉　というか相変わらず、キレッキレの容赦の無さですね！

……だけど私が鼻血を噴いた原因の八割方、貴方の所為なんですが……。

じゃなくて‼

それについて、兄様方はあの紫の薔薇《ヴァイオレット・ローズ》の館で、メイデン母様やオネェ様方に散々いびられ、責められているのだ。

兄様方も己の非を認め、深海よりも深く反省している。だからこれ以上、傷口に塩を塗りこむのは……。

「……そうだよねぇ……。僕達にエレノア嬢の事知られたくなかったから、夜会に連れてこなかった……ってところは理解出来るけど、連れて行かないのにわざわざ着飾らせるって……。悪いけど、そこはちょっと理解出来ないな……」

「――――ッ……！」

「ダンジョン妖精と一緒に夜会に来ちまったってのも、そもそも、そんな仕打ちをされたからだもんな。う～ん……。男として、お前らの気持ちも分からんではないが……。ないわー！」

「くっ……！」

「確かに、あんな姿のエレノア見たら、間違いなく求婚していたけど……。いやでもだからって、それは良くない事だと思うぞ⁉」

「ううっ……！」

「まさに、男の独占欲が暴走した結果の不幸な出来事でしたね。……尤も、不幸だったのはバッシュ公爵家の皆様だけで、こちらとしては大変に有難いやらかしでした。……こういうのを、因果応報とでも言うのでしょうか？」

「「「…………」」」

あああああっ！　で、殿下方、リアム、止めてー!!　兄様方やセドリックのライフゲージが、駄々下がっているのが目に見えて分かる！　し、しかもヒューさんまで、なに参戦しているんですか！　なにげに一番容赦ないし!!

「あっ、あのっ！　私はあの時の事については、もう全然、これっぽっちも思う所はないんです！　そ、それに、その……みんなの独占欲が、ちょっと嬉しかった……っていうのもあったし……」

あ、あれ？　何か殿下方の顔がスン……ってなっちゃっているんですけど？

それに対して、兄様方やセドリックが物凄く嬉しそうなんですが？

「そ、それに、そもそも私が王宮に不法侵入しちゃった事が問題……なんですよね？」

私の言葉に、兄様方の纏う雰囲気がピンと張り詰め、表情も一気に険しいものへと変わる。

そう。いくらワーズに唆されたとは言っても、私は霊体となって王城に忍び込んでしまった、いわば不法侵入した犯罪者だ。

色々あって、今迄お目こぼしされていただけの事で、普通だったらその事実が露見した段階で、捕縛されてもおかしくはない。

だけど私は、あの戦いの余波でボロボロ状態だったから、こうして復活する迄待っていてくれたに過ぎないのだ。

そう……。こうしてアシュル殿下自ら、私が王城に忍び込んだ事実を持ち出されたという事は、なんらかの罰を申し渡されるに違いない。

う～ん……。王宮への不法侵入って、一体どんな罰を受けるのだろうか。

投獄かなぁ？　ムチ打ち百回……は嫌だなぁ……。せめて十回にならないだろうか。

でも実はぶっちゃけ、一番恐いのは兄様達からのお仕置きだったりするんだけど……。

私は深呼吸をし、覚悟を決めると、アシュル殿下と真っすぐに目を合わせた。

「……アシュル殿下。この事は、国王陛下方も……？」

「ああ、全て知っているよ。その上で、この件に対する裁量は全て僕に一任されている」

……うん。やっぱり全てご存じな訳ですね。

「アシュル殿下。先程殿下方が仰った通り、エレノアが王城に不法侵入した咎は全て、婚約者たる我々にあります。ですから罰ならどうか、エレノアではなく我々にお与えください」

静かな声と共に、オリヴァー兄様が立ち上がると、殿下方の前で床に片膝を突き、頭を垂れた。クライヴ兄様とセドリックもそれに倣う。

「兄様方！　それにセドリック！　やめて！　これはあくまで私の行った事です！　兄様達には何の責任もありません!!」

私も慌てて立ち上がると、オリヴァー兄様に取りすがる。が、兄様はそのままの姿勢を崩そうとしない。

『どうしよう……！　私が軽い気持ちでしてしまった事が、廻《めぐ》り廻《めぐ》ってこんな事になってしまうなんて……！』

さっきヒューさんが言った通り、これが因果応報ってやつなのだろうか。

「オリヴァー、クライヴ、そしてセドリック。エレノア嬢の言う通りだよ。王宮《ここ》に不法侵入をしたのは、あくまでエレノア嬢本人だ。その罪を被ろうと、法を捻じ曲げるような事をすれば、より罪が重くなるよ？　……そうだなぁ……。例えば、君達全員、エレノア嬢の婚約者を降りて、僕達にその座を譲る……とかね？」

「……たとえ身分を剥奪され、奴隷に堕とされたとしても、エレノアだけは絶対に手放しません!!　奪われるぐらいなら……いっそ……！」

「落ち着けオリヴァー！　……アシュル。どんな罰を与えられても、エレノアだけは譲らねぇからな！」

「僕もです！　何を失っても、エレノアだけは渡しません！」

「オリヴァー兄様、クライヴ兄様、セドリック……」

兄様方やセドリックの、愛が重すぎる決意表明を受け、目が潤んでしまう。

……というかオリヴァー兄様。最後の台詞、闇堕ち系じゃないですよね!?　申し訳ありませんが、ちょっと背筋が震えました！

「う～ん……。君達に末代まで呪われたくないから、やっぱりエレノア嬢に罪を償ってもらおうか。ねぇ、エレノア嬢」

「はっ、はいっ！」

「エレノア!!」

オリヴァー兄様が私を庇うように抱き締める。

そんな様子を見ながら、アシュル殿下が微笑みを浮かべた。

「それじゃあこれから、僕達がプライベートで君の事を、『エレノア』って呼ぶのを許可してね？」

「……はぃ？」

サラリと告げられた言葉に、目が丸くなる。

「あ、あと僕達の事は『殿下』呼び無しにしてね。なんならリアムみたく、呼び捨てにしてくれたって構わないよ？」

「はいぃっ！！？」

え？　お互い敬称無しで、名前で呼び合おう？　それが不法侵入した事への罰？　な、なんですかそれ⁉

「……アシュル殿下……。貴方、謀りましたね……⁉」

「やだなぁ、謀ったなんて失礼な。こういうのは大温情って言ってくれないと」

オリヴァー兄様とアシュル殿下の間で、バチバチと青白い火花が散っている。

クライヴ兄様とセドリックは、物凄く複雑そうな顔でそれを見ているのだが、果たして私はどうすればいいのだろうか？

「ク、クライヴ兄様……」

不安そうに自分を呼ぶ声に、クライヴ兄様が顔をこちらに向け、肩を竦めた。

「貴族男性が、女性を敬称無しで名前で呼ぶのは、相手に好意を持っている事の証だ。……ようは、お前が今代の王家直系達にとって、『特別』だと周知させるって事だ。王宮に入り込んだのがその『特別』なら、罰を与えるもクソもないからな」

「えっ⁉」

つ……つまりそういう事にして、私の不法侵入を不問にするって……そういう事ですか？

アシュル殿下と睨み合っているオリヴァー兄様の方に顔を向けると、何とも悔しそうな、複雑そうな顔をしながらこちらを振り返る。

オリヴァー兄様のその顔で、『殿下方と私が、お互い名前を敬称無しで呼び合う』……という事で、私の不法侵入に対する罰が手打ちとなったのだと分かった。

「あ……のっ、そ、それで本当に良いのでしょうか？　いや、でも良くないような……？　で、でもその……。てっきり私、地下牢に投獄とか、ムチ打ち百回の刑になるのかと……」

「「「「「「やる訳（させる訳）ないだろ、そんな事‼」」」」」」

私の言葉を速攻で遮るように、その場の全員が見事に声をシンクロさせ、叫んだ。

ひゃっ！　と思わず跳び上がり、「済みません！」と言いながら、慌てて頭を下げた私を見て、全員ガックリ肩を落とす。

「……どうしてこの子はこうも、斜め上で残念思考の持ち主なのかな……」

オリヴァー兄様が深い溜息をつきながら、脱力した様子でそう口にする。

というか兄様！　それってあんまりなお言葉ではないでしょうかね⁉

「はぁ……。オリヴァー、クライヴ、セドリック……。君達の苦労が今、心底理解出来たよ……」

「そうですか……。それは何よりです……」

「お前……。言っとくけど、こいつのこういう所、まだまだこんなもんじゃねぇからな？」

「僕もエレノアのお陰で、心を柔軟に保つ事を学んだ気がします……」

クライヴ兄様。セドリック。貴方がたもかなり酷い事言っていますが⁉

オリヴァー兄様、クライヴ兄様、セドリックが疲れたように元居た席に座る。それを見て、私もおずおずと自分の席に座り直した。

そうしてその場の全員が暫くの間脱力した後、いち早く復活したアシュル殿下が、私に優しい笑顔を向けた。うっ！　眩しい！

「御免ね。本当なら見逃しても良かったんだけど……。君にはもっと、僕達の気持ちに向き合って貰いたいって、そう思ったから……」

そう言いながら立ち上がり、私の前に来て床に片膝を突くと、そのまま私の手をそっと取った。

……あれ？　こ、これは……。この流れって、もしや……！

「改めて言おう。エレノア・バッシュ公爵令嬢。僕は貴女を愛しています。これからもずっと、君の傍で君の笑顔を見続ける権利を、どうか僕に与えてほしい」

——ふぁっ！！？

どこまでも真剣で、透き通るようなアクアマリンブルーの瞳に射貫かれ、ボフン‼　と全身から火が噴いた。

すると今度はディーさん……いや、ディラン殿下がアシュル殿下の横で、同じように片膝を突くと、反対側の手を取る。

「エル。……いや、エレノア・バッシュ公爵令嬢。俺も正式に貴女に申し込ませて貰おう。どうか、俺の妃となって生涯を共にしてほしい！」

——ひぇぇっ‼

いつもと違い、真剣そのものといった、精悍な美貌が私の目を射貫き、頭の天辺がパーンと噴火したような衝撃に見舞われる。

……い、いかん……！　あまりの事に、身体に震えが……！　うおぉ……クルクル目が回る……っ！

ア……アシュル殿下やディラン殿下が私を好き……って、兄様方から聞かされていたけど……。こうして真っ向からズバッと口にされてしまうと……ど、ど、どうしたらいいのか……!!

はっ！　兄様方とセドリックは……。って！　めっちゃ渋い顔してこっち見ているけど、座ったまんま!?　何で!?　いつもの妨害とかはどうしました!?

「こういう風に、正々堂々女性に告白をする者は、何人たりと妨害は出来ない。……アルバの男達の紳士協定ってやつだね」

にっこり笑顔でそう言い放つアシュル殿下。

そ……そうなんだ……。つまりは騎士道精神ってやつなんですかね？　あ、だからさっきのフィンレー殿下の時も、オリヴァー兄様は怒ったり妨害したりしなかったんだ（ムカついてはいたのかもしれないけど）。

し、しかし、本当にこの国……というかこの世界ってば、色んな段階すっ飛ばして、「結婚を前提にお付き合いヨロシク！　なんなら今すぐにでも結婚しようか？」って感じだよね。

おまけに男性も女性も、「婚前交渉どんとこい！　求む、経験者《テクニシャン》」だし。

種の保存優先って言うか……とにかく性に関して奔放な上、押せ押せだ。

いや、勿論私の前世とは全く違う世界、価値観だってのは分かります！　分かるんだけどさぁ……。

もうちょっと、「友達から宜しくお願いします♡」って感じに、元・喪女に優しい甘酸っぱさが欲しい……。なんて思ってしまうのは、贅沢な悩みなんですかね？

「エレノア……」

「リ……アム……」

リアムが私の前にやって来たタイミングで、兄殿下二人がその場を離れる。

リアムも私の前で片膝を突くと、両手をガッシリと握った。

「好きだ、エレノア！　俺、頑張るから！　頑張って、絶対お前を振り向かせてみせる！　だから……覚悟しとけよ⁉」

——うおぉぃ！　リアムー‼

か……覚悟しろって……。女の子に向かって言う台詞ではない……よね？

基本、お姫様扱いがデフォなこの国の女子が、面と向かってこんな台詞を言われたりしたら、「私に求婚する立場なのに何様⁉」って怒るに違いない（王族のリアムが言えば、怒られないかもしれないけど）。

ってかこれ、激しく『男友達』に対するノリである。

ド直球、ドストレートな、あまりにもリアムらしい告白に、再び全身が真っ赤になった。でもそれと同時に、胸に温かいものが湧き上がってくる。

『……本当、リアムって……』

私がうっかり微笑ましさを感じていると、何故かリアムの顔が真っ赤に染まった。

あれ？　何故に？

ってか、まだ手、握ったままなんですけど⁉　そ、そんな初々しさ全開でこられたら、私も照れてしまうじゃないか‼

「……なんか、リアムの告白が一番反応良いね」

「ああ……。流石はリアムだ。侮れねぇ……！」

「真っ赤になって、潤んだ瞳で微笑むって反則だよね。……僕もこれから頑張ろう」

えっ⁉　わ、私、笑ってた？

あっ！　兄様方やセドリックから、暗黒オーラが噴き上がってる‼

「…………」

……この時、オリヴァー兄様の瞳が仄暗い剣呑な光を宿していた事に、動揺し切っていた私は全く気付く事が出来なかったのだった。

「あっ……あの……。アシュル殿下、ディラン殿下、フィンレー殿下、……リアム……殿下。その……お気持ちは凄く嬉しいですけど……でも私……」

「エレノアは、僕達の事が嫌い？」

「え⁉　ま、まさか‼」

「じゃあ、好き？」

「うっ……す……好き……というか……その……」

「嫌いじゃないんなら、それで十分。……今は……ね」

『今は』という言葉を強調しながら、アシュル殿下は極上の笑顔を浮かべた。

「君に僕達の気持ちを意識してもらう事には成功したし、名前呼びも承認して貰った。挑戦権も得た事だし、これから宜しくね。オリヴァー、クライヴ、セドリック」

「……ええ。お受け致しましょう」

えっ⁉　な、名前呼び……決定事項なの⁉

あ……そ、そういえばさっき、アシュル殿下……私の名前呼び捨てにしていた……ような……？

ってか、挑戦権って……。それってつまり、私の婚約者になる為の……って事⁉

殿下方VS兄様方&セドリックという図式で、互いに火花を散らし合う姿を前に、私は未だに全身から湯気を出しながら、その光景を呆然と見つめるしか出来なかったのだった。


……後でウィルに聞いたのだけど、女性がプロポーズを受けた時、即座に「お断り」しなかった場合、『脈あり』とみなされ、そのまま婚約者に昇りつめる為の挑戦権を得られるのだそうだ。

だからこそ父様方はともかく、兄様方は私を極力外に出したがらなかったとの事。

そして私が学院に通い出してからは、私に近付こうとする周囲の男性達を徹底的に牽制し、排除していたのだという。

じゃあ、なんでその事を先に私に言っておかなかったのかと言えば、私が殿下方を愛しているのではないにせよ、好意を持っているのは丸分かりだったからだそうだ。

「君は基本、とても優しい子だからね」

そんな私が、自分を慕ってくれる親しい相手に対し、容赦なく拒絶するなんて芸当、出来る訳ないだろう……という事で、殿下方に挑戦権が発生する事はもう、諦めていたんだそうだ。

というのも、アルバの女性が興味の無い男を振るさまは、まさに「容赦がない」の一言だそうで、

私みたいに真っ赤になったり恥じらったり、きょどったりしながら「お断りです」なんて言っても、「気を持たせるための小技」としか見られず、結局挑戦権を得てしまう事になってしまうらしい。

……ちょっと待ってほしい。肉食女子のお断りって、どんだけ容赦ないんだ⁉

「お嬢様が学院に通われるようになったら、こういった危険は常に付きまといます！　……という訳で、時間の許す限り特訓を致しましょう！　さあ、毅然とした態度で『お断りします！』……これです‼　今日から頑張りましょうね‼」

余談だが、この後バッシュ公爵家に戻った時、主従一丸となって延々、『お断り』の特訓をさせられるようになるのだが、それは別の話である。

暴走する独占欲と揺れる心

「オリヴァー兄様。……あの……。本当に、申し訳ありませんでした‼」

殿下方も退室し、クライヴ兄様とセドリックと「お休みなさい」のキスをした後、有無を言わせず人払いがされ、私とオリヴァー兄様以外誰もいなくなった部屋の中、私はビクビクしながらオリヴァー兄様に向かい、ペコペコと謝罪していた。

「エレノア……」

「は、はいっ⁉」

「君があの妖精に誘われ、王宮に行ってしまったのは、先程殿下方に指摘された通り、全面的に僕達の方に非がある。結果、こうなってしまったのも……。ヒューバード殿の言う通り、僕達の自業自得としか言いようがない……」

そう言いながら溜息をつくオリヴァー兄様を見ながら、申し訳なさに涙目で縮こまる。

そんな私に、オリヴァー兄様は苦笑しながら手を差し出した。

「おいで、エレノア」

おずおずと近付くと、オリヴァー兄様は私を腕の中にすっぽりと抱き締めた。

いつもの優しい抱擁を受け、知らず緊張していた身体の力が抜けた……次の瞬間。私の身体はオリヴァー兄様ごと、後ろにあったベッドへと沈み込んだ。

「オリ……んっ！」

突然の事に、驚きの声を上げた絶妙のタイミングで、オリヴァー兄様が唇を重ねる。

そうして、まるで蹂躙するかのような激しさで貪られるように口付けられる。

「あ……んっ！　ふ……ぁ……っ！」

抵抗しようにも、身体全体を使ってベッドに縫い止められている状態では、身じろぎする事すら出来ず、私はただただ、嵐のように激しい兄様の口付けを受け入れるしかなかったのだった。

……やがて、口腔内がすっかり痺れ、ついでに頭の中も霞がかってしまった頃、ようやく唇が解放される。

すると、兄様の唇が今度は耳元に触れ、そのまま食《は》む様に咥えられる。

「――ッ！」

オリヴァー兄様の腕に抱き締められた身体が、ビクリと跳ねた。

「……あの時、君が正直に告白しなかったのは理解できる。……自分で言うのもなんだけど、あの時正直に告白されていたとしたら、間違いなく君を誰の目にもとまらぬよう、君と結婚して完全に自分のものにするその時まで、君をどこかに閉じ込めていただろうからね」

『おおぅ兄様！　ナチュラルに監禁宣言‼』

そ、そうか……。やっぱあの時、正直に言わなかったのは正解だったんだ……。よ、良かった！

「……でも……。僕達が反省した時点で、正直に告白しなかったことに関しては……許さない」

冷たい口調に、先程までの口付けにより火照っていた身体が一気に冷める。

「オ……オリ……あ……っ。あのっ、済みません‼　告白しなかったというより、すっかり忘れておりまして‼」

「うん、その事に関してはもういいよ」

「い……いいんですか……？」

おずおずと尋ねると、オリヴァー兄様は密着していた身体を離し、私を見下ろす形でニッコリと微笑んだ。

「うん。だって許さないって言っただろう？　それに、君のうっかりはいつもの事だしね」

穏やかな死刑宣告をする、気怠げな絶世の美貌。

少し長めの、艶やかな黒髪がサラリと目元にかかり、オリヴァー兄様の黒曜石のような瞳を隠す。

それを鬱陶し気にかき上げ、私を再び見下ろしたその瞳は薄暗がりの中、黒から紅に変わっていた。

ゴクリ……と、我知らず喉が鳴った。

そのあまりにも恐ろしく妖艶な美しさに、私は今現在、自分が置かれている状況も忘れ、震えながらも魅入られてしまう。

「今すぐにでも、君にお仕置きしたい所だけど……。流石に王宮《ここ》ではね。仕方がないから、バッシュ公爵家に帰ってからのお楽しみとしようか。ここまで回復したんだから、明日にはお暇《いとま》するし。……エレノア。覚悟しておくようにね……？」

最後の方、耳元で囁くようにそう告げると、オリヴァー兄様は硬直し、震えている私の頬に軽くキスをした後、静かな足取りで部屋を出て行かれたのだった。

◇◇◇◇◇

――夜が明けた。

夜明けを告げる、可憐な小鳥の鳴き声を聞きながら……。私は大きなフカフカのベッドの中、コロコロと寝返りを打ちまくりながら、昨夜の事を考えていた。

殿下方の真摯なプロポーズについては勿論の事、一番考えてしまうのは、感情をこれでもかと露わにしたオリヴァー兄様の事だ。

私にダメ出しをした後、部屋を出て行った兄様。

その直後、クライヴ兄様の怒声が聞こえてきた……と思ったら、入れ替わるようにウィルとミアさんが、血相を変えて部屋の中へと入って来たのだった。

ベッドに倒れたまま固まっていた私を「お嬢様ぁぁぁ‼　お気を確かに‼」と、涙目になりながらウィルが揺さぶる。

そんなウィルをミアさんが、「何をなさっているのですか‼」と、怒りながら猛然と引き剥がし、続き部屋にポイッと追い出したのにはビックリした。

「さ、お嬢様。どうか私の耳でもお触りになって、気持ちを落ち着かせて下さいませ！」

そう言いながら、ミアさんは未だ硬直していた私を優しく抱き締め、自分のケモミミを頬っぺたに擦り付けてきたのだった。

その的確なモフモフセラピーのお陰で、私の心は取り敢えず落ち着きを取り戻したのだが……。ミアさん。なんだかんだいって、逞しくなったなぁ……。

その後、おずおずと戻って来たウィルはミアさんと一緒に、テキパキと私の湯あみやナイトケアを行ってくれた。

「お嬢様、オリヴァー様は連日の激務により、少々お心が荒んでおられただけで御座います。どうか、どうかお嫌いにならないで差し上げて下さいませ‼」

部屋から出ていく前。ウィルはそう言いながら、私に向かって必死に頭を下げていた。

いやいやウィル、それ絶対無いですから！　私がオリヴァー兄様を嫌いになる事なんて、死んだって有り得ないから！

……それよりも寧ろ……。

オリヴァー兄様の見せた、あの冷たい表情を思い出す度、胸の奥がズキズキする。

怒ると恐いけど、いつもいつも私を優しく見守ってくれたオリヴァー兄様。……あんな顔を向けられた事なんて、今迄一度も無かったから……。

「兄様に……呆れられちゃった……んだよね。……それこそ、嫌われちゃったかなぁ……」

自分で言っていて悲しくなってしまい、シクシク涙を零す。

お仕置きも恐いが、兄様に嫌われる事の方が、私はもっと恐い。

そのまま完全に日が昇り、ウィルとミアさんがやって来るまでの間、結局私は一睡もする事が出来なかったのだった。

「おはよう、エレノ……ア？」

「おは……ってお前、どうしたその顔⁉」

「お、おはよう御座います……」

私の顔を見るなり、セドリックとクライヴ兄様が目を丸くした。

それもその筈。

一睡も出来なかった私の目の下には、薄っすらとクマが出来ていたのである。ついでに泣いた所為で、目元も腫れぼったくなってしまっているのだ。

でもこれ、私の顔を見るなり血相を変えたウィルとミアさんにより、入念なるスキンケア及びマッサージを施されたお陰で、だいぶマシにはなったんだよね。

かくいう二人とも、私の後方でハラハラしながらこちらを見ているのが分かる（そして、ミアさんの耳はピルピルしているに違いない）。

「エレノア……⁉」

「オリヴァー兄様」

ちょっと戸惑うように、最後に入って来たオリヴァー兄様が、驚いたような声を上げながら手を差し出した。

その手が私の頬に触れた瞬間、ほぼ無意識的に身体がビクリと竦んでしまい、オリヴァー兄様が慌ててその手を引っ込める。

「……ごめん……」

「……あ……！　に、兄様……！　あのっ……」

慌てて謝ろうとした私の視線を避けるように、オリヴァー兄様が顔を背ける。

そんな兄様の態度にショックを受け、私は二の句が継げなくなってしまった。

部屋の中に、非常に微妙な空気が流れる。

はぁ……と、溜息をついたのはクライヴ兄様だった。

「オリヴァー、お前なぁ。エレノアの態度は、昨夜お前がやらかした事に対しての、当然の結果だろうが！　そもそも傷付くんなら、最初からやるな！」

ビシッとそう言われた当の本人であるオリヴァー兄様は、まだ俯いたままだ。

そんなオリヴァー兄様に、私はおずおずと近付くと、戸惑いながら服の裾をキュッと握った。

「オリヴァー兄様……。御免なさい」

「…………」

「あの……兄様。私、頑張って兄様が望んだ通りの罰を受けます。……だから……嫌わないで下さい……」

「…………」

オリヴァー兄様からはやっぱり、何の反応も無かった。

いかん、また涙がちょっと滲んできた。……ああ……でも目を擦ると、腫れが酷くなるし……。

なんて思っていた矢先、物凄い勢いでオリヴァー兄様に抱き締められた。

あまりの力の強さに、滲んだ涙も引っ込んでしまう。に……にいさま……！　ウェイト！　ウェイトプリーズ!!

「君の事、嫌いになんてなる訳ないだろ!?　……昨夜はもう……一杯一杯で……。それに、殿下方にしてやられたのが悔しくて……。感情のまま、君にあんな事を……。僕の方こそ、君にもう……嫌われてしまったかと……」

「に、にいさま……！　い、以前も言いましたけど……私、兄様達にだったら、何されても……嫌いになんて……絶対なりませんから！」

「──ッ……！　御免！　エレノア、本当に御免ね!?」

は、はい……！　分かりました。兄様、もう分かりましたから、う……腕の力……抜いてくれませんか……かね？

「あの……オリヴァー兄上。エレノア、苦しがっているみたいなんですが……？」

セドリックの言葉に、オリヴァー兄様が慌てて私を自分の腕の中から解放する。

すーはーすーは……。ああ、空気が美味しい！

「ご、ごめんね……エレノア」

呼吸を整え、改めて見上げたオリヴァー兄様の顔は、罪悪感というか……物凄く不安そうな、頼りなさ気な表情を浮かべていて……。しかもなんか、ちょっとやつれていた。

……あ！　兄様の目元にも、薄っすらクマ発見！

ひょっとして兄様も、私同様眠れていなかったのかな……？　私に嫌われたかもしれないって、ずっと不安でいてくれたのかな？

「オリヴァー兄様、大好きです！」

「エレノア……!!」

オリヴァー兄様が、心の底からホッとしたような……蕩けるような甘い笑顔を浮かべる。そして再び私を抱き締めた。

それはいつもの、とても優しい抱擁で……。

心の底から、安堵と幸福感が湧いてきて、私も全力で兄様の身体に抱き着いたのだった。

そんな私達の様子を見ていたクライヴ兄様、セドリック、ウィル、そしてミアさんが、一様にホッとしているのが雰囲気で分かる。皆様。大変ご心配おかけしました！

……はい。その後はお約束のように、熱い朝のご挨拶を受ける羽目になりましたけどね。

勿論、クライヴ兄様とセドリックからもです。うう……。完徹で寝不足な身に、朝っぱらからのピンクな刺激は堪えます！

……ところでだ。ちょっと弱った風な兄様の顔を見ながら、『美形はやつれていても美形だ……』などと、アホな事を考えていたのは内緒である。

ついでに、いつもの隙の無い貴公子然とした姿とのギャップに萌えた事も。

そんな事を考えているのを知られたら、折角鎮まった兄様の怒りが再燃しちゃうかもだからね。

「……でもお前、ちょっとしたお仕置きはやるつもりなんだろ？」

「うん、勿論。やっぱりちょっとは、エレノアにも懲りてもらわなきゃだし、あちら側に少しでも先んじる為にも……ね」

心の中でアホな事を考えている時、そんな会話がクライヴ兄様とオリヴァー兄様との間でなされていた事に、私は全く気が付かなかったのだった。

「ところでエレノア。アシュルから朝食を是非一緒に……ってお誘いがあったんだが、断ってもいいぞ？」

「クライヴ兄様……。それって、『断れ』って言っていません？」

確かに、朝からキラキラしいのは正直勘弁ですし、昨日の今日で殿下方にお会いするのって、物凄く恥ずかしいけど……。でもこういったお誘いって、普通お受けする一択ですよね!?

私がそう言うと、クライヴ兄様とオリヴァー兄様の口から、同時に舌打ちが聞こえてきた。

セドリックは舌打ちこそしなかったものの、とても残念そうな顔をしている。……貴方がた……本当にブレませんね。

でもなんとなく、いつものオリヴァー兄様だ……って、物凄くホッとしてしまったけどね。

そういう訳で、私達は迎えにやって来た執事風の侍従と共に、王族の待つ食堂まで案内されたのだった。

華麗なる一族との朝餉

案内された食堂は……。

はい。以前修学旅行先で行った、ヨーロッパの古城を思い出しました。

これぞ、『ザ☆王宮！』って感じの品良く華美な室内に、何十人座れるんですか!? って感じの重厚な長テーブルが、中央にドドンと置かれている。

そしてそして……。

『何で、ロイヤルファミリーが大集合しているのー⁉』

……ええ。うっかり心の中で叫んでしまいましたよ。

ゴッド・ファーザー席（上座）には、国王陛下と聖女様が、お内裏《だいり》様とお雛様のように仲良く座っていた。そして国王陛下側の席には王弟方が、聖女様側の席には殿下方が、それぞれ並んで座っていて、入室して来た私達を目にするなり、一斉に笑顔を浮かべる。

爽やかな朝日に照らされ、より一層輝くキラキラしい美しさたるや、世界最終戦争《アルマゲドン》にて使用されるであろう、究極の顔面兵器……とでも言おうか……。後光と共に、天使が舞い降りそうな勢いだ。

とにかく眩しい！　直視できない！　したら死ぬ‼　……うん、本当に間違いなく心臓止まるわ‼　数の破壊力も合わさり、ロイヤルファミリーが、確実に私にとどめを刺しにきていると言っても過言ではない。なんとも凶悪な美しさだ。

——しまった……。不敬と言われようが、朝食お断りしておくべきだった……‼

「おはよう。急な誘いで悪かったね。今日、エレノア嬢がバッシュ公爵家に戻ると聞いて、最後に是非、一緒に食事を……と思ってね。快く招きに応じてくれて嬉しいよ」

スッと通る、バリトンボイスの美声が……！　こ、国王陛下、おはよう御座います！

ってか、えっ⁉　私、今日家に帰れるの⁉　え？　い、いつの間にそうなった⁉

「……昨夜のうちに、オリヴァーが国王陛下に話をつけたんだ。『肉まで食べられるようになったから完全復活です。今迄有難う御座いました』って言ってな」

クライヴ兄様に、そう小声で教えてもらう。……オリヴァー兄様、やる事早いな！

あ、ひょっとしてそれがあったから、殿下方が私に一斉にプロポーズしてきたのかな……？

「おはよう御座います。国王陛下、聖女様、王弟殿下方、殿下方。お招き、大変光栄に御座います。」

「……オ……オハヨウゴザイマス……」

オリヴァー兄様に倣い、カーテシーではなく、深々とお辞儀をしながら挨拶するが、カタコトになってしまったのは見逃してほしい。

「おはよう、オリヴァー、クライヴ、セドリック。そしてエレノア。良い朝だね」

——ウッ!!

殿下方を代表してか、アシュル殿下が極上の微笑を浮かべながら挨拶をしてくる。しかもしっかり、名前呼びでの先制攻撃だ。これだけでも軽く二回は死ねる……。

「おはよう、エレノア！」

おお！　アシュル殿下に負けず劣らずのキラキラしさだよリアム！

「おう、エル！　良かった無事だったか!?　いやぁ～、昨晩はマジで心配だったわ！」

あっ！　ディーさん！ ディーさんの言葉に、オリヴァー兄様の眉がピクリと跳ねた。

兄様、大丈夫です。ディーさんの事だから、多分なんの悪気も含みもありませんよ？

「エレノア、どうしたの？　早くこっちにおいでよ。ひょっとしてまだ寝ぼけているの？」

フィンレー殿下。朝から辛口な一言、有難う御座います。

ってかフィンレー殿下！　貴方も当然のように名前呼びですか！　し、しかも、いつもは黒いローブ一択だってのに……。爽やかな朝に相応しい、白い開襟シャツに黒いズボン……だと……!?

『くぅっ！　あ、朝からギャップ萌えまで仕掛けてくるとは！　なんて卑怯な……!!』

どうする……!?　ここは臣下の意地を見せ、玉砕覚悟で特攻《近くに行く》を仕掛けるべきか否か……。

私は微妙に直視するのを避けていた、キラキラしい華麗なる一族に、視線を一瞬合わせた後で目を閉じ、俯いた。

――……敵前逃亡決定。

そう心の中で白旗をあげながら、私はロイヤルファミリーから一番遠い、端っこの席に着席した。

「え？　エレノア？」

「エレノア嬢？　何故そんな端の方に？」

私の行動に対し、戸惑いの声が上がる。

……済みません……。私の視力と気力と鼻腔内毛細血管を守る為には、この場所にいるしかないんです。

「エレノア嬢？　何を遠慮しているのか分からないが、そんな隅にいては、可愛い君の顔がよく見えないだろう？　さあ、こっちに早くおいで」

国王陛下が、おいでおいでと手招きしているけど……済みません。そんな甘いイケボで言われてしまったら、猶更行けません。

「いえ……。私なんぞ、こちらの席で十分です」

俯きながら、か細い声でそう言う私に、リアムが立ち上がる。

「エレノア！　ここはあくまでプライベートな場所なんだから、そんな遠慮必要ないんだぞ!?」

い、いや……。遠慮なんかじゃなくて……その……。

ってか、こんなに距離があるのに私の声聞こえたの⁉　流石は選ばれしＤＮＡ！

「………眩しくて……ムリ」

ボソリと呟いた私の言葉が、かろうじて届いたのであろう。途端、「……あ～……」的な、なんとも言えない微妙な空気が流れる。

「そうだね、エレノア。無理をする事はない。僕達も君と一緒に、こちらに座ってあげるからね？」

「オリヴァー兄様！　……え……でも、兄様方やセドリックはあちらにいかれた方が……」

「何を言っている！　大切な婚約者を放って別の所に座れるか！　それにリアム殿下も仰っていただろう？　あくまでプライベートな場所だってな。だからお前は遠慮なく、自分が寛げる場所に座るといい」

「クライヴ兄様……」

「そうだよエレノア。大丈夫、僕達がちゃんと日除けになってあげるからね？」

「う、うん。有難う……？」

そう言うと、オリヴァー兄様、クライヴ兄様、セドリックは満面の笑顔で、次々と私を囲むように着座してしまう。

それに対し、アシュル殿下、ディラン殿下、フィンレー殿下、リアムは、兄様達をジト目で睨み付けている。

特に言葉尻を上手く取られてしまったリアムは、憤懣《ふんまん》やるかたないと言った様子だ。

「……エレノアが普通のご令嬢じゃないんだって、うっかり失念していたよ……」

「不味《まず》ったな。あっち側の椅子、全部撤去しとくんだったぜ！」

「チッ。父上に似さえしなければ……。あれ？　でも母上に似てもアウトか」

そこでふと、アシュル達は視線を感じて振り向く。

するとと、自分の父親や叔父達が一様に、生温かい視線を自分達へと向けていた。

その目がまるで『自分達の気持ちが分かったか？』と言っているようで、思わずジト目になってしまう。

そんな気持ち……一生分かりたくなかった。

「ってか、オリヴァー・クロスやクライヴ・オルセンとずっと一緒に居たんだから、美形に弱いって言ったって、少しは慣れてんだろ⁉」

「……リアム殿下。この子、今でも我々が本気を出す度、目を回しているんですよ」

「――ッ！　……マジか……⁉」

「ええ、マジです」

「一緒に風呂入っても、羞恥のあまり、逆上《のぼ》せて湯に浮かぶしな」

「「「「一緒に風呂⁉」」」」

「お互い服着ていますから!!」

クライヴ兄様ー！　朝っぱらから何言ってんだ!!

真っ赤になって否定した私の言葉に、殿下方が目を丸くした（気がした）。

「は？　……お互い……服……？」

「……ええ。エレノアが考案した、男性用の入浴着を着ています。しかも、水に濡れても全く透けない素材使用です」

「エレノア、それでも真っ赤になって逆上せてるよね……」

「そ……それは……」

「マジか……！」

……なんか、兄様方やセドリックの目が、死んだ魚のようになっている気がするんだけど、気の所為だろうか？

というか、そうじゃない!! 一体いつまでお風呂を話題にしてんですか、あんたら!?

……ん？ あれ？ な、なんか兄様達や殿下方の間で、謎の連帯感が生まれている……？

というより、殿下方の兄様方やセドリックを見る目、なんか憐れみが込められているような……？

国王陛下や王弟殿下方も、なんか目を丸くしちゃっている（気がする）。

「さあさ！ エレノアちゃんがあちらに座りたいって言うのなら、それでいいじゃない。そして、折角の爽やかな朝食の席に相応しくない会話も、もうお終い！ 食事は美味しく食べるのが一番よ！」

パンパン、と手を叩き、その場をまとめる聖母の微笑に、その場の空気がリセットされる。

流石は聖女様。この国の頂点に君臨すると言っても過言ではないお方！ お風呂ネタをぶった切って下さって、本当に有難う御座いました！

「エレノアちゃん。今朝は特別に、私の生まれた国の料理をお出しするわね」

んん？ 聖女様の『生まれた国の料理』……？ って、聖女様、この国出身ではなかったんだ!?

あ、兄様方やセドリックも驚いた表情を浮かべている。でもこういう内輪ネタ、私達が居る席で話してしまっていいのだろうか？

「……多分だけど、君の事はもう既に、身内として扱っているのではないのかな？」

ボソリと呟いたオリヴァー兄様の言葉に、汗を流しながら『成程……』と納得する。

それってつまり、息子達の将来の嫁的な意味で……？　あ、クライヴ兄様とセドリックが能面のような顔して頷いている。つまりはそういう事ですか。

「あ、有難う御座います。喜んで頂きます」

「ふふ……。私の夫達もこの子達も大好きなの。きっと貴女も気に入ってくれる筈よ？」

へぇ……。王族をも虜にする、異国の料理ですか……。

食の探究者と世界に名だたる元・日本人としては、興味津々です！

さてさて、どんな料理なんだろう。

そうして、ワクワクしながら目の前に出された料理を目にした瞬間。私は思いきり固まってしまった。

『こ……これは……っ!?』

「……これは……？」

目の前に置かれた皿の上。

そこに乗った、白い粒を三角に固め、黒いもので覆った物体を目にした瞬間、全身が総毛立った。

そしてオリヴァー兄様、クライヴ兄様、セドリックもまた、自分達の目の前に置かれた皿の上の物体を目にするなり、戸惑いがちに首を傾げる。

『これ……食べ物なのか……？』って考えているのが丸わかりである。

「これは『おにぎり』っていって、私の生まれ故郷の主食なの。しかも今年採れたての新米よ！」

――ッ！　や、やはりおにぎり……！　し……しかも新米……だと……！？

その衝撃的な単語の数々に、私の思考はフリーズした。

更に追い打ちをかけるように、次々と目の前に置かれていく料理の数々に、私の思考は完全に彼方へと持っていかれてしまった。

――ああっ！　あ……あの渦を巻く黄色いフワフワは……出汁巻き卵……⁉　あ、あれは……ピクルス……？　いや、まさか……そんな！　ひょっとして……野菜のヌカ漬け……⁉　わ……私……夢……視ているのかな……？　んんっ⁉　こ……っ、この香り……！　ああっ！　ご丁寧にお椀に入ったあの茶色のスープ……！　日本人の血液とも言うべきあれは……味噌汁……⁉

ホカホカと湯気の立つ香ばしい香りが、鼻腔から脳内へと流れつき、痺れるような感動と食欲を全身に湧き立たせる。

こ……これが夢なら……食べるまで覚めないで……‼

あまりの感動に打ち震える私の横で、オリヴァー兄様達は戸惑いを隠せていない様子だった。

『……なんなんだ？　これは……。聖女様は「おにぎり」って言っていたけど……』

『しかも、このスプーンとフォークと一緒に置かれた二本の棒は……？　まさかとは思うが、これもカトラリー……？』

『どの料理も見た事が無いものばかりだ……。しかもこのスープ、匂いが独特だな。決して不快な匂いではないけど……』

「さ、それでは頂きましょう」

そんな私達を尻目に、聖女様のお言葉を合図に、王族方が一斉に木の棒（お箸）を手に持った。

そして、唖然としている私達の目の前で、王族方は二本のカトラリー（お箸）を器用に使いながら、食事を開始したのだった。

◇◇◇◇◇

国王陛下が渦巻きの様に巻かれた黄色いものをカトラリーで掴み、口に入れる。

アシュルも皮が緑色のピクルスを口に入れ、パリパリと良い音を立てながら食べると、向かいのデーヴィスが、見慣れぬ器を手に取り、ズズ……と音を立てて啜り始める。

更に驚くべき事に、ディランとリアムが黒い紙に包まれた白い三角《おにぎり》を、あろう事か素手で掴み取ると、豪快に齧り付いたのだ。

「あー、やっぱ新米はうめぇわ！　この塩気と海苔のパリパリ感、たまんねぇ！」

「母上、やっぱり新米は一味違いますね！」

「そうよねぇ」

「「「…………」」」

——あの黒い紙、食べ物だったのか……‼

衝撃的なその事実に、思わずオリヴァー、クライヴ、セドリックの心の声が一つになった。

それにしても……だ。

今この目の前で繰り広げられている光景は、一体全体なんなのだろうか。

謎の棒を器用に使って、謎の料理の数々を切る、挟む、掴む。

その上、白い三角《おにぎり》を手掴みし、あろう事か汁物を……音を立てて啜る。

とてもじゃないが、一国の最高権力者達の食事風景とは思えない。

その野性味溢れる、豪快な食事風景に圧倒されていたオリヴァー達だったが、ふとエレノアを見ると、今まさにディランとリアムが食べていた白い三角《おにぎり》を、真剣な顔で凝視していた。

多分だが自分達同様、見慣れぬ料理に戸惑った挙句、どう食べて良いのか途方に暮れているのだろう。

「オリヴァー、クライヴ、セドリック。それにエレノア。我々の食べ方を真似する必要はないんだよ？　普通にカトラリーを使って食べていいから。口に合わなければ残してもいいし」

こちらの様子を見かねてか、アシュルが苦笑しながら声をかけてくる。

オリヴァー達は戸惑いながらも、「ならば」と各々がカトラリーを手にした。次の瞬間だった。

「……え……？　エレノア⁉」

エレノアはオリヴァー達のようにカトラリーを手にするのではなく、ディラン達のように、白い三角《おにぎり》を手掴みし、パクリと頬張ったのだった。


「――――ッ……‼」

おにぎりを口にした瞬間、私の脳内に祝福のラッパが鳴り響いた。

お……おにぎりだ……っ‼

この世界で、前世の記憶が覚醒してからはや四年。

夢にまで見た故郷の味に、私は我を忘れて二口、三口とおにぎりを頬張っていく。

こ……この、口の中に入れた瞬間、お米がホロリと解けるような、絶妙な握り加減……。そして程よい塩気といい、まさにいい塩梅‼　し、しかもこの海苔……パリパリ‼　ってかこれ、どうやって作ったの⁉　そ……それに、中に入っている具材……！　まさかの塩鮭⁉　まさに、具材が混然一体といった、絶妙なハーモニーを奏でている……‼　つまり、何を言いたいかっていうと、滅茶苦茶美味しい!!

「嗚呼……」

生理中のガルガル期に、「お米食べたいー！　コメー!!」と喚いていたあの日々……。

「コメとはなんぞ？」と言われ、必死に伝えても理解されず、思い余って銅鍋で麦を炊いて、しっかり消し炭にしてしまい、厨房入室禁止を言い渡された事もあったっけ……。

諸々の出来事が脳裏をよぎり、思わずホロリ……と、涙が一筋頬を伝った。

おにぎりに魅了され、もはや自分の世界に入り切ってしまった私は、周囲の自分を見る目を気にも留めず、いそいそと木の棒……もといお箸を手に取り、ウキウキしながら、見た目にもジューシーな卵焼きを一口大に切り分け、口に入れた。

う……っわ！　しっかり甘めの出汁が効いている!!　まごう事なき出汁巻《だしま》き卵!!　しかもこれ、カツオ出汁……!?　よもや料理人は、私と同じ転生者!?

……などと心の中で呟きながら、出汁巻き卵に舌鼓を打つ。もはや私の心に、一切の迷いは無い。

次は……と、ホカホカと湯気の立つお椀を手にすると、まずは一口啜ってみる。

おおおっ!!　こっちもしっかり出汁が効いてる!!　し、しかもなんちゃってじゃなく、ちゃんとした味噌汁だぁ!!　具材は……ええっ!?　ワカメ!?　し、しかもこの緑と白は……ネギ!?　す……凄い……！　これ作った人、分かっている!!

嬉しそうに味噌汁を啜る私に対し、聖女様がにこやかに声をかけた。

「エレノアちゃん、貴女が一番好きなおにぎりの具材は何かしら？」

「あ、はい！　私はイクラが一番好きで……す……」

思わず答えてしまった後、私はハッと我に返った。

そしてようやっと、今現在自分が滅茶苦茶注目を浴びている事に気が付いたのだった。

オリヴァー兄様、クライヴ兄様、セドリック……。そして、アシュル殿下、ディーさん、フィンレー殿下、リアムまでもが、目を丸くしてこちらを注視している。

というか、オリヴァー兄様達は酷く顔色が悪くなっていた。

おずおずと聖女様の方に目を向けると、国王陛下や王弟方は、「ほぉ……」「へぇ……」といった感じで、興味深そうにこちらの様子を窺っている。

……こ……これは……ひょっとして……。

「そう、イクラなの。エレノアちゃんってば通ね！　私は無難にツナマヨが一番好きなのよ！」

場の空気を読まず……。いや、読んだからこその、確信的なその微笑を見た瞬間、私はようやく悟った。聖女様が私にこれらの料理を出した、その思惑を……。

わ、私が転生者だって事……。聖女様に……バレちゃってた……!?

恐らく、半信半疑だった殿下方にも協力してもらって、最後のダメ押しとして、この料理の数々を出したに違いない。

「エレノアちゃんが、私の故郷の料理を気に入ってくれて嬉しいわ！　まだまだ料理のレパートリーは沢山あるから、是非また食べにいらっしゃいな。エレノアちゃんが泣いて喜ぶ、とびっきりの和食を用意して待っているわ♡」

ダラダラと冷や汗を流す私に向かって、聖女様は聖母の微笑を浮かべながら、そう告げたのだった。

お世話になりました

そうして波乱に満ち満ちた朝食を終えた後、私はドレスに着替え、お見送りの方達の前に立った。

……というかこれ、王宮中の人達ほぼ全てがいるのではなかろうか……？

「国王陛下、聖女様。並びに王族の方々。この度はバッシュ公爵家の珠玉であり、私のかけがえのない婚約者であるエレノアの為に尽力して頂き、感謝の念に堪えません。当主に代わりまして、心からの感謝と永劫の忠誠を捧げさせて頂きます」

バッシュ公爵家を代表し、臣下の礼を取りながら、オリヴァー兄様が、国王陛下方に感謝の言葉を述べる。

「あ……あのっ。国王陛下、聖女様、王弟殿下方、そして殿下方！　私を気遣い、癒し支えて下さって有難う御座いました！　そして今迄、大変お世話になりました！　このご恩は生涯忘れません！」

オリヴァー兄様のお言葉の後、私も最大限の感謝を込め、深々とカーテシーを行った。

ちなみに私の本日のドレスだが、黒をベースにし、白いレースをふんだんにあしらった、ふんわり華やかなプリンセスラインである。

そして首にはいつものインペリアルトパーズが嵌め込まれたチョーカーが……。はい、兄様方とセドリックの色満載です。

この格好を見たアシュル殿下が、「物凄く可愛いけど……複雑……」って、ボソリと呟いていたっけ。

顔を上げると、聖女様や国王陛下をはじめとしたロイヤルファミリー達は皆、一斉に寂しそうな表情を浮かべた。

なんとなくだけど、いつものキラキラしさも三割ほど落ちている気がする。

しかし……だ。これって、王族やその関係者に淑女が言うような言葉であろうか……？

寧ろ、行き倒れていた旅の娘が、親切に手当てをしてくれた命の恩人に対し、言うような台詞だよね。

実は皆さんへのご挨拶、オリヴァー兄様やクライヴ兄様に、「もう君（お前）の中身はバレている。下手に取り繕うより、地でご挨拶した方が良い」と言われたので、そうする事にしました。

不敬だと咎められないのなら、人間正直に生きるのが一番である。

「あっ、あの……！　近衛の方々や騎士様方、私を守って下さって有難う御座います！　この王宮で、私達国民の為に働いて下さっている方々も……。優しくお声がけをして下さったり、お菓子を下さったり。色々と、本当にお世話になりました！　厨房の方々も、いつも美味しいお食事を有難う御座いました！　皆様方のご厚意に、深く感謝いたします！」

そう言い終えた私は今一度、深々とロイヤルファミリーの後方に控えていた近衛さん、騎士さん、官僚や大臣の方々、色々な仕事に従事している召使さん達。それと……何故か端っこで、こっそりと控えている厨房の料理人さん達に向かって、深々とカーテシーを行った。

「くっ……！」

「うう……っ！」

その途端、彼らは一斉に言葉を詰まらせ、目を潤ませる。

中には口元を覆ったり、目頭を押さえたりする人達までいたりして、なんかもう、どうしたらいいのか……。とてもいたたまれない（料理人さん達など、全員がエプロン（？）で顔を覆って泣いていた）。

「エレノアちゃん。はい、これお土産！　朝食の席でも言ったけど、また近いうちに遊びに来てね？

勿論、セドリック君やお兄様方もご一緒で構わないから！」

そう言いながら、にこやかな笑顔でバスケットを手渡され、私も兄様達も、顔を引き攣らせながら頭を下げるほかなかった。というか、それ以外に何が出来よう。

実はあの朝食の席で、私が転生者だと（確実に）身バレした後、何故か特にその事について触れられぬまま、今に至るのである。

その事に、私も兄様達も戸惑っている……というのが本音だ。

しかも別に引きとめられたりもせず、当初の予定のまま、こうしてバッシュ公爵家に帰る事になっているし……。逆に、何を考えているのか分からなくて怖い。

「ミアさんもね。バッシュ公爵家に行っても、エレノアちゃんと一緒にまたいつでも顔を出して？

他の子達も、落ち着いたら交代でそちらにお仕事しに行くって言っていたしね」

「はい、聖女様！　私、この命が尽きるまで、エレノアお嬢様を傍近くでお支えし、誠心誠意バッシュ公爵家の皆さまにお仕えしたいと思っております！」

私の後方に控えていたミアさんが、言葉通りのやる気に満ちた笑顔で、元気にケモミミをピコピコさせながら聖女様に深々と頭を下げた。

今回、ミアさんも含めた獣人の王女様方と同行して来たメイドさん達は、全員が王宮預かりとなり、取り敢えず聖女様にお仕えする形で、この国の文化やマナーを学ぶ事となったのである。

その上である程度慣れたら、他の貴族のお家に行儀見習いに行くも良し、今後移民としてやって来るであろう、家族や恋人と共に生活するもよし。勿論このまま、王宮の侍女として残るもよし……という事になっているのだそうだ。

でもミアさんは王宮《ここ》に来た当初から頑として、「私はエレノアお嬢様に生涯お仕え致したく存じます！」と言い張り、その熱意を受け、バッシュ公爵家の面々（特に私）は諸手を上げて歓迎した。

そして実は、他のメイドさん達もミアさん同様、バッシュ公爵家に行きたがったそうなのだが、聖女様が寂しがった為、ひとまずはミアさんだけがうちに来る事になったのだった。

……っていうのは実は建前で、ぶっちゃけケモミミメイドさん達が全員うちに集中すると、他の貴族やら騎士やら近衛やら官僚やら……。まあ要するに、男性陣全員から大ブーイングが上がってしまうから……というのが真相らしい。

なんせ彼女ら全員、容姿は勿論の事、性格も非常に大人しく愛らしいのだ。

そんな彼女らと一緒に働きたい、囲いたい、あわよくば恋人ないし妻にしたい。……なんて思ってしまうのは、男子として当然の欲求だろう。

ましてやこのアルバ王国の男性達はみな、草食動物の皮を被った紳士な獣である。

そんな彼らが、実際に草食動物な彼女らをロックオンしない筈がない。

実際、あの手この手をフルに使い、篭絡《ろうらく》する気満々な様子だ。

――アルバの男達がロックオンして、何も知らぬ草食動物である彼女らが、果たして抗えるのだろうか……？

そうは思ったが、たとえ上手く捕獲されても、アルバの男性だったら彼女らの事を、めちゃくちゃ大切に……というか、デロデロに溺愛しそうだ。

なんとなく思ったんだけど、アルバの男性達ってみんな、実は滅茶苦茶独占欲が強くてヤンデレ入っている気がするんだよね。

そして、その本性を上手く隠しながら女性を持ち上げつつ、いつの間にか囲い込んじゃう……みたいな？

――……や、やっぱ大丈夫かな？　束縛系嫌いな人、いるかもしれないし……。

う～ん……。まあ、何かあったら聖女様が助けてくれるだろうし、私も相談されたら頑張って何とかするからいい……かな？

それに何とかしようにも、私も今現在いっぱいいっぱいだし……。

「それじゃあね、エレノア」

「エル、またすぐ来いよ⁉」

「来なかったら色々考えるから」（ひぃっ！）

「エレノア、じゃあまた学院でな！」

そう言いながら、次々と私の手の甲に口付けをしていく殿下方に、全身真っ赤になって脳内ショート寸前になった私は、「ほら、さっさと行くぞ！」と、クライヴ兄様に小脇に抱えられながら（普通は姫抱っこではないだろうか？）バッシュ公爵家の馬車へと乗り込んだのだった。

「あっ、あのっ！　兄様方、セドリック。……ご、御免なさい‼」

殆ど振動を感じない馬車の中、私はオリヴァー兄様、クライヴ兄様、そしてセドリックに対し、ガバッと頭を下げた。

何の謝罪かと言えば、当然の事ながら、朝食の席でのやらかしについてである。

そんな私を見ながら、オリヴァー兄様が深々と溜息をつく。

「エレノア、謝らなくてもいいから。あれはもう、仕方が無い。……まさか聖女様が、君と同じ世界からいらっしゃった『転移者』だったなんて、誰も想像していなかったからね」

オリヴァー兄様のお言葉に、クライヴ兄様とセドリックも同時に頷いた。……ついでに私も。

そうなんだよね。まさか聖女様が私と同じ、元・日本人だったなんて……！

そりゃあ黒髪黒目だし、言われてみれば日本人の特徴あったりするけど、あのロイヤルズに負け劣らずの美貌で、パッと見日本人だなんて思えないよ！

『う〜ん……。転生者と違って転移者って、見た目が変わらない人が殆どみたいなんだけど、私の場合は界渡りした際、見た目がこの国に合わせて多少変わっちゃったみたいなのよね』

……とは、私の疑問に対しての、聖女様のお言葉である。

成程。よく界渡りした人が、スキルなりなんなり得るって設定、そのまんまな訳ですか。ってか、美貌もスキルの一つに入るのかな？

あ、あと、最初に聖女様が私の事を、「転生者じゃないか？」って疑ったのは、自分のツンデレ要素を見抜いた時だったらしい。

そんでもって、聞けば聞く程親近感を持ってしまう、私の言動ややらかしの数々に、疑問が確信へと変わっていったのだそうだ。

だから、半信半疑な陛下方や殿下方に協力して貰って、あの朝食をセッティングしたんだって。

「オ……オリヴァー兄様……。あの……大丈夫……でしょうか？　確か前に、転生者は問答無用で王家の保護対象になる……って……」

「ああ。それに関しては、今の所大丈夫だろうと思うよ。聖女様が君と同じ世界からの転移者だって事を我々に知らせた時点で、君をどうこうする気が無いと暗に示したんだろうからね。そもそも、もし君を囲う気だったら、君は今こうして僕達と一緒の馬車に乗っていないから」

そうなのだ。

『転生者』や『転移者』は、常人とは違うスキルや、元居た世界の貴重な知識を保有している事が非常に多い。

その為、半ば強制的に国の保護対象になってしまうと、以前兄様方や父様方が言っていた。実際、聖女様も転移した時、王宮にしっかり保護されたらしいし。

……というか転移した先が王宮で、尚且つ女性だったからって、そりゃあもう、上にも下にも置かない程のもてなしっぷりだったそうだ。

おまけにその時、現在の国王陛下や王弟殿下方が聖女様に一目惚れしてしまったそうで、聖女様は「保護と言うより、あれは間違いなく、強制的囲い込みだった……」と、遠い目をして言っておられたような……？

「まあ、ようはエレノアが転生者だって事を公にしない代わりに、エレノアが王宮に遊びに行くのを邪魔しないように……って、俺達に牽制したんだろうよ。……もしそれをしたのがアシュル達や国王陛下方だったなら、反論なり対抗策なり出すところだが……。よりによって、『聖女様』だからな。頭の痛い所だ」

うん、確かに。

聖女様ってこのアルバ王国では、女神様と同列で崇拝されている方だから……。こと、私に関しては恐れ知らずな所のある兄様方でも、流石に二の足踏んじゃうよね。

「……兄上方。ひょっとしたら聖女様……僕達だけではなく、王家も牽制してくれたのではないでしょうか？　エレノアが『転生者』だって事を、王族達《あちら》のカードに使わせない為に」

「え……!?」

戸惑いがちに呟いたセドリックの言葉に、私は驚いて目を見開く。

オリヴァー兄様の方は、その思惑に気が付いていたのだろう。複雑そうな面持ちで頷いた。

「……まあ、そうだろうね。聖女様としては、同郷であるエレノアを不幸せにはしたくなかったんだろう。でもしっかり、息子達の援護射撃もしている。……はぁ……。まさか聖女様が、あのように策士だったとは……」

「うちのお袋と全然違うタイプだが、手強いって所は共通しているよな」

「ええ。流石は聖女様です。悔しいけど尊敬します」

す、凄い！　兄様方やセドリックが心の底から聖女様を認め、手放しで褒めちぎっている！

私は『転生者』だから、チートだのなんだのは全く無かったけど、やっぱり界渡りをする『転移者』には、色々なスキルや能力が備わるんだろうな……。なんか羨ましい。

「私も聖女様程ではないにしても、スキルの一つでも持っていたらよかったなぁ……」

思わずそう口にした言葉に、兄様方やセドリックが互いに目を見合わせた後、可笑しそうに笑った。

「そうでもないぞ？　お前にはお前にしかないスキルがしっかりあるじゃねぇか」

「えっ!?　そ、そのようなものが私に!?」

何と！　私には、私の知らないスキルが存在していたらしい。

食い気味になった私に対し、オリヴァー兄様が優しい笑顔を向けながら頷いた。

「うん。『エレノアがエレノアである事』……がね」

「……はい……？」

え？　私が私である事がスキル……？　なんのこっちゃ。

「分からなくてもいいんだよ。つまり、エレノアはそのままで最強だって事」

「そうだよね。エレノアには、僕も兄上方も……殿下方だって敵わないと思うよ？」

「？？？」

えっと……。意味が全く分からない……。

でも、兄様方やセドリックが楽しそうだから、まぁいいかな……？

「ところでエレノア。聖女様から何を貰ったの？」

「えーっと……何だろ……あ！　おにぎりだ!!」

バスケットを開けてみると、そこにはしっかり笹の葉（のような植物）にくるまれたおにぎりが入っていた。しかも海苔がふんにゃりしないよう、しっかり別に取り分けられている。

……ううむ……！　流石は聖女様《日本人》。そこは譲れないようだ。

あ、よく見てみたら、綺麗なガラスの器にそれぞれ、出汁巻き卵と漬物が入っている！　嬉しい！

「結局朝食の席で、僕らは食べ損ねちゃったんだけど……。これって美味しいの？」

オリヴァー兄様の言葉に、私は力一杯頷いた。

「はい、美味しいですよ！　沢山入っていますから、お家に着いたら一緒に食べましょう！」

「そうだね。君の大切な故郷だった世界の食べ物だものね。きっと美味しいんだろう。君の言う通り、僕達の家に帰ったら一緒に食べよう」

『僕達の家』

そう言って微笑んだオリヴァー兄様の顔を見て、私はようやっと実感が湧いてきた。

「……私、兄様方やセドリックと家に帰れるのが、凄く嬉しいです！」

そう。ジョゼフやベンさんや他の召使の皆にやっと会えるのだ。

しかも今日から、ミアさんが私の専属召使に加わってくれる！

……ああ……。憧れのケモミミメイドさんにお世話してもらえるなんて、夢みたい！

「……うん。なんか若干、僕達と帰れる以外の事で喜んでいる気がしないでもないけど、確かにようやく君が僕達の許に帰ってくるんだ。……おかえり、エレノア」

そう言って、オリヴァー兄様が私を抱き寄せ、頬にキスをする。

「はいっ！　ただいまです、兄様！」

——まだ馬車の中ですが……。

そう心の中で呟きながら、私はオリヴァー兄様の唇に、こっぱずかしいが自分から口付けた。

「——ッ！　エレノア！　初めて君の方から……!!」

そう言って、感激のあまりにそのまま押し倒す勢いで、ディープなキスをブチかましてきたオリヴァー兄様を、クライヴ兄様とセドリックが必死に制止し引き剝がすという、ある意味お約束な展開を馬車の中で繰り広げつつ、私達はバッシュ公爵邸へと帰って行ったのであった。

王宮と王立学院は近い位置にある為、割とすぐに馬車から見える風景は、いつも通学する時目にする懐かしいものへと変わっていった。

◇◇◇◇◇

「あ……！」

暫くすると、見慣れた我が家……バッシュ公爵邸が小さく見えてくる。

一ヵ月も離れていなかったというのに、無性に懐かしく感じてしまう。

「オリヴァー兄様！　見てください、ほら！　皆が待ってくれています！」

「うん、そうだね。皆、ずっとこの日を待ち望んでいたからね」

どんどん近付いていてくるにつけ、門の前に父様方と……沢山の懐かしい顔ぶれが並んでいるのが見えて、顔が紅潮する。

どうやらバッシュ公爵邸で働いている人達全員が、自分達を出迎えに来てくれているようだ。

「……ジョゼフ……。公爵様や皆の暴走を抑えておくって言っていたんだけどねぇ……」

「ま、仕方ねぇだろ。ジョゼフも他の連中同様、エレノアが帰ってくるのを心待ちにしていたんだからな」

そう言いながら、オリヴァー兄様とクライヴ兄様が、呆れ顔で苦笑する。

どうやら、いつもは父様方の暴走をやんわりと抑えてくれているジョゼフ自身が、父様方同様、私の到着を待ち切れなかったようだ。

「ふふ……。エレノアは皆から愛されているからね。僕も毎日、エレノアの様子を聞かれていたんだよ？」

セドリックも、そんな彼らを見て楽しそうに笑っている。

私は、みんなの気持ちがただただ有難くて嬉しくて、じんわりと目頭が熱くなってしまった。

やがて馬車は正門へと到着する。

御者がドアを開けてくれたと同時に、私は馬車の外へと飛び出した。

「父様方！　みんな！　ただいま!!」

「エレノア！　お帰り!!」

「「「エレノアお嬢様!!」」」

私が飛び出してくると同時に、駆け寄って来たアイザック父様が、私の身体を思い切り抱き締める。

いつも抱き潰されている身としては、ちょっぴり身構えたが、ジョゼフに念入りに言い含められていたからか、いつもと違ってかなりソフトな力加減であった。

「あああぁ……!!　やっと……やっと君が帰って来てくれたぁ……!!　ううっ……！　これでもう、あの鬼師匠やクソ王族達に遠慮せず、君と思う存分過ごせるんだね！　可愛い僕のエレノア！　本当に、よく戻って来た!!」

「父様……！」

滂沱《ぼうだ》の涙を流しながら、私の顔中にキスの雨を降らせるアイザック父様。

そんな父様の姿に、私も貰い泣きよろしく涙を流す。

というか父様。実は私と同じく、王宮にずっといたんだよね。

だけど仕事が忙しかったのか、何かの妨害の力が働いていたのか……。

私が目覚めて以降、数える程しかお会いする事が出来なかったのである（クライヴ兄様曰く「多分、ワイアット宰相様の嫌がらせだろう」だそうだ）。

「アイザック！　いい加減私にもエレノアを寄こせ!!　……ああ、可愛い私のエレノア。よく帰って来たね！」

「メル父様……！」

いつまでも私を抱き締めているアイザック父様から、私を奪い取る形で抱き締めるメル父様に、私も力一杯抱き着いた。

……でもメル父様。実はリハビリを兼ねて、王宮内をウォーキングしていた時、宮廷魔導師団の塔にちょくちょく顔を出していたから、父様達の中では一番よくお会いしていたんだよね。

焼肉パーティーの時も、グラント父様と仲良くお肉、私に食べさせていたしさ。

まあ流石に、こんな感じに大っぴらにスキンシップは出来なかったから、メル父様の喜びようは素直に嬉しいです。

うう……。そ、それにしても、相変わらずですねメル父様。オリヴァー兄様そっくりな麗しい美貌と大人の色気に、義娘はドキドキしっぱなしです。

おまけに、宮廷魔導師団長の正装に身を包んでいるそのお姿！　顔面の殺傷力が何割増しにもなってしまっていますよ！　……くっ……！　『制服萌え』の威力……半端ないな!!

「ふふ……。エレノアの頭の中、また面白い事になっているみたいだね？　相変わらずで嬉しいよ」

そんな私の思考回路を、オリヴァー兄様ばりに読んで楽しそうに笑うメル父様。

そして愛情たっぷりなキスを頬にされ、ボンッと頭上が噴火したタイミングで、私はオリヴァー兄様に救出された。

ちなみにグラント父様はと言うと、シャニヴァ王国の移民船が今日また到着するとかで、出迎える王族達の警護をしに行っている。その為、ここにはいないのである。

思い返せば朝食後。帰宅の準備をしている最中、部屋に突撃してくるなり私を抱っこして、「あ〜！行きたくねぇー!!」って言いながら、ぐりぐり頬ずりしていたグラント父様を、青筋立てたディーさんやヒューさん、そしてデーヴィス王弟殿下が首根っこ掴んで連行していったんだよね。

まるで一瞬の嵐のような出来事に、私含めてオリヴァー兄様とセドリックとで呆然としていたっけ(クライヴ兄様は顔を手で覆って溜息ついていたけど)。

「エレノアお嬢様……！　お帰りなさいませ!!」

「ジョゼフ！　ただいま!!」

目を潤ませ、私の前へとやって来たジョゼフに、私は満面の笑みを浮かべながら飛び付いた。

ジョゼフも感極まった様子で、私の身体を優しく抱き締める。

「ジョゼフ、あのね？　またジョゼフの淹れたアプリコットティーが飲みたい！」

「はい、お任せください。とびっきりのお茶をお淹れしますからね？」

普段の、家令の鑑《かがみ》とも言うべき隙の無さを引っ込め、孫に接する好々爺然とした笑顔を浮かべ、優しく私を見つめる、私の心の祖父其の一。

私も嬉しくて、ジョゼフの胸に再び顔を埋め、甘えるように頬を摺り寄せた。

「お嬢様、よくぞご無事にお帰りなさった！」

「ベンさん!!」

私の心の祖父其の三である、（其の二は、おじいちゃん先生）庭師のベンさんが、目元を皺だらけにしながら微笑んでいる。

思わず胸に飛び付くと、私の大好きなお日様と土の香りを胸いっぱいに吸い込んだ。

「お嬢様!!」

「お嬢様、お帰りなさい!!」

「よく……よく、ご無事で……!!」

「みんな……！　心配かけてごめんなさい！　……ただいま!!」

バッシュ公爵家で働いている顔なじみの面々が、瞳を潤ませながら私を取り囲む。

感極まった私は、彼ら一人一人に抱き着きながら、「ただいま！」と挨拶をしていったのだが……。

気が付けば皆、ある者はへたり込み、ある者は突っ伏して感涙に咽んでいた。

「ああ……！　まさにこの世の春……!!」

「うう……っ！　い、今ここで若様方に制裁を受け、死んだとしても悔いはない……!!」

「こ、この感触を忘れない為にも……今着ている服は、永久保存しなくては!!」

そんな彼らを見ながら「ヘタレ共が……」とジョゼフがボソリと呟いていたのが聞こえた。

ついでに、「鍛え直さなければ……」と続けて聞こえたんだけど……。き……気のせい……だよね？

あ！　ところで、兄様方やセドリックは……？

怒っているかな？　と、恐々とチラ見してみたら、三人とも苦笑しているのみで、暗黒オーラなんかは噴き上がっていなかった。……よ……良かった……！

兄様方やセドリックにとって、このバッシュ公爵家の人達って、大切な身内の括りに入っているんだ。それってなんか、凄く嬉しいな！

「あ、そ、それとね！　今日からうちで働いてくれる、獣人族のミアさんだよ！」

自分の名を呼ばれ、ミアさんが急いで私の傍までやって来る。

それと同時に、ジョゼフの咳払いで崩れ落ちていた使用人達が全員復活し、ビシッと整列した。う～ん……軍隊みたい。

あっ、ミアさんの耳がへにょっと垂れた！

そりゃそうか。初めての場所だもん、不安だよね。

しかも全員イケメンだし。……うんうん、その気持ち、痛い程よく分かりますとも！

「……あ……あのっ。ミアです。エレノアお嬢様に頂いたご恩を少しでもお返しすべく、皆様方とご一緒に、エレノアお嬢様ならびに、ご当主様や婚約者様方に、誠心誠意お仕え致したいと思っております。至らぬ所はどうか、厳しくご指導下さいませ！」

そう言って、ウサミミをピルピルさせながら頭を下げる美少女を前にし、召使い達の隊列が再び乱れだした。

「あ……あれが、お嬢様が仰っていた……『ケモミミ』……!?」

「う……嘘だろ……！　めっちゃくちゃ可愛い……！」

「お嬢様とケモミミが……ダブルで我々を殺しにきている……!!」

「女性と一緒に働ける日が来るなんて……！　私は今、幸福な夢を観ているのだろうか……!?」

「落ち着け！　現実だ！　でも俺も今、召される程の幸福を感じている!!」

「こ……ここで働けて……良かった……!!」

皆、再び感涙に咽んでいる。まあ、そりゃそうか。

よその国はどうだかしらないけど、この国で『メイド』なんて、存在しないに等しいもんね（聖女様のお世話係をしている人達は、年配のメイドさん達だったけど）。

ちなみに美容班の面々は、「特急でメイド服作らなきゃ！」と、凄く張り切っている。

実は美容班って、『第三勢力《同性愛者》』の集まりだったりするのだ。

『第三勢力《同性愛者》』って、可愛い物大好きな人達が多いから（マテオ談）、ケモミミってやっぱりツボるんだろうな。

「よくぞ仰いましたミアさん！　私も私の持てる、全ての知識と技術を貴女に伝授致します！　エレノアお嬢様の為、共に高め合って参りましょう！」

「はいっ！　ウィルさん、宜しく御願い致します！」

おおっ！　ウィルとミアさんの背後がめっさ燃えている！

「……ミアも完全に感染したか……」

クライヴ兄様の呟きに、私は大きく目を見開いた。

「えっ!?　ク、クライヴ兄様！　ミアさん病気なんですか!?」

「……ある意味、不治の病にな……」

「そ、そんな！」

真っ青になり、一体何の病気なのかと問いただすも、兄様方やジョゼフは口をつぐんで顔を背けるばかり。

唯一セドリックだけが、「大丈夫、僕も兄上方も、なんなら殿下方も感染しているから」と、和やかに爆弾発言をぶちかまし、私を更なるパニックへと突き落としたのだった。

番外編

我が愛しの姫騎士

俺の名前はオーウェン・グレイソン。

第一騎士団隊長ゼア・グレイソンの息子だ。

そして俺は今、その父の前に立ち、とある決意表明を行おうとしている。

「父上。私はとある方に、剣を捧げたいと思っております」

『剣を捧げる』

これは生涯を尽くし、お守りすると心に決めた主君へと永遠の忠誠を捧げる、騎士だけが行う誓いだ。

そしてもう一つ。

愛する女性に、生涯変わらぬ愛情を誓うという意味合いも併せ持つ。

俺は生涯ただ一つの忠誠を……そして愛情を、彼女に捧げたい。

——エレノア・バッシュ公爵令嬢。

誰よりも気高く、美しい……そして決して届かぬ高嶺の花に。


俺が彼女の事を初めて知ったのは、俺の元婚約者が参加した、リアム殿下の誕生日を祝うお茶会についての話を聞いた時だった。

ケバケバしい装いに奇抜な髪型。顔全体を覆うほどの大きな眼鏡。

そして何より呆気にとられたのは……。

美貌と優雅な物腰。そしてずば抜けた優秀さから、『貴族の中の貴族』と謳われ、未来の宰相と囁かれているオリヴァー・クロス伯爵令息。かの名高き『ドラゴン殺し』の英雄グラント・オルセン子爵を父に持ち、その彼の才能と資質、そして冴え渡る氷のような美貌、全てを受け継いだとされるクライヴ・オルセン子爵令息。

この両名を、あろう事か酷い態度と我が儘で振り回していたという事だ。

なんでも元婚約者の話によれば、彼女は親の権力を使い、彼らを自分の婚約者にしたばかりか、彼らを振り回して悦に入っているというのだ。

貴族の女子が我が儘なのは当たり前の事なのだが、元婚約者から聞いたバッシュ公爵令嬢の言動は、聞くに堪えないものだった。

だから王太子殿下に揶揄われ、その場から彼女が走り去っていったと聞いた時には、騎士を目指す者としては失格だろうが、思わず溜飲が下がったものだった。

……だから、俺は容易く元婚約者の讒言《ざんげん》を真に受けてしまったのだ。

——愛しい婚約者を無実の罪で貶めた、非道で悪辣な少女。

お茶会のすぐ後で行われた、突然の粛清。

元婚約者とその家が巻き込まれたと聞いた瞬間、そう思い込んだ俺は、元婚約者がでっち上げた冤罪話を信じ、あろう事か大勢の衆目が見守る中、彼女を罵倒し貶める発言を繰り返してしまったのだった。

結果、俺はリアム殿下の口から真実を知らされた。

真に非があったのは元婚約者の方であり、むしろバッシュ公爵令嬢は、身を挺してリアム殿下をお救いしただけだったのだ。

俺はその事実に打ちのめされた。

法を遵守し、王家を……そして、この国に生きる民を守るべき騎士の家系に生まれながら、盲目的に信じたい者だけを信じた。

しかも国の宝でもある、一人の女性を無実の罪で糾弾し、傷付けたのだ。

——ああ……俺はなんて事をしてしまったのだろう。

バッシュ公爵令嬢には、この首を差し出し詫びても足らない。なによりこの不名誉は、グレイソン家そのものにも及ぶに違いない。

——いっそ、この場で自決し果てたい……。

そんな絶望感に打ちひしがれていた時だった。

バッシュ公爵令嬢は、自らが俺に罰を与えると言い出したのだ。

しかもその内容はというと、「卒業するまでの間、上位十名であり続けること」である。

それを聞いた時は、思わず我が耳を疑ったものだった。

自分を侮辱した相手に、憤る事も罵倒する事もせず、告げられたそれは、『自分自身で地に堕とした名誉と誇りを、己の努力と誇りをかけ取り戻せ』という、バッシュ公爵令嬢の厳しくも思いやりに溢れた、温情ともとれる措置であったのだから。

我知らず、涙が次々と溢れ、零れ落ちていく。

そんな俺に対し、彼女は朗らかに笑いながら言い放った。

「大丈夫！　失恋の傷は、新しい恋で癒すのが一番！　頑張って卒業まで上位十名で居続ければ、きっと卒業後は恋人でも婚約者でも選びたい放題よ！　頑張って！」

――一瞬、その言葉に思考が凍りついてしまった。

……この一件での事は、俺に与えた罰が重すぎるとして、バッシュ公爵令嬢の評価はそれ程変わらなかった。

だが、分かる者にはバッシュ公爵令嬢の深い温情が理解出来たようで、密かに彼女に対する評価を上げた者達も出始めたのだった。


それから一年間、同じクラスで共に学び接しているうち、俺はますますバッシュ公爵令嬢に惹かれていった。そしてそれは、他のクラスメイト達も同様だっただろう。

飾らぬ言葉。誰に対しても変わらぬ、気取らない優しい態度。それは今まで接してきた女性達の誰とも違っていて……。

彼女の傍に、当たり前のように在る婚約者達や、親しく接する王族の方々に対し、ともすれば嫉妬の視線を向けそうになってしまう。

その度に、俺は自分自身を戒めるのだ。

幾ら許されたとはいえ、想いを向ける事など許される立場ではないのだと。

それこそが……己に課された罰なのだと。


――バッシュ公爵令嬢が、獣人の王女達と戦う。

そう伝達を受け、俺とクラスメイト達は彼女を救うべく、殿下方に直訴を願い出た。

王族に直訴など、下手をすれば厳しい罰を受ける行為だが、それらの咎は全て自分が被るつもりだった。

自分が今、ここにこうして在れるのは、ひとえにバッシュ公爵令嬢のお陰だ。

だから彼女が救われるのなら、俺の事などどうなったって構わない。

だが、俺や周囲の焦燥や憤りは、バッシュ公爵令嬢が現れた時に霧散した。

その、艶《あで》やかでありながらも騎士のように勇猛な装い。

帯刀し、凛として佇むその姿に目が釘付けになる。

その姿はまるで、女だてらに剣を取り、数多の魔物から国を救った英雄『姫騎士』そのもの。

古から語り継がれ、アルバ王国の男なら誰もが知る、童話の主人公そのものだったからだ。

そして始まった戦いは、あまりにも意外な事に、バッシュ公爵令嬢が獣人達を圧倒していた。

次々と繰り出される未知の剣技と技に、会場中の男達全てが声も無く、ただただ魅了されていく。

それは、会場中に配置された騎士達も同様であったようで、皆が食い入るように、彼女の一挙一動を固唾を呑んで見つめていた。

更に『戦闘狂《バーサーカー》』の二つ名で呼ばれているマロウ先生までもが、その興奮を隠していない。

いつもの飄々とした様子からは想像も出来ない程、その顔は興奮に満ち溢れていて、傍から見て恐いぐらいだった(後に、彼は元から、姫騎士への憧れが滅茶苦茶強かった事が判明した)。

……そうして訪れた、絶体絶命の瞬間。

晒された彼女の素顔に、俺は呼吸どころか心臓すら止まる程の衝撃を受けた。

艶やかに波打つヘーゼルブロンドの髪。強い意志を湛えた、インペリアルトパーズのように煌めく瞳。

淡い光に包まれたその姿は、まるで女神のように神々しく美しかった。

そして熟練の騎士のみが使えるとされる、魔力を剣に込める技。

それを彼女は難なくこなし、遂には獣人の第一王女に、自らの力で打ち勝ったのだった。

――伝説の姫騎士は実在した！

数日ぶりに学院に登校した時、皆の話題はバッシュ公爵令嬢一色だった。

それはそうだろう。女性が実際剣を用いて戦い、格上と思われていた相手に勝利したのだ。

加えてあの美しさ……。実際にその雄姿を見た者達が興奮し、浮かれるのも無理のない事だった。

加えて、まるで名も無き小さな花が、咲き誇る大輪の薔薇になったかのような、あの凄まじいまでの変化。あれに撃ち抜かれない男は、この国にはまず存在しないだろう。

同時に、彼女のあの姿を封印していた彼女の婚約者達の、凄まじい執着と猛愛に背筋が凍る思いでもあった。

あんなにも美しく咲き誇る花を、わざわざあのような姿に貶めてまで隠そうとするなんて……。

今現在、バッシュ公爵家には婚約の申し込みが殺到しているらしく、あのオリヴァー・クロス伯爵令息が、傍目から見て分かる程に苛ついている。

父上の話によれば、王宮に保護されているバッシュ公爵令嬢は未だに目覚めないようだから、その心配も勿論あるのだろうが……。一番は、山のように連日舞い込んでくる婚約話に辟易しているのだろう。

「……オーウェン。お前が騎士の剣を捧げる相手は、エレノア・バッシュ公爵令嬢か？」

父上が俺を見ながら、静かにそう問いかけてくる。俺はその言葉に、ハッキリと頷いた。

「お前が戦わなければならないのは、あの婚約者達だけではないぞ？　王族はもとより、名だたる貴族達全てが望む相手だ。それでも挑むのか？」

「はい。私はもう、決して迷いません！」

俺の言葉に、父上はどこか満足気に頷いた。

「いいだろう。彼の『姫騎士』相手に、どれだけ出来るかやってみるがいい。骨は拾ってやるから安心しろ」

「有難う御座います！　父上！」

――叶わぬと、一度は捨てた想いだった。

それでも、俺の胸には一つの決意が固まっていた。

そう、アルバの男は、「これぞ」という女性に巡り合ったら、たとえ叶わぬ相手であろうとも、その愛を得ようと全身全霊で努力し挑むのだ。

彼女を愛する婚約者達。そして王家直系達……。

彼らと戦って、彼女を……バッシュ公爵令嬢を得られる確率なんて、ほぼほぼ無いと言っても過言ではない。

だが、それでも戦う前に諦めたくなんてない。

たとえ無駄でも、勝ち目がなくとも、俺は全力で足掻く。

夫や恋人は無理でも、せめて我が愛しの姫騎士に、『騎士の忠誠』を捧げられるように……。

四大公爵家の来襲

今現在、バッシュ公爵家の応接室には、このアルバ王国を支える屋台骨と称される、『四大公爵家』の当主達が勢揃いしていた。

四大公爵家の当主達と対峙しているのは、バッシュ公爵家の当主であるアイザックと、いずれはバッシュ公爵家を入り婿として継承予定のオリヴァーである。

オリヴァーは当たり障りのない微笑を浮かべながら、それぞれの公爵家の当主達を素早く観察する。

一番上座に座っているのは、ワイアット公爵家の前当主であり、アルバ王国現宰相である『ギデオン・ワイアット』だ。

ワイアット家は四大公爵家の筆頭であり、代々王家直轄の『影』を統率し、アルバ王国を陰から支え守る、王家の剣たる一族である。

代々の宰相を務めたり、宰相を見出す役目も司っているとされ、前当主であるギデオンは、歴代最強とも謳われる猛者と言われている。

そして次席に座っているのが、ヴァンドーム公爵家の当主である『アルロ・ヴァンドーム』。

四大公爵家の中では最も穏健派とされる公爵家であり、当主のアルロも精悍な顔立ちをしているものの、人好きする温和そうな雰囲気を持った壮年の紳士である。

だが、海に面する領土を所有している為、国内に流通する海産物の一大ルートを築き上げている、かなりのやり手だ。

むしろその柔和な容姿を利用し、相手を手玉に取るのを得意としている……と、陰で囁かれている。

ギデオン同様、油断の出来ない相手である。

そのアルロ・ヴァンドーム公爵の真向かいに座っているのが、アストリアル公爵家当主『ジャレット・アストリアル』

北方の国境を守る辺境伯でもある彼は、眼鏡をかけ、少し神経質そうな容姿をした痩身な紳士だ。

良質な木材や加工に適した鉱物が豊富に採れる、自然豊かな土地柄ゆえ、工芸品や芸術品を生み出す職人を手厚く保護しており、ドワーフの優れた職人の数多くが、この領土に移住しているらしい。

中には『黒青磁』など、門外不出とされる芸術品も多く、『アストリアル産』と名が付いたものは、全て超一流品と認められるのと同義とされている。

最後に。一番下座に座っているのが、ノウマン公爵家の当主『リオ・ノウマン』である。

四大公爵家の中では一番歴史が浅い家柄で、この公爵家の中では一番若い当主である。

所有する領地も農耕に不向きな土地柄な上、ダンジョンの所有数も決して多くない。

だが、ダイヤモンドやエメラルドといった、主に宝石を産出する鉱山を多く所有しており、品質も超一級品ばかりな為、アストリアル公爵家と組んで国内外に手広く販路を広げ、財を成しているらしい。

『……ノウマン公爵家……か。ここの娘は確か、クライヴに相当熱を上げていたっけな……』

父親であるノウマン公爵も他の貴族達と同様、一人娘を非常に溺愛しているとされている。

ゆえにクライヴは、そのご令嬢に四大公爵家の名を盾に、かなり強引に迫られていたと記憶している。

更に彼の一人息子は王立学院に通っており、エレノアの二学年上に在籍している。

そして例に漏れず、先の戦いでエレノアに魅了された一人であり、父親を介して婚約の申し込みをしてきているのである。

『この中で一番厄介なのは、間違いなくこの公爵家だろう。……まあ、他の公爵家も油断は出来ないけどね……』

ヴァンドーム公爵家もアストリアル公爵家も、ノウマン公爵家同様、エレノアに自分の息子達との縁談を申し込んできている。

だが、ヴァンドーム公爵家は、末の息子以外は全員学院を卒業しているし、アストリアル公爵家の一人息子も既に卒業している。しかもアストリアル公爵家に至っては、その一人息子はノウマン公爵令嬢の筆頭婚約者だ。

なので彼らの縁談の申し込みは、純粋にエレノアへの好意から……という訳ではなく、興味本位という色合いが強い。

しかもヴァンドーム公爵家などは、数を打てば当たる……とでも言いたいのか、五人いる息子達全員の釣書を送り付けて来たのだ。

『ふざけている……というより、そこでこちらの出方を見ようとしているのだろう……。色々な意味で、敵に回したら厄介な相手だな……』

ワイアット公爵家はというと、今のところ、自分の孫の婚約の打診をしてきてはいない。が、孫たちが本気を出せば、間違いなく参戦してくるに違いない。

マテオ・ワイアットの様子をクライヴから聞いたところによると、本人はまだ自分の気持ちに気が付いていないが、あれは確実にエレノアに惹かれている……との事だった。

自覚をさせないよう、出来ればエレノアとの接触は極力控えさせたいところではあるが、リアム殿下の側近な上、王宮の『影』であればそれも難しいだろう。

さて。何故四大公爵家が全員揃ってここにいるのか。……それは、エレノアへ贈り付けられた、貢ぎ物への返礼をする為である。

他の貴族や豪商達から贈り付けられた貢ぎ物は、婚約申し込みの釣書と共に、容赦なく叩き返させて貰ったが、こと四大公爵家から……となると、そういった方法を取る事が出来ない。

格上からの贈り物を突き返すなどという無礼は、この貴族社会では重大なタブーとされている。ゆえに受け取らざるを得ない代わりとして、その贈られた物と同等な返礼品を贈り返す事により、借りを無しにするという方法を取るのが一般的である。

その為、バッシュ公爵家は返礼をするという形を取り、彼《か》ら《ら》をそれぞれ、このバッシュ公爵家へと招いたのだった。

……だがまさか、当主達が揃いも揃って、こちらにやって来るとは思ってもみなかったが……。

『……まあ……。まとめて処理が出来て、却って好都合……かな？』

泣く子も黙る国家の重鎮達を前にし、そんな無礼千万な事を考えていたオリヴァーである。

「いやあ、今をときめく『姫騎士』につられ、ついうっかりお招きに預かってしまったよ。勿論、浅ましくも返礼がどのようなものかという興味もあって、こうしてノコノコとやってきた訳なんだけどね」

ヴァンドーム公爵がにこやかに口火を切ると、アストリアル公爵も静かな口調でそれに続く。

「全くだな。まぁ、本人はまだ王城にて静養中との事。残念至極だが、わざわざこちらにやって来たに見合うだけの返礼を頂けるだろうからな。実に楽しみだ」

……この会話を意訳すると、『目当ての子がいないのに、わざわざ格下の家に来てやったんだから、我々が満足する相応のものを用意しているんだろうな……？』と、こうなる。

それに対し、オリヴァーも笑顔を崩さず応対する。

「恐れ多くも、名高き四大公爵家のご厚意を賜ったのです。僭越ながら、当家の精一杯の返礼の品をお受け取り頂きたく存じます。……それと同時に、分不相応なお申し出もご辞退させて頂きたく……（訳：全くもって迷惑だったが、貰った以上は同等のものをお返ししますよ。ついでに婚約の話も、のし付けて返させて頂きます）」

「……ほぉ……。まだ若いのに、なんとも殊勝な心掛けだ。楽しみだよ（訳：随分自信満々だな、若造が。つまらない物だったら……分かっているんだろうな？）」

「はい。ご経験豊富な公爵様方にも、必ずやご満足頂けるであろうと、確信しております（訳：つまらないものかどうか、聞いてから言えよ老害）」

「それはそうと、いくら筆頭婚約者だからと言って、少し過保護過ぎやしないかね？　恋人や婚約者を最終的に決めるのは、エレノア嬢だろう？（訳：何でお前が婚約の申し出断ってんだよ。しかも絶対、エレノア嬢に話がいってないよな？　舐めてんのか⁉）」

「ノウマン公爵様。エレノアは、私や私の兄であるクライヴ、そして私の弟のセドリックだけを生涯愛すると誓ってくれております。ご令嬢やご子息方には大変申し訳ありませんが、我々の互いを想い合うこの気持ち……どうかご理解下さいませ（訳：あんたの娘や息子が色気出してきても、こっちは全然お呼びじゃないんだ。すっこんでろ！）」

『……僕の将来の義息子が……恐い！』

自分を置き去りに、爽やかな笑顔で黒い応酬を繰り広げるオリヴァーを見ながら、アイザックは一人、ゴクリ……と喉を鳴らした。

——うん。この子ってば本気だ。

僕が戦後処理で忙しい分、山のように舞い込んで来る縁談やら何やらへの対応、丸投げしちゃってるからなぁ……。そりゃあストレス溜まるよね。しかも最大の癒しであるエレノア、今王宮だし。

……本当、御免ね。

しかも何故か、ワイアット宰相が妙に楽しそうなのが気になる。

参戦しないで、黙ってお茶を飲んでるのが実に意味深だ。

『師匠……。ひょっとしなくても、完全に楽しんでいるよね？　オリヴァーに目を付けちゃったよね？　うわぁ……。何だか急に胃が痛い……！』

「ヴァンドーム公爵様。頂いた希少な『海の白』ですが、もし品質や大きさが均一なものを、安定して生産出来る……としたら、如何でしょうか？」

ピクリ……と、アルロの目元が動く。

『海の白』とは、二枚貝の中から偶然産出される宝石で、エレノアの前世で言う所の『真珠』である。

この世界ではダイヤモンドと同等の価値があるとされる、とても希少な宝石だ。

なにせ、どの貝の中に入っているかも分からないので、量産が出来ない。

その上形も不揃いな物が多く、首飾りに加工するにも結構な数が必要になる。

その為、必然的に値段も上がり、王侯貴族以外の者は身に着ける事が出来ないのだ。

今回ヴァンドーム公爵家は、その希少な首飾りをエレノアに贈ったのである。

……だが、それが安定して量産出来るとなれば、首飾り一つではお釣りがくる程の、莫大な利益が得られる事になるのだ。

「勿論、タダで差し上げる……という訳にはまいりません。こちら側と専属特許契約を結んで頂く事になりますが……。決して損になる事はないかと……」

「……そうだな。一考する価値は……十分にある」

『食い付いた』

以前、エレノアがクライヴの身に着けていた装飾品《海の白》を見て、前世の世界における養殖方法を教えてくれた事があったのだ。

いずれはそれを、事業という形にしたいと思っていたので、今回は非常に好都合であった。

「そして、アストリアル公爵様。まずはこちらをご覧ください」

そう言って目の前に差し出されたものを、ジャレットは眉根を寄せながら見つめる。

「これは……何だ？」

「こちらは、バッシュ公爵家が試作品として作った、新しいペンで御座います。まずはこちらに試し書きをなさって下さい」

「試し書き……と言っても、インクが無いが？」

「どうか、そのままで……」

訝し気にそれを手にしたジャレットは、試しに紙に自分の名を書いてみた。

そしてその瞬間、驚愕して声を張り上げる。

「な……っ！　インクが……。一体、どこから!?」

「インクはそのペンの中に入っております」

「こ、この中に……⁉　信じられん……！」

呆然としながら、手にしたペンを見つめているジャレットに、オリヴァーは笑みを浮かべる。

「残念ながらバッシュ公爵家では、このペンの量産には至っておりません。……ですが、アストリアル公爵様の領地ならば、優秀な技術者も、それを量産できる体制も整っている……。そしてノウマン公爵様。貴方様は国内外に多数の販売ルートをお持ちです。もしその販売ルートにこの商品を加えたとしたら……如何でしょうか？」

アストリアル公爵も、ノウマン公爵も、自動でインクが出るペン……つまりは『万年筆』だが、それに釘付けになっている。目の色も表情も真剣そのものだ。

『……勝負あったね』

アイザックがオリヴァーに対し、心の中で感嘆の声を上げる。

普通の頭があれば、オリヴァーが示した案で、莫大な利益を得られる事はすぐに理解するだろう。ましてや彼らは、戦略知略に長けた四大公爵家の当主達である。

これで当分、この三家のエレノアに対する干渉も抑える事が出来るだろうし、バッシュ公爵家にも、労せずしてその利益の恩恵が転がり込んでくる。

本当に、流石としか言いようがない見事な手腕だ。

「さて。最後にワイアット公爵様ですが……。貴方様への返礼品の詳しい内容は、我が将来の義父たるバッシュ公爵にお聞きになってくださいませ」

「……ほぉ……」

途端、ギデオンをはじめとする、公爵家当主達の視線がアイザックへと集中する。

「……へ？　は？　ぼ、僕⁉」

「はい。私はこれより、王太子殿下のご下命で、王宮に参上しなければいけませんので……。では皆様方、御前失礼致します」

慇懃無礼とも言える程の完璧な所作で礼を取ると、オリヴァーは「えっ⁉　ちょっ！　オリ……」と、戸惑い全開のアイザックを尻目に、さっさとその場を退室してしまったのだった。

「……アイザックよ。優秀な後続を迎え、バッシュ公爵家も安泰だな。さぁ、私への返礼品の内容を説明して貰おうか？　どんなもので私を喜ばせてくれるか、非常に楽しみだ！」

「そ……そ……れは……」

意地悪く、ニヤリと嗤うギデオンと、興味津々とばかりにこちらを見ている他の当主達の視線を受け、蛇に睨まれた蛙のごとく、冷や汗を流しまくりながらアイザックは悟った。オリヴァーが実は、エレノア関連のあれこれを押し付けた自分に対し、静かに怒っていたのだということを……。つまりはこれが、彼の自分に対する報復なのだろう。

『でもこれって、鬼畜過ぎないかな⁉』

心の中でそう叫びつつ、アイザックは涙目で突発プレゼンを披露する羽目になったのだった。

後に、「オリヴァーだけは敵に回してはいけない……。そう肝に命じた……」と燃え尽きながら、家令に愚痴るアイザックの姿があったという。

書き下ろし

恥ずかしがり屋の妖精《フェアリー》

古く、歴史のある建物には必ずと言っていい程、伝承や言い伝えが存在する。

曰く、『甲冑姿の首無しの騎士が歩き回る』とか、『離れの塔ですすり泣く女性の霊』などである。

このアルバ王国で最も古く、由緒正しい建築物である王宮。

ここにも例に漏れず、そのような伝承が数多く存在する。……いや、していた。

だがそれも、数十年前に聖女が顕れて以降、『光』の魔力に浄化され、不浄な輩などは一掃され、伝承だけが残ったとされている。

尤も、数年前の王宮主催の夜会に、『白いドレスで宙を彷徨う少女の霊』を多数の人間が目撃し、新たなる伝承に加わった事は、城に勤める者達の記憶に新しい。

一説によればその少女の正体とは、夜会に参加したかった月の精霊の姿だったのだそうなのだが、夜会以降、その少女の姿を見かけた者は皆無であった為、真偽のほどは定かではない。


――ところで、ここ数日の王宮内では……。


「……なあ。あそこ、気配が……」

「しっ！　目を合わせるな！　そ知らぬフリをするんだ！」

「……くっ！　も、もう私は我慢が……っ！」

「あっ！　馬鹿!!　……ああ～！　逃げられてしまった！」

そのような会話が、あちらこちらの部署で行われるようになったのである。

そう。王宮内では今、新たなる伝承が誕生しようとしていたのだ。

『ソレ』は、一生懸命仕事をしている者達の許にやって来て、そっとその仕事を見て、時に応援もしてくれる。その応援を受けた者は、一日えもいわれぬ気持ちになる事が出来るという。

しかし、『ソレ』はとても恥ずかしがり屋で、目を合わせると途端に姿を隠してしまう。……まるで「食べて下さい」と言わんばかりに、お菓子をその場に残して。

訪れた先々で、安らぎと幸せをもたらしてくれるその存在を、王宮の者達はいつの頃からか、『恥ずかしがり屋の妖精《フェアリー》』と呼び、その訪れを心待ちにするようになったのである。

◇◇◇◇◇

「……にしてもそのお菓子の山、凄いな」

学院帰りに、セドリックと共にエレノアの部屋を訪れたリアムが、呆れた表情を浮かべながら視線を向けた先。

そこには可愛くラッピングされた、棒付きキャンディーやチョコ、そして高級菓子の詰め合わせなどが、机の上に山積みにされていたのである。

「うん！　リハビリで王宮の廊下を歩いているとね、会う方達が「頑張っていますね。はい、これどうぞ」って言って、自分のおやつを分けて下さるの。本当に王宮《ここ》って、優しい方達ばかりだよね！」

そう言いながら、嬉しそうに笑うエレノアに対し、リアムは生温かい笑顔で「そうだな」と頷いた。

鈍いエレノアは気が付いていないだろうが、どこの世界に棒付キャンディーやチョコ、更にはラッピングした高級菓子なんかを自分のおやつとして、王宮内で持ち歩く大臣や文官がいるというのだ。

どう考えても、エレノアといつ出会ってもいいようにと、わざわざ用意した貢ぎ物だろう。

『……まあ、奴らの気持ちも分からんではないがな……』

普段、男所帯であるこの王宮で、可愛らしい少女が「今日は！　お仕事頑張って下さい！」なんて言って微笑んでくれたら、そりゃあお菓子でも花でも貢ぎたくなるだろう。

そういえば父上が、「最近、文官達が無駄に廊下をウロウロしている」と言っていたが、ひょっとしてエレノアとさり気なく遭遇するチャンスを狙っているのか……？

そう思い、クライヴとセドリックをチラ見すると、二人とも自分と同じく、生温かい笑顔を浮かべながら同意するように頷いていた。……やっぱりそうなのか。

余談だが、今現在自分達がお茶菓子として食べているのも、そういった貢ぎ物の一部である。

リアムは、出されたお茶菓子の中でも、取り寄せが困難とされる高級菓子……東部の限られた地方でしか採取出来ないとされる、貴重な蜂蜜を使ったチョコレートを口の中にほうった。

「そういえば、クライヴ・オルセン。お前、明日から騎士達の訓練に毎日参加するんだって？」

「ええ、まあ……。親父……いえ、父が『折角王宮にいるんだから、今から騎士団に慣れとけ』と。ディラン殿下も楽しみにされていると聞いてしまえば、断るのもどうかと思い……」

「ああ、成程！　だから兄上、今朝なんとなく楽しそうだったんだ！」

「……どちらかというと、私とエレノアを引き離すのが目的のような気がしますけどね……」

遠い目でそう語るクライヴの姿を見ながら、リアムはクスリと笑った。

勿論、そういう思惑が無いとは言い切れないが、あの兄の事だ。兄弟弟子でもあり、己の剣技を思い切りぶつける事が出来るクライヴとの剣稽古が、ただ単純に嬉しいのだろう。

また、クライヴの方も口では嫌そうにしているが、本当に嫌なら『専従執事』の特権を行使して、エレノアの傍を離れない筈だ。

なのにそれをしないという事は、つまりは兄同様、クライヴも稽古が楽しみなのだろう。

「でもそうすると、エレノアのリハビリはどうするんだ？」

リアムの疑問に、シュークリームを頬張っていたエレノアが元気に返事をする。

「大丈夫！　私も普通に歩くのは問題ないし、国王陛下も王宮を自由に散策していいって言って下さっているから。ウィルと一緒にリハビリがてら、のんびり散策するよ」

「でもさ、クライヴ兄上がいないと、これ幸いとフィンレー殿下が現れないかな？」

確かに……と、セドリックの言葉に頷いている面々に対し、クライヴが口を開いた。

「安心しろ、セドリック。俺が騎士団の訓練に参加する条件として、フィンレー殿下からの接触に対する禁止令を出してもらったから」

「ああ、良かったです！　もしこれでフィンレー殿下とエレノアが交友を深めてしまったら、オリヴァー兄上がどうなってしまうか……」

『ああ……確かに』と、エレノアも含めたその場の全員が心の中で呟き、頷いた。

◇◇◇◇◇

「じゃあな、エレノア。行ってくる」

「はい！　クライヴ兄様、頑張って下さいね！」

騎士服に身を包んだクライヴ兄様と、軽くキスを交わす。……なんかこれ、夫を送り出す妻のようで、めっちゃ照れる！

今日からクライヴ兄様は、臨時の『騎士』として、騎士団の訓練に参加するのである。

ゆえに、今日のクライヴ兄様は宮廷騎士団の騎士服を着用している。……ハッキリ言おう。眼福だ。

いや、眼福なんてレベルの言葉で、今のクライヴ兄様の尊い騎士服姿を語る事は出来ない！

コスチューム萌えという沼に嵌った我が身にとって、今のクライヴ兄様の姿は全身凶器である。

ええ、ええ！　そりゃあ私の鼻腔内毛細血管ごとき、容易く決壊してしまいますよ！　……兄様の制服に被弾しなくて、本当に良かった。

「お前、ウィルに迷惑かけるんじゃねぇぞ？　あと、あんまり無理すんなよ？」

未だに真っ赤な顔でドキドキしている私の頰を優しく撫でたクライヴ兄様は、再度唇に軽くキスを落とした後、私にヒラリと手を振り、獣人メイドさん達の黄色い歓声をバックに部屋から出て行った。

……おのれクライヴ兄様！　不意打ちとは卑怯なり!!

「お嬢様？　腰が抜けてしまわれたのなら、本日はリハビリを中止にしましょうか？」

ちょっと足がカクカクしている私に向かい、ウィルが心配そうに声をかけてくる。

「だ、大丈夫！　行けます！」

心を建て替え、シャキーンと立ち上がった私は、ミアさん達に「行ってきます」と元気に挨拶をすると、部屋を後にしたのだった。


「さて。今日はまず、厨房コースから行こうかな！」

「……お嬢様。『今日は』ではなく、『今日も』の間違いでは？」

「……そうとも言う」

くっ、ウィル！　貴方いつの間に、そんなキレのいいツッコミを言うようになったのかな!?

やはりクライヴ兄様の影響？　いや、最近はセドリックもキレッキレだし、そちらからの影響かも？

「それと、クライヴ様からのご伝言です。『いつまでも物欲しそうにその場に留まって、迷惑かけるんじゃねぇぞ⁉』……以上です」

クライヴ兄様！　私をなんだと思っているんですか⁉

「お前が少しでも頑張れるコースにしような」って言って、一緒に厨房コースを歩いてくれていた、あの優しい兄様はどこに行ってしまったのでしょうか⁉

……まあ確かに、最近は焼き菓子の魅惑の香りにうっかり足止めされそうになると、すかさず私を小脇に抱え、さっさと立ち去るようになっていたけどさ。

「……分かった。今日は厨房コースやめる」

しょんぼりとしながらそう告げると、ウィルは深く頷いた。

「賢明なご判断かと」

ウィルの成長が地味に私を追い詰める。

私は渋々別のコースを考え、そして閃いた。

「そうだ！　じゃあ今日は、父様達の職場見学にしよう！」

うん、そうと決まれば善は急げだ。

私はウィルを引き連れ、父様方の職場に向かってテクテクと歩き出した。

実は私、この滞在期間中、『王宮内観覧許可証』なるものを国王陛下から頂いているのだ。つまりはフリーパス券である。

ただし、王家のプライベートスペースや、王族の方々が仕事をされているお部屋などは、原則的に立ち入り禁止とオリヴァー兄様に言われてしまっているのだ。

「この国の最重要機密を扱う、最も高貴な方々なのだからね。当然だよ」

はい、そうですよねオリヴァー兄様。皆様本当に気安く接して下さるので勘違いしておりましたが、普通は直接お話する事も出来ない方々ですもんね。

う〜ん……。でも一回ぐらいは見てみたかったなぁ。確かこのフリーパスを国王陛下が下さった時、「いつでも遊びにおいで♡」っておっしゃっていた気がするし……。

そうオリヴァー兄様に言ったところ、「……エレノア。それは国王陛下の優しさなんだよ」って諭《さと》されました。

成程、レディーファーストスターゆえのリップサービスって訳ですね。深いです。

という訳で、国王陛下や王弟殿下方、アシュル様の執務室を見学する事は出来ない訳なのです。

そんな事を考えながら、更に廊下を歩き、擦れ違う方達とにこやかに挨拶を交わしていく。

そのたびお菓子を貰いつつ、ウィルのバックがお菓子で膨らみ始めた頃、最初に辿り着いたのは宰相補佐である父様の執務室だ。

……あれ？　何故か扉が半開きになっている。ひょっとして換気しているのだろうか。

私はお仕事の邪魔をしないよう、開いたドアからそっと中を伺い見る。

すると部屋の中央に置かれた机に座り、沢山の人達に指示を出しながら、バリバリ書類仕事をこなしているアイザック父様の姿が！

うわぁ……父様凄い！　いかにも出来る補佐官って感じ。カッコいい！

私は父様と、ついでに父様の部下の方々に向け、拳を小さく振り上げながら、心の中で「頑張れー！」とエールを送った。

……ん？　あれ？　なんか、父様と部下の方々の仕事ペースが速くなったような……？

「おや、いらっしゃいエレノア嬢」

「ぴゃっ！」

いきなり背後から声をかけられ、思わずその場で飛び跳ねてしまう。

慌てて振り向くと、いかにもやり手といった初老のイケオジ様が！

「あ、ワ、ワイアット宰相様！」

私に名を呼ばれたワイアット宰相は、厳格そうな目元を優しく綻ばせる。……くっ！　いぶし銀な大人の魅力が光ります。

「ふふ。こんな所までリハビリですか？　ご苦労様です」

「あ、も、申し訳ありません！　お仕事のお邪魔ですよね。すぐにここから離れます！」

慌ててその場から立ち去ろうとした私だったが、ワイアット宰相様の手がやんわりとそれを制する。

「いえいえ。実は私、これから休憩でしてね。ここでお会いしたのも何かの縁。よろしければ休憩がてら、私とお茶をご一緒していただけませんか？　孫のマテオの学院での様子も伺いたいですし」

「あ……でも……」

「クソジジイ!!　なにをちゃっかり、エレノアお茶に誘ってんだー!!　協定忘れたのか！　ふざけんな!!」

オロオロしていたら、父様が光の速さで私を庇うようにワイアット宰相様の前に仁王立ちし、怒鳴りつける。父様！　相変わらず不敬の塊!!

案の定、ワイアット宰相様の額にビキリとでっかい青筋が立った。

「なにがクソジジイだと!?　このクソこわっぱがっ!!」

「エレノア！　僕もちょうど休憩取ろうと思っていたんだ！　さあ、僕の執務室でお茶を一緒にしよう！　僕の部下達も大喜びだよ！」

「貴様らの休憩時間はまだ先だろうが!!　仕事しろ仕事!!」

「その言葉、そっくりお返ししますよ!!　厄介な仕事ばかり、こっちに回しまくりやがって!!」

「老い先短い老体に、少しは楽させてやろうという気はないのか!!」

「殺しても、あと百年は死にそうにないくせに、どの口がほざくか!!」

「殺されれば死ぬわ！　このバカ弟子がっ!!」

「…………」

私は益々ヒートアップしていく罵り合いを尻目に、そっとその場を離れた。

さあ、気を取り直して次行こう、次！


再びテクテクと歩き続け、到着したのは宮廷魔導師団の根城……いや、仕事場である大きな塔である。ちなみにウィルのバックは、頂いたお菓子ではちきれんばかりに膨らんでいる。

ここは、日々魔導師達が新しい魔術を編み出したり、術式を構築したりしている事もあり、セキュリティーが厳しい事で有名……なんだけど、何故かやっぱり扉が半開きになっている。

「ひょっとして王宮内、一斉大掃除中なのかな？」

「……ソウカモシレマセンネー」

何故かカタコト言葉なウィルと共に、開いている扉からそっと中へとお邪魔する。

塔の中は吹き抜けとなっていた。

そしてまるでプラネタリウムのような満点の星空の中、白く光る螺旋階段が天井に向かって伸びている……という、いかにもなファンタジー仕様となっていた。

「綺麗だねぇ、ウィル」

「そうですねぇ」

私は幻想的な風景を楽しみながら、ウィルにおんぶされ、階段を登っていった。

リハビリなんだから自分の足で歩け！　と言われてしまいそうだが、まだ目的地がある以上、ここで力尽きる訳にはいかないのです。あしからず。

そうしてトラップにも防御結界にも遭遇しないまま、遂に塔の上層部へと辿り着いた。

そこは、真っ白い大理石が円卓のように一面に広がっているような空間で、沢山の魔導師達が、羊皮紙や魔導書、そして魔道具を片手に、思い思いの研究にふけっている姿が見られた。

私はウィルと共に、階段に身を潜めながら彼らの様子を見学する。

それにしても、アイザック父様の執務室を見学した時も思っていたんだけど、働く美形軍団って真面目に眼福です。しかも魔導師団のローブ姿なんて、コスチューム萌えにはご褒美以外の何物でもありません。どうも有難う御座います。

「あ！　メル父様だ！」

見れば中央に、魔導師団長の礼服を身に付けた凛々しいメル父様の姿が！　くぅっ！　薄暗がりの中、発光しているかのようなキラキラしい美しさが、私の眼球に突き刺さる！

「何しているのかな？　……わぁっ！」

不意にメル父様が片手を宙に上げると、満点の星空のような天井に、色とりどりの魔力の花が咲いては消えていく。まさに夜空の百花繚乱。

思わず小さく拍手をすると、今度は幾何学模様や魔法陣が浮かび上っては、金色の光の粒となって消えていく。凄い！　凄いぞ！　まさにスペクタクル!!

「……メルヴィル様、張り切ってらっしゃるなー」

何かウィルが呟いていたようだが、気にする事無く花火ショー（？）に夢中になっていると、背後にヌッと気配を感じた。

「ねぇ」

「ぴゃっ！」

思わずピョイと跳ねた身体が何かに捕らえられ。フワリと宙に浮く。……これは……ひょっとして、闇の触手!?

「フィン様!?」

「やあ、エレノア。来るかなーと思って張っていたら、やっぱり来たね」

嬉しそうにそう話すフィン様を、ふよふよ浮かびながら見下ろす。……あの……フィン様。下ろしてもらえませんかね？

「丁度良いや。ほら、前に君と不眠症について話しただろう？　実はそれの試作品として、枕が出来上がったんだ」

「え……あっ！」

そういえば、『闇』の魔力の鎮静効果を使って、不眠症対策をやったらどうかと言った事があったっけ。

成程、それでフィン様安眠枕を作ったのか。うん、良い考えだと思う！

「という訳だからさ、これから僕の塔に来て寝心地確かめてみてよ」

――いやいや、どういう訳でそうなるんですか⁉

心の中で盛大にツッコミを入れるも、フィン様は私の返事も待たずに歩き出した。

ち、ちょっと待って下さい！　あっ！　ウィルも止めたそうで止められずにオロオロしている。そりゃそうだ、フィン様王族だもんね。

「そこまでですよ、殿下」

突如目の前に魔法陣が浮かび上がったかと思うと、身体に巻き付いてたフィン様の闇の魔力がフッと消え去った。

「きゃあっ！」

「お嬢様！」

ウィルにナイスキャッチされ、ホッとしていると、耳に小さな舌打ちが聞こえてきた。

「……ちょっと、クロス魔導師団長。なに邪魔してくれてんのさ！」

「折角の義娘の来訪を、邪魔をしてくれているのはそちらの方です。というか、枕だの寝心地だの、私の可愛い義娘になにしようとしてくれてんです？　しばきますよ⁉」

いやいやメル父様、王族しばいちゃいけません！

「え？　そりゃあ枕試すんだから、実際ベッドに寝てもらうんだけど？」

おおっ！　メル父様の額に巨大な青筋が立った!!

「なんなら僕も一緒に寝てみて寝心地を共有……」

「黙れー！！　この色ボケたクソガキが!!」

「枯れたクソジジイに言われたくないんだけど!?」

あああっ！　凄まじい術式の応酬が始まってしまった！　あっ！　副団長のマシューさんが止めようとして吹っ飛ばされた！

「お嬢様、今の内に逃げますよ！」

そう小声で囁くと、ウィルは私を横抱きにし、大騒動になっている現場に背を向けると、スタコラその場を後にした。

入れ替わりに、大量の護衛騎士達が雪崩れ込んできたんだけど……だ、大丈夫なのかな？

「オリヴァー様曰く、「あの二人はいつも、顔を合わせるたび何かしらいがみ合っている」だそうなので、大丈夫だと思いますよ」

そ、そうか。あれ、日常風景なんだ。……でも私の事で言い争いになっちゃったから、申し訳ないな。

そう思いながらウィルに手を引かれ、テクテク歩いて向かった最終目的地。それは、騎士達の演習場だ。

「あっ、ウィル！　クライヴ兄様とディーさんがいる！」

「そうですね。あ、あちらにはグラント様もいますよ」

私とウィルは、木の影に隠れながら皆の打ち合いを見守った。

ううむ……。騎士服に身を包んだ美剣士達が、汗を流し合いながら真剣勝負を繰り広げている。まさに眼福！　なんという至福！　コスチュームオタクの血が滾る！　……って、な、なんか皆さん、やけに気合が……というか、これはもはや殺気……⁉

「ウ、ウィル。やっぱりシャニヴァ王国の事があったから、皆さん気合入れて稽古しているんだね！」

「……いえ。単純に良い所を見せたくて気合入っているだけ……」

「あっ！　クライヴ兄様とディーさん！」

す、凄い……！　まさに目にも留まらぬ剣技のぶつかり合いだ！

クライヴ兄様の実力は知っていたけど、ディーさんも真面目に凄い！　というか、極めた者同士の稽古って、剣舞みたいで凄く綺麗……！

「よーっし！　クライヴ、ディラン！　お前らまとめて相手してやるから、かかって来い！」

グラント父様が急に檄を飛ばす。

それに対し、ディーさんは嬉々として、クライヴ兄様は嫌そうにしている。うわあ、対照的！

……ってあれ？　よく見てみたら、グラント父様の足元に、第一と第二の騎士団長さんが倒れでいる。

だ、大丈夫かな⁉

「エレノアお嬢様！　逃げますよ！」

「へ？」

突然、血相を変えたウィルが私を抱え上げると、そのままダッシュする。

すると物凄い爆音に次いで、悲鳴と怒号が背後から聞こえてきた。い、一体何事⁉

暫くした後、「てめぇらー‼　何してやがるー‼」と、デーヴィス王弟殿下の声が小さく聞こえてきたような気がするが、ウィルに抱えられていた私は何が起こったのか知る術もなく、そのまま部屋に戻って行ったのだった。

——その後、ズタボロの状態で帰って来たクライヴ兄様によれば、グラント父様が無駄に張り切ったお陰で、クライヴ兄様とディーさんは全力を出す羽目となってしまったのだそうだ。

で、その結果。三人分の剣技の余波により、演習場が半壊したとの事だった。

今現在、グラント父様はその責任をとらされ、一人で演習場の修復をさせられているらしい。

「きっとグラント様、エレノアにいいところを見せたかったんだろうね」

お見舞いにやってきたオリヴァー兄様が苦笑交じりにそう言えば、「いい迷惑だ！　あのクソ親父!!」とクライヴ兄様が忌々し気に吐き捨てる。

ちなみにディーさんだが、嬉々としてグラント父様に突撃していった為、クライヴ兄様よりも重症を負ってしまったとの事。ディーさーん!!

明日にでもお見舞いに……え？　必要ない？　王族のプライベートエリアには近寄るな？　はあ……。

「まあ、次回からは父上達の所は避けた方がいいね、うん。……特に僕の父上の所には、絶対に近寄らないように!!」

そう力強く言い放ったオリヴァー兄様の圧に、私はコクコクと首を盾に振った。

確かに今回、私が軽い気持ちで『職場見学』をしてしまったばかりに、父様方の職場に迷惑をかけてしまったのだ。大いに反省せねば。

「兄様！　私はこの先もう二度と、父様方の職場に近寄りません！」

私の決意表明を受け、オリヴァー兄様はとても満足そうに頷いたのだった。

ところで余談ですが、その日のウィルの夕食、他の人より一品少なく、全体的な量もミアさん達よりも少なかったそうです。

聞く所によれば、ウィルの進言でリハビリコースから厨房を外した事による、シェフ達の報復だったそうな。翌日の朝食も一品減らされていたとの事なので、これ以上ウィルを飢えさせない為にも、再びリハビリコースに厨房を組み入れました。

「いや決して、焼きたてのお菓子を貰えたりするからではありませんよ？　これはウィルの為だから、仕方がない事なのです！」

そう力説したところ、クライヴ兄様に「お前はこれ以上菓子を増やしてどうするんだ!!」と怒られてしまいました。

だってだって！　焼きたてのケーキやクッキー、美味しいんだもん！　……と、ついうっかり本音をポロリと零した結果、頭部鷲掴みの刑に処せられた私です。

うう……。大切な婚約者は、もうちょっと優しく扱うべきだと思いますよ？　兄様。

◇◇◇◇◇

後日、宣言通りエレノアが父親達の職場を訪れる事は二度となく、また国王やアシュル、王弟執務室にもエレノアが訪れる事は無かった。

後にそれが、とある筆頭婚約者の策略と知った王族達は激怒し、「アイザック！　お前の義理の息子、どーにかしろー」「ふざけんなよ！　あの万年番狂いの黒い悪魔めが!!」と、罵詈雑言の嵐だったそうな。

そして「ドアを半開きにしておくと、愛らしい妖精が覗きに来る」と誰かが言い出した事により、王宮の至る所で、ドアが半開きの部屋を見るようになった。

そしてその珍風景は、一人の少女が惜しまれつつ王宮を去るまで続いたとの事であった。

あとがき

初めましての方も、一巻から三巻まで続けて読んで下さった方々も、こんにちは。暁　晴海です。

このたびは、本作品を手に取って下さり、まことに有難う御座いました。心よりお礼を申し上げます。

早いもので、『この世界の顔面偏差値が高すぎて目が痛い』の四巻の刊行と相成りました。これもひとえに、本作を読んで応援して下さった皆様のおかげです。本当に有難う御座いました！


今回のお話は前回に引き続き、獣人王国編からスタートしております。

そして、遂に獣人王女達との一騎打ちと相成りました。

卑怯極まれりな獣人達の暴挙と挑戦に、真っ向から挑む事となったエレノアですが、そんな時、王家直系であるアシュル達に、自身の本当の正体がバレてしまいました。

ここら辺、やはりというかヒューさんがエレノアの傍についていたのが致命的でしたね。

更には戦いの中で、壮大なる『ギャップ萌え』までもが発動してしまい、オリヴァー達の懸念した通りの展開になりました。しかもそれにより、『万年番狂い』という、エレノアに恋する男達全てにとって、最悪とも言える魔王が爆誕しました。合掌。

獣人王女達との戦いもそうですが、今回の見どころは、ずっと本当の姿を隠していたエレノアの姿が、皆に知られてしまうところでしょう。

それに加え、ロイヤルカルテットならぬ、王家直系であるアシュル、ディラン、フィンレー、リアムも本格的にエレノアの婚約者の座を射止める為に動き出します。

今後、彼等とエレノアとの関係はどうなるのか。そして、それを真っ向から迎え撃たんとする、オリヴァー、クライヴ、セドリックはどう動くのかに大注目です。

そして、エレノアの周囲でキナ臭い動きをする人達も出てきましたので、そちらも要チェックですね。

今回も、美麗な表紙&口絵&挿絵をこの世に生み出して下さった、茶乃ひなの様。本当に大感謝です！　今までとは全く違った、登場人物達の凛々しい表情と出で立ちに、心を射貫かれてしまっております！　新キャラも挿絵で拝められましたし、今回も大満足でした！

最後に、今迄発刊された本に引き続き、沢山のアドバイスを下さった担当様。そしてこの本の出版に携わって下さった全ての方々に、今回も心からの感謝を捧げさせて頂きます。

皆様、本当に有難う御座いました。

暁　晴海

花《恋》より団子《平穏》なお転婆令嬢が我が道を往く、
無自覚愛されファンタジー、第5弾!!!!
この世界の顔面偏差値が高すぎて目が痛い5
暁晴海
Illust. 茶乃ひなの

お兄様たちと
婚約解消の危機!?
納得できません!
2024年発売!

世界を正しい姿に
戻すためですよ、
出来損ないと呼ばれた元英雄は、実家から追放されたので好き勝手に生きることにした
紅月シン
Shin Kouduki
イラスト：ちょこ庵

アレン君。
新教皇に仕える
聖女リズの思惑とは――
望まぬヒロイック・サーガ
第7巻！
Next Story 2024年春発売！

小説
第16巻
2024年 春
発売!
シリーズ累計
200万部
突破!
(紙+電子)
絶賛配信中!
帝国物語
餅月 望——著
Gilse——イラスト
式HPへ!

ティアムーン帝国物語
漫画：杜乃ミズ
コミックス
第8巻
2024年 春
発売!
各配信サイトにて
TVアニメ
ティアムーン
断頭台から始まる、
姫の転生逆転ストーリー
詳しくは公

シリーズ累計160万部突破！（紙＋電子）

TO JUNIOR-BUNKO

イラスト：kaworu

TOジュニア文庫第5巻
2024年3月1日発売！

NOVELS

※第25巻書影

イラスト：珠梨やすゆき

原作小説第26巻
2024年発売予定！

COMICS

※第10巻書影

漫画：飯田せりこ

コミックス第11巻
2024年春発売予定！

SPIN-OFF

漫画：桐井

スピンオフ漫画第1巻
「おかしな転生～リコリス・ダイアリー～」
好評発売中！

※2024年1月現在

甘く激しい「おかしな転生」

TV ANIME

Blu-ray&DVD BOX
好評発売中!

CAST
ペイストリー：村瀬 歩
マルカルロ：藤原夏海
ルミニート：内田真礼
リコリス：本渡 楓
カセロール：土田 大
ジョゼフィーネ：大久保瑠美
シイツ：若林 佑
アニエス：生天目仁美
ペトラ：奥野香耶
スクヮーレ：加藤 渉
レーテシュ伯：日笠陽子

STAFF
原作：古流望「おかしな転生」（TOブックス刊）
原作イラスト：珠梨やすゆき
監督：葛谷直行
シリーズ構成・脚本：広田光毅
キャラクターデザイン：宮川知子
音楽：中村 博
OP テーマ：sana(sajou no hana)「Brand new day」
ED テーマ：YuNi「風味絶佳」
アニメーション制作：SynergySP
アニメーション制作協力：スタジオコメット

アニメ公式HPにて新情報続々公開中!
https://okashinatensei-pr.com/

GOODS

おかしな転生
和三盆

古流望先生完全監修!
書き下ろしSS付き!

大好評発売中!

STAGE

舞台
「おかしな転生
～アップルパイは
笑顔とともに～」

DVD
好評発売中!

GAME

TVアニメ
「おかしな転生」が
G123で
ブラウザゲーム化

▲ゲーム開始はこちら

好評配信中!

DRAMA CD

おかしな
転生
ドラマCD
第②弾

好評
発売中!

詳しくは公式HPへ!

漫画配信サイト
CORONA EX
コロナEX
TObooks
OPEN!!
詳しくはこちら！
https://to-corona-ex.com/

TOブックス
コミカライズ
連載最新話が
読める!
パイスリー様!!
月額400円(税込)で
全作品が読み放題!

この世界の顔面偏差値が高すぎて目が痛い４

2024年2月1日　第1刷発行

著　者　　暁 晴海

発行者　　本田武市

発行所　　TOブックス
〒150-0002
東京都渋谷区渋谷三丁目1番1号　PMO渋谷Ⅱ　11階
TEL 0120-933-772（営業フリーダイヤル）
FAX 050-3156-0508

印刷・製本　中央精版印刷株式会社

ISBN978-4-86794-047-1

Printed in Japan